生きることの せつなさ を
存分に 味わって ください。

窪　美澄

산다는 것의 애달픔을 마음껏 음미해주세요.
구보 미스미

가만히 손을 보다

* 이 도서의 국립중앙도서관 출판예정도서목록(CIP)은 서지정보유통지원시스템 홈페이지
  (http://seoji.nl.go.kr)와 국가자료공동목록시스템(http://www.nl.go.kr/kolisnet)에서
  이용하실 수 있습니다. (CIP제어번호: CIP2019023946)

じっと手を見る by 窪美澄
JITTO TE WO MIRU

가만히 손을 보다

じっと手を見る

구보 미스미 장편소설

김현희 옮김

은행나무

차 례

그 안에 있는, 호수

첫 번째 만남 때는 꼭 그렇지만도 않았다.

하지만 그때도 딱히 싫은 것은 아니었다.

그러다 내가 명백하게 그를 좋아한다는 사실을 깨달은 곳은 우리의 두 번째 만남이 있던 날, 대중목욕탕 입구를 연상시키던 바로 그 일본식 주점 현관에서였던 것 같다.

이 술집은 손님이 입구에서 신발을 벗고 직접 신발장에 수납한 후 안으로 들어가야 했다. 마리 비스킷이라는 과자 한 상자 크기의 신발장에 신을 집어넣고, 약간 두께가 있는 은색 키를 빼면 자동으로 잠기는 구조다. 나갈 때는 다시 열쇠를 꽂아서 신발을 꺼내면 된다. 말끔하게 광을 낸 가죽 구두를 꺼내 꾀죄죄한 발판에 걸터앉아서 구두끈을 묶는 미야자와의 등을 보고 있자니, 갑자기 그를 끌어안고 싶은 충동이 일었다. 이때, 혹시 난 이 사람을 좋아하는 게 아닐까, 그 찰나에 처음으로 생각했다.

주름이 잡힌 엷은 남빛 셔츠를 입은 등, 유독 목덜미 쪽에서만 꼬불거리는 머리카락, 왼쪽 귀 바로 뒤에 보이는 갈색 점. 내 눈동자가 깜빡거릴 때마다 그때까지 미처 몰랐던 미야자와 몸의 구석구석을 탐색하며 재빨리 그 정보를 머릿속에 차곡차곡 저장해갔다.

앞에 있는 미야자와의 옆얼굴을 가만히 바라본다.

미야자와는 고개를 오른쪽으로 돌리더니 옆 거실에 있는, 소리가 안 나는 브라운관 TV를 물끄러미 보고 있다. 나는 그의 통통한 입술과 턱선이 좋다. TV 화면이 바뀔 때마다 빛의 양과 비치는 장소가 자꾸 바뀌면서, 미야자와의 얼굴에 드리우는 그림자 모양도 스멀스멀 변해간다.

나도 같이 왼쪽으로 고개를 돌렸다.

깊은 밤, TV에서는 홈쇼핑 방송이 흐르고 있다. 한 쌍의 남녀가 고음의 목소리로 특가 상품인 김치를 팔고 있는 중이었다.

시뻘겋고, 문드러진 듯한 색을 띤 김치를 젓가락으로 집어 입속에 넣는 여성의 얼굴을 카메라가 클로즈업한다. 맛을 음미하는 여자의 윗입술 위로 희끄무레한 주름이 잡힌다.

나는 지금 미야자와 위에 올라타 있다. 제법 길어진 장맛

비는 계속 추적추적 내리고 있었고, 밤이 깊어지면서 한층 쌀쌀함이 더해진 탓에 우리 둘 다 상반신엔 티셔츠를 걸쳤다. 빗줄기가 갑자기 굵어졌는지, 바닥을 보슬보슬 촉촉이 적시던 빗방울은 어느새 뚝뚝 소리를 내며 내리기 시작했다.

순간, 미야자와가 아래서 몸을 쳐올리듯 허리를 한 번 크게 움직였다. 밀어 올리는 찰나의 자극뿐만이 아니라, 우리 몸이 서로 연결된 부위에서 새어 나오는 소리에도 나는 느끼고 만다.

TV를 끄자, 미야자와는 나를 아랑곳하지 않고 지금 섹스 중인 게 맞는지 헷갈릴 정도로 태평하게 소소한 잡담을 늘어놓기 시작했다. 어째선지 그는 평소보다 섹스를 할 때 더 말이 많아지는 타입이었다.

"그래서 말인데, 우리 회사 근처에 있는 중국집의 덴신 돈부리가 그렇게 맛있더라."

"아파트 담장 위에서 웬 사마귀가 고양이를 위협하고 있더라니까……."

그는 이런 식으로 잡담을 하다가도 갑자기 내 티셔츠 위로 봉긋 솟아오른 유두를 꽉 쥐어서 놀라게 하곤 한다. 캄캄한 어둠 속에서 서서히 눈도 적응되어 미야자와의 얼굴이 붕 떠오르듯이 잘 보이기 시작했다. 귓가를 사르르 스쳐 가버리는, 별 의미도 없는 잡담을 나누는 동안에도 미야자와는 "자, 비비듯이 움직여봐" "숫자 8을 그리듯이 허리를 움직여볼래?"라는 말을 하면서 나를 코치한다. 그의 요구대로 능수능란하게 잘은 못하지만, 그래도 어설프게나마 그가 시키는 대로 허리를 움직여본다. 그러다 예상도 못 한 뜻밖의 우연한 각도에서 기분 좋은 쾌감을 느끼는 지점이 분명 존재하기에, 그런 순간이 오면 내 몸 안에 가득 찬 보물을 발견한 기분이 든다.

내 입속으로 그가 검지를 집어넣자, 나는 그것을 혀로 감싸면서 빨기 시작했다.

흠뻑 젖은 손가락이 쑥 빠지더니, 이번에는 그의 축축한 혀가 대신 입속으로 들어왔다. 윗입술의 안쪽과 앞니 바로 뒷부분, 그리고 치아와 잇몸의 경계를 그의 혀가 부드럽게 애무한다. 아, 어째서 그런 부위에 닿았을 뿐인데도 이토록 기분이 좋아지는 걸까, 우리 몸은 참 신기할 따름이다.

그 기분 좋은 느낌에 허리가 자연스럽게 움직이고 만다. 나의 움직임과 갑자기 쳐올리는 미야자와의 허리의 움직임이 합치했을 때 생각지도 못할 만큼 아주 깊은 곳에 도달하는데, 그 순간 내 몸속에서 따뜻한 물이 흘러넘친다. 이런 사태를 대비해 타월을 미야자와 몸 아래에 깔아놓았다. 우리 몸이 하나가 되어 움직일 때마다 물은 흘러넘친다. 이 따뜻한 물이 어디서 나오는지, 나도 알지 못한다.

가이토와 섹스할 때는 내 몸이 이렇게 된 적이 한 번도 없었다. 이 수맥을 찾아내 발굴한 사람은 미야자와다. 그와 섹스를 하면서부터 내 몸에 이런 변화가 일어난 것이다. 이유는 모르지만, 우리 몸의 일부가 연결된 부위가 좀 더 미끈미끈해진다. 그가 내 등을 껴안아 침대에 눕히고, 이제 마지막으로 익숙한 체위로 바꿔서 움직이면 섹스의 리듬이 더 규칙적이 된다.

그가 내 티셔츠를 거칠게 젖혀서는 유두를 이로 씹는다.

"히나, 너무 세게 조이지 마."

거칠게 숨을 몰아쉬면서 그가 말하지만, 딱히 내가 의식해서 일부러 하는 것이 아니기 때문에 그러지 말라고 해도 난처할 뿐이다. 내가 지르는 교성의 잔향밖에 들리지 않게 된 그 순간, 연결된 부위의 깊숙한 그곳이 뻘떡거리듯이 고동친다. 우리의 거친 숨이 서서히 진정되자, 창문 밖에서 번지던 빗소리가 귓속으로 침입해온다. 빗방울이 나무 잎사귀를 힘차게 두드리는 소리가 이제야 들리기 시작했다.

미야자와를 처음 만난 건 올해 1월이었다.

미야자와는 도쿄에 있는 한 광고회사에서 일하고 있었는데, 내가 졸업한 노인요양복지전문학교의 입학 안내 팸플릿을 제작하는 중이었다.

이 팸플릿에 졸업생을 소개하는 코너가 있으니 꼭 인터뷰에 응해달라는 교장 선생님의 간곡한 부탁을 받은 것은, 달마다 한 번씩 열리는 졸업생을 위한 병간호 기술 공부 모임때였다.

못 하겠다고 완강하게 거절했지만, 후보였던 졸업생들이하나둘씩 차례로 인플루엔자에 걸리는 바람에 선생님은 "아무도 나서줄 사람이 없어. 부탁이야. 날 돕는다고 생각하고제발 해주라"라고 내게 애원했다. "너 혼자가 아니야. 네 동창인 가이토도 하기로 했어. 괜찮을 거야"라고 계속 나를 설득했다. 결국 마지못해 승낙은 했지만, 전날 긴장한 탓인지한숨도 못 잔 채로 인터뷰 당일을 맞이하게 되었다.

새해가 되고 얼마 안 지나, 내가 근무하는 노인요양시설로그들이 찾아왔다.

그중에 회색 니트를 입은 한 남자가 오전에 가이토가 일하는 다른 시설에서 인터뷰 촬영을 하고 오느라 시간이 조금 지체됐다고 빠른 말투로 사과하더니, 내게 명함을 주면서인사했다. 그러고는 "저는 광고 디렉션을 하는 미야자와입니다"라고 약간 쉰 듯한 목소리로 말하며 웃었다.

디렉션이 뭘까? 그런 생각을 하면서 나도 고개를 꾸벅하고 인사했다. 작가와 카메라맨, 미용 담당 직원 등 직함이 다른 사람들이 연달아 각각 다른 디자인의 명함을 내게 주었다. 첫 만남인데도 존대를 잘 안 쓰고 꼭 오래 알고 지낸 친구처럼 나를 대하는 태도에서, 지금껏 내가 살아오면서 한 번도 만나본 적이 없는 특유의 분위기를 풍기는 사람들이었다.

"그럼 촬영부터 먼저 하고 인터뷰로 가죠."

"촬영 전에 메이크업 받으세요."

직원 중에 가장 젊어 보이는 미야자와는 아무래도 이들의 리더 같은 존재인 듯했다. 내게 대략적인 절차를 설명하면서 직원들에게 세세한 지시를 내리고는 나와 미용 담당 여자 직원만 남기고 서둘러 방을 나갔다.

"그냥 이대로도 아주 예쁘긴 한데."

검은 테 안경을 쓴 그녀가 내 앞머리를 엄지와 검지로 살짝 추어올리면서 말했다. 접객실 책상 위에 수많은 메이크업 도구가 펼쳐져 있었다. 책상 모서리에는 뚜껑을 열면 계단식으로 층층이 칸이 만들어지는 까만 메이크업 가방이 놓여 있었다. 그 안에는 내가 이제까지 본 적도 없는 색색의 아이섀도와 치크, 또 크기도 다채로운 치크브러시 등이 빈틈없이 꽉 들어차 있었다.

"살짝만 바를게요."

미용 담당 직원은 큼지막한 브러시에 페이스 파우더를 묻히고는 퍼프로 살포시 누르면서 파우더와 펜슬로 내 눈썹을 또렷이 그리기 시작했다. 그러고 나서 선명한 오렌지색 치크를 뺨에 발랐다. 직원의 손길이 바삐 오가는 사이, 시간은 조용히 흘렀다. 이윽고 "다 끝났어요"라는 말과 함께 직원이 손거울을 건네주었다. 평소보다 몇 배는 더 또렷해진 이목구비의 얼굴이 거울에 비치고 있었다. 정말 귀엽네요, 라고 직원이 들뜬 목소리로 말했다. 물론 겉치레로 하는 말임을 잘 알면서도 왠지 그 말이 기뻤다.

미용 담당 직원과 함께 요양 시설의 뜰로 나가자, 미야자와가 내 얼굴을 보고는 "후지산이 굉장한데"라고 큰 소리로 외쳤다. 마을 중심가에서 자동차로 30분쯤 달리면 나오는 이 노인요양시설의 뜰에는 시야를 방해하는 그 어떤 건물도 주변에 없기 때문에, 존재하는 그대로의 거대한 후지산을 눈앞에서 구경할 수가 있다. 그래서 이곳을 찾은 사람은 다들 똑같은 반응을 보이는 것이다. 그러나 정말 간혹 후지산을 구경할 때나 비로소 감흥이 생기는 법. 어딜 가도 후지산밖에 안 보이는 동네에서 나고 자란 사람한테는 너무도 뻔한 광경이기에, 솔직히 나는 후지산을 보아도 아무런 감동이 없다.

"자, 시선은 이쪽으로. 미국인처럼 웃어볼래요?"

카메라맨의 요구에도, 내 얼굴은 이미 굳어버려서 좀처럼 웃기가 힘들었다. 지금 꽤 흉측한 얼굴로 미소 짓고 있는 건 아닐지 걱정도 되었지만, "좋아요, 좋아"라는 카메라맨의 칭찬에 어느새 자포자기하는 심정으로 치아를 보이며 크게 활짝 웃었다.

"아름답네." 미야자와가 큰 소리로 말했다.

"여긴 마치 천국 같은 곳이야." 눈을 가늘게 뜨면서 멍한 얼굴로 미야자와가 또 한 번 크게 말했다.

늙은 노부모를 모시고 이 시설을 찾는 사람들 역시 미야자와처럼 말한다. 하지만 그렇게 말하고 나서 퍼뜩 정신을 차리고는 조금 후회하는 표정을 짓는다. 촬영이 끝난 후, 나도 뒤돌아 후지산을 바라보았다. 산 정상 부근에 천사의 한쪽 날개처럼 생긴 구름이 걸쳐 있었다. 이곳을 찾아오는 노인들 대부분은 여기서 인생의 마지막 시간을 보낸다. 그러니까, 분명 이곳은 다른 곳에 비해 천국에 더 가까울지도 몰랐다.

"음, 쉬는 날엔 빨래랑 청소도 하고요, 시간이 나면 쇼핑센터에 가서 쇼핑도 하고……."

그렇게 대답하자, 여자 작가가 살짝 난처한 표정을 지었다. 그 표정을 보자 위가 쿡쿡 쑤셨다. 평소 내가 일하는 모습과 일상에 관해 말해달라는 부탁과 함께 태어나 처음으로 인터뷰라는 걸 하게 되었다. 당연히 긴장이 안 될 리가 없다. 게다가 내 앞의 소파에는 미야자와와 작가가 나란히 앉아서,

내 말을 하나도 흘리지 않고 잘 듣겠다는 자세로 기다리고
있다.

이 여자 작가는 조금 전에 만난 미용 담당 직원보다 나이
가 더 많아 보였다. 턱까지 내려오는 길이의 갈색 머리카락
을 중앙에서 가르마를 탔고, 입술은 옅은 복숭아색 립글로스
를 발라서인지 반들반들해 보였다. 그 옆에 앉은 미야자와가
오히려 대학생처럼 보여서, 나란히 앉은 두 사람은 마치 연
상 연하 커플처럼 보이기도 했다.

"취미는 있나요?"

"딱히 없는데요."

"좋아하는 TV 프로그램은 있어요?"

"저는 TV를 안 봅니다."

"여행은 가세요?"

"잠자리가 바뀌면 잠을 설치는 타입이라서요."

지금 심문하는 거야? 미야자와가 웃으면서 작가에게 한마
디 농담을 던진 덕분에 일순 분위기가 부드러워지긴 했지만,
작가의 눈은 전혀 웃고 있지 않았다. 대체 이 아가씨는 무슨
재미로 사는 걸까, 하는 표정으로 날 쳐다보았다. 그녀는 손
에 쥔 볼펜을 천천히 짤깍짤깍 두 번 울렸다.

"노인요양복지전문학교에 진학한 이유는 뭐예요?" 작가가
물었다.

"할아버지랑 둘만 같이 사는데, 언젠가 할아버지를 병간호 해드릴 수 있을 것 같아서요."

"그럼 이제 소노다 씨가 진짜로 노인요양보호사가 됐으니, 할아버님께서도 안심하시겠네요."

노트에 쓱쓱 메모해가면서 작가가 말했다.

"할아버지는 작년에 돌아가셨어요."

내 대답에 작가는 아, 그래요? 미안해요, 라고 작은 소리로 말했다.

"아마 하늘나라에서 기뻐하고 계실 거라 믿어요." 내가 서둘러 그렇게 말하자 미야자와가 대꾸했다. "착한 손녀딸이구면." 그는 엉터리 간사이 지방 사투리로 말하면서 오른팔로 눈을 가리고 과장된 동작으로 우는 시늉을 했다. 바보 아냐, 라는 표정으로 작가가 미야자와를 흘끗 쳐다본 다음, 다시 계속해서 내게 질문을 던졌다.

"요즘은 뭘 할 때가 가장 즐거워요?"

"……즐거운 일요? 음……."

"남자 친구와 데이트할 때?"

"남자 친구, 없는데요."

그러자 작가가 너무 아깝다, 아직 스물넷밖에 안 됐는데, 라고 과장되게 큰 소리로 떠들어댔고, 미야자와는 귀찮다는 표정으로 양쪽 귀를 막았다. "아직 나이도 젊은데 사랑을 해야지." 왠지 조금은 자포자기한 어조로 작가가 말했다.

작년 이맘때쯤에는 나한테도 명백히 남자 친구라고 부를 수 있는 존재가 곁에 있었다.

노인요양복지전문학교에서 만난 동창 가이토와 연애의 윤곽을 더듬는 듯한 연애를 했다. 생일날에 선물을 주고받거나 밸런타인데이에 초콜릿을 주고, 또 같이 쇼핑센터에 가서 쇼핑하고 노래방에 가서 놀기도 했다. 매우 낯설고 서툴긴 했어도 우리 둘 다 인생에서 처음으로 섹스도 함께한 사이다. 그러나 애인과 함께라면 뭘 해도 진심으로 즐거울 시기에도, 내게는 그렇게 느껴지는 순간이 절대 오지 않았다.

이 세상에 유일하게 남은 단 한 명의 핏줄인 할아버지마저 돌아가시고 나니, 내 곁에 누군가 있어주지 않으면 미쳐버릴 것만 같았다. 그래서 마침 옆에 있던 가이토에게 기댔다. 하지만 그 결과, 진실로 사랑하지 않는 사람과 함께 있으면 더욱 고독해질 뿐이라는 사실만 깨닫게 되었다. 그 사실을 가이토에게 고백했을 때, 그는 소리 내어 엉엉 울었다.

"난 네가 너무 걱정돼. 나중에 새 남자 친구가 생길 때까지만이라도 네 옆에 있게 해줘." 가이토가 울면서 내게 말했다.

그 기세에 눌려 나도 모르게 응, 하고 대답하고 말았지만, 그는 헤어진 후에도 툭하면 이런저런 핑계를 만들어 우리 집을 찾아왔고, 결국 나는 "이래서야 우리가 사귀던 시절과 다를 게 뭐야"라며 불만을 터뜨렸다. 그러자 그 후부터는 한 달에 한두 번꼴로, 좀처럼 잘 겹치지도 않는 쉬는 날을 억지로 만들어서는 직접 도시락을 싸 들고 우리 집을 찾아오는 것이었다.

"히나야, 네 사진 귀엽게 잘 나왔는걸." 교장 선생님이 손짓으로 나를 부르며 책상 위의 종이를 보여주었다. 제법 해사하게 찍힌 내 얼굴이 눈에 들어왔다.

"아, 이 정도면 충분하네요" 하고 대답하자, "사진을 잘 보라니까. 이것 좀 봐라. 너도 가이토도 꼭 연예인처럼 나왔잖아. 나중에 선볼 때 이 사진 쓰면 되겠구면"이라는 말과 함께 교장 선생님은 내 앞에 종이를 내밀었다.

미야자와는 우리의 대화를 방긋거리면서 지켜보고 있었다. 그의 옆에 섰을 때, 나는 그의 키가 꽤 크다는 걸 새삼 느꼈다.

교장 선생님의 호출 전화를 받은 것은 인터뷰 촬영을 마친 그날로부터 두 달이 지났을 무렵이었다.

미야자와가 원고와 사진을 들고 최종 확인을 받고자 이곳에 와 있으니 만약 시간이 되면 학교로 와달라, 가이토는 밤샘 근무 때문에 올 수가 없으니 너라도 꼭 와서 확인해주어야 한다는 내용의 전화였다.

교장 선생님은 확인 작업이 끝나자마자 바로 운전해서 도쿄로 돌아가야 한다는 미야자와와 빨리 집에 가고 싶은 나를 억지로 붙잡아 역 앞의 일본식 주점으로 데려갔다. 운전해야 하는 미야자와와 술을 전혀 못 마시는 나는 아랑곳하지 않고 선생님 혼자서 맥주를 꿀꺽꿀꺽 잘만 마신다. 어느새 취기가 오른 선생님의 얼굴이 빨갛게 물들고 말았다.

유리잔을 순식간에 텅텅 비우는 교장 선생님과 선생님의 유리잔에 맥주를 부지런히 따르는 미야자와를 번갈아 쳐다보면서, 나는 오렌지색 치즈와 오이를 찔끔찔끔 먹었다.

"고작 그걸로 괜찮겠어요?"

맞은편에 앉은 미야자와가 걱정스러운 표정으로 나를 쳐다보았다. 그에게 대꾸하려던 찰나, 내 말을 가로막듯이 교장 선생님이 입을 열었다.

"노인요양은 말이오, 미야자와 씨가 생각하는 그 이상으로 훨씬 더 중노동이에요. 히나가 일하는 노인요양시설은 솔직히 말해서 고려장 지내는 데나 마찬가지인 곳이죠. 그런 노인네들의 기저귀를 갈아주고, 양치질을 시켜주고, 토사물까지 치워야 한다고요. 어느 정도는 체력과 기력만으로 버틸 수야 있지요. 하지만 매일 그런 일만 해보세요, 입맛이 떨어지는 날도 있다니까요."

미야자와는 취해서 풀린 눈으로 이야기를 계속하는 교장 선생님의 유리잔에 묵묵히 맥주를 따랐다.

"하지만 그런 내용을 미야자와 씨가 만드는 멋진 팸플릿에다 차마 쓸 수는 없잖아요, 안 그래요? 미야자와 씨?" 맥주를 따르던 미야자와의 손이 멈췄다.

"혹시 거슬리는 부분이 있으시면 곧바로 정정하겠습니다."

진지한 얼굴로 미야자와가 말하자, 교장 선생님이 얼굴 앞에서 오른손을 크게 흔들었다.

"아니, 아닙니다. 나는 미야자와 씨가 만드신 걸 트집 잡으려는 게 아니에요. 사실대로 쓰게 되면 우리 학교에 들어오려는 학생은 없을 테니까요. 요양보호사는 취직률도 높지만, 이직률도 높지요. 월급도 적은 편이고. 그래서 젊은 친구들은 결국 하나둘씩 그만두고 만답니다."

그래서 내가 하고 싶은 말은…… 하고 교장 선생님은 묘한 억양으로 말을 이어갔다.

"히나는 잘하고 있다는 겁니다."

교장 선생님의 눈가에 눈물이 고였다. "이 아이는 혼자 힘으로 먹고살 수밖에 없어요." 아, 또 시작됐군. 교장 선생님과 술을 마실 때면 마지막은 항상 이런 식의 말로 끝나기 때문에, 나는 속히 집에 돌아가고 싶었다. 지긋지긋한 마음으로 얇게 썬 오이를 씹어 먹는 나를 미야자와가 쳐다본다. 하지만 그의 눈빛에서는 타인들이 흔히 보이는 동정심은 찾아볼 수 없었고, 그저 내 얼굴만 빤히 쳐다보고 있을 뿐이었다. 그 시선의 낮은 온도가 묘하게 기분 좋았다.

"난 택시로 갈 거니까 걱정 말아요. 히나도 택시 타고 가거라."

집까지 바래다주겠다는 미야자와의 제의를 거절하고, 갈지자로 걸음을 내딛던 선생님은 역 앞에 서 있던 택시 안으로 뛰어들듯이 타고는 가버렸다. 택시가 로터리를 한 바퀴 빙 돌고 나서 도로를 달려가는 걸 끝까지 지켜본 후에, "그럼, 전 여기서 실례할게요"라고 머리를 숙여 미야자와에게 작별 인사를 했다. 그러자 그는 많이 늦었으니 집까지 데려다주겠다면서 내 대답은 기다리지도 않고 몸을 돌려 주점의 전용 주차장으로 총총 걸어갔다. 조금은 강제적인 그의 말투에 내 심장의 고동이 빨라졌다.

큰길에서 빠져 외진 길을 10분쯤 달리다, 소방서 모퉁이를 돌아 산 쪽으로 이어진 길을 쭉 올라간다. 차 한 대 겨우 통과할 수 있을 것 같은 비좁은 비포장 산길이어서, 차체가 좌우로 크게 흔들리며 길옆으로 무성하게 자라난 나뭇가지와 이파리가 차 앞 유리를 세차게 두드린다.

"직장까지는 어떻게 가세요?"

"매일 스쿠터를 타고 다녀요. 근데 오늘은 비가 올 것 같아서 직장에 두고 왔어요."

"밤길이 무섭지 않아요?"

"이 동네에서 나고 자랄 때부터 쭉 다니는 길이라서……
아무렇지도 않아요."

미야자와는 내 말에 아무런 대꾸도 하지 않는다. 차의 불
빛이 산길을 비춘다. 이제 곧 이 차에서 내리면 다시는 이 남
자를 만날 수 없겠지? 문득 그런 생각이 들자, 언제까지고 이
길이 쭉 이어지기를 바랐다. "우리 또 만날 수 있을까요?"라
는 한마디가 목구멍에서 막혀서 밖으로 안 나온다. 답답한
침묵만이 차 안에 가득 맴돌고 있었다.

우리 집 앞에서 미야자와가 차를 세웠다.

내가 사는 집은 할아버지가 손수 지은, 35년이나 된 폐허
나 다름없는 목조 단층집으로, 이 동네 꼬마들 사이에서는
요괴 하우스로 불리고 있다. 집 평수보다도 정원 면적이 더
넓은데, 입구에 붉게 녹슨 문짝이 있다. 문간에서 집까지는
콘크리트에 타일을 깔아놓은, 10미터쯤 되는 작은 길이 나
있지만, 내 종아리 위까지 높게 자란 무성한 풀로 뒤덮여 있
어서, 이미 길의 흔적이 사라진 지 오래였다. 항상 저 풀을 베
어야겠다고 생각은 하지만, 막상 쉬는 날이 와도 뭔가를 할
기력조차 생기지 않았다.

나는 차에서 내리고 나서 가방에서 손전등을 꺼내 불을
켰다.

"저, 집까지 바래다주셔서 고마웠어요." 나는 그에게 고개

를 꾸벅하며 인사했다.

"당신이 집 안에 들어가는 것까지 보고 출발할게요." 미야
자와가 말했다.

평소처럼 손전등으로 발밑을 비추어가며 정원을 가로질
러 현관으로 향한다. 내 등 뒤로 미야자와의 시선이 다가오
는 게 느껴졌다. 풀밭을 걷다 보니 밤이슬 때문에 발이 심하
게 젖고 말았다. 현관문 앞에 서서 손전등으로 미야자와의
차를 비추고는 고마웠어요, 라고 큰 소리로 외쳤다. 그러자,
손전등이 비추는 동그란 빛 속에서 미야자와가 차창을 열더
니 "정원의 풀을" 하고 입에 두 손을 모아 크게 말했다.

그 소리가 잘 들리지 않아서 나도 왼쪽 귀에 손을 모았다.

"내가 베어줄까?" 아까보다 더 큰 소리로 미야자와가 외
쳤다.

"그러니까, 내가 풀을 베게 해주면 안 될까?"

오른쪽 어깨에 걸친 가방을 떨어뜨릴 뻔한 바람에 손전등
이 흔들렸고, 불빛의 중심에서 미야자와의 얼굴이 사라지고
말았다. 나는 다시 차에 불빛을 비추고는 "네, 부탁드려요"라
고 외치고 나서 고개를 꾸벅했다. 현관문을 닫자, 차가 출발
하는 엔진 소리가 들렸다. 가방을 품에 꼭 껴안은 채 한동안
나는 현관에 꼼짝 못 하고 서 있었다. 순조롭게 재회 약속을
하게 만든 미야자와 그 제안을 받아들인 나의 대담한 행동

에 솔직히 놀랐다. 왠지 귀가 화끈거렸다.

"언제까지 잠만 자고 있을 거야?"

내 방 창문 밖에서 가이토가 크게 외치는 소리가 들려온다. 그냥 무시하고 있자니, 현관 벨이 몇 차례나 연달아 울렸다. 아, 뭐야, 하고 벌컥 화내면서 현관문을 열자, 선명한 오렌지색 마운틴파카를 입은 가이토가 만면에 미소 띤 얼굴로 서 있었다.

좀 더 자게 해달라고 불평하는 나를 무시하며 가이토는 방의 커튼을 활짝 열어젖히고는 부엌에서 식기 건조대 속의 그릇을 뒤적거린다. 부스스한 머리에 편한 잠옷 차림으로 밥상 앞에 털썩 주저앉는 내게 가이토는 뜨거운 커피를 담은 머그잔을 건네주었다.

"오늘은 쉬는 날이라니까. 더 자고 싶단 말이야."

가이토는 내 말을 무시하며 거실 유리문 앞에 서서 허리에 손을 얹고 커피를 홀짝이더니, "오늘 날씨가 참 좋네"라고 큰 소리로 말했다.

"너, 쉬는 날에 이런 폐허 같은 집에서 꾸물거리면 어떡하냐. 얼른 옷 갈아입어."

그러고는 내 팔을 잡아 강제로 일으켜 세웠다.

"5분 안에 준비 다 끝내라."

어릴 때부터 쭉 유도와 검도를 해서 몸이 다부진 가이토는 무서운 호랑이 감독처럼 말했다. 그러고는 삐걱삐걱 소리를 내면서 복도를 걸어 현관으로 가더니 신발을 대충 신고 문을 쿵 닫았다. 성격이 급한 가이토를 기다리게 했다가는 또 귀찮은 일만 늘 것 같아 황급히 몸치장하고 차에 올라탔다.

맑은 하늘의 봄 햇살이 내 얼굴을 비추었다. 저 앞에 보이는 산줄기 너머로 연달아 보이는 흰 구름. 평일 오전 시간대여서 시청으로 이어지는 큰길과 역 앞의 상점가 통로에는 행인도 차도 적어 거리가 퍽 한산했다.

"사고 싶은 게 있는데 쇼핑센터로 가줄래?"

"너 말이야, 쉬는 날마다 매번 쇼핑센터만 가잖아. 거기가 네 세상의 중심이냐?"

"거기만 가면 뭐든 다 있단 말이야."

"노인네들 상대로 힘든 일 하고 기껏 쉬는 날이 왔는데 쇼핑센터 가서 유니클로나 무지 같은 데서 옷이나 사고. 또 그거 뭐랬더라, 프라푸치노? 맨날 그런 것만 마시다 오잖아. 밥도 잘 안 먹고. 너 그렇게 살면 안 돼. 대체 인생을 뭐로 아는 거야?"

"난 그걸로 충분히 행복해."

"우리가 태어난 이곳에는 훌륭한 게 참 많잖아. 후지산이랑 온천도 있고, 포도밭도 있고…… 또 후지산이랑 온천이랑 포도밭도 있고…….”

“그것 말고는 아무것도 없잖아.”

“그걸로도 충분해!”

가이토는 풍혈(風穴)이 있는 사거리를 돌아서 수해(樹海)로 둘러싸인 길을 계속 달렸다. 창문을 아주 살짝만 열자 시내와는 또 다른 사늘한 공기가 흘러 들어왔다.

“또 호수에 가려고? 아, 싫어. 가기 싫다니까. 요전에도 갔다 온 지 얼마 안 됐잖아.”

“우리 같은 일을 하는 사람들은 종종 이렇게 몸에 쌓인 독소를 빼내줘야 해. 안 그럼 머리가 어떻게 돼버릴지도 몰라.”

어릴 때 보이스카우트로 활동한 그는 자연 속에서 지내는 걸 너무 좋아해서, 우리가 연애하던 시절에도 툭하면 날 데리고 캠핑을 하러 갔다. 나는 벌레가 싫어서 가기 싫다고 투덜댔지만, 할아버지가 돌아가시고 불면증에 시달리던 무렵에는 텐트 안 침낭 속에 파묻혀 마치 한 쌍의 애벌레처럼 가이토에게 딱 달라붙어 잘 때만은 신기하게도 깊은 잠을 이룰 수가 있었다.

“피크닉, 피크닉” 하고 엉터리 노래를 부르면서 가이토가 갑자기 속도를 올렸다.

차의 속도를 너무 내지 말라고 내가 한마디 하자, 가이토는 아차, 하는 표정으로 퍼뜩 속도를 줄였다. 살짝 열린 차창

틈새로 들어오는 바람이 문득 차게 느껴져, 나는 서둘러 창을 닫았다.

내가 유치원에 들어가기 직전, 부모님은 나 혼자 남겨놓고 세상을 떠났다.

그날, 엄마는 내 생일을 축하하기 위해, 도쿄에 파견근무를 가서 홀로 지내던 아빠를 차로 데리러 갔다. 그렇게 엄마가 운전하는 차로 집에 돌아오는 도중에 갑작스럽게 일어난 사고였다. 차는 과속 상태였고, 또 짙은 안개로 시야까지 나빴던 탓에 도로 위에서 옆으로 구르고 말았고 이내 불길에 휩싸였다. 사고가 난 도로변에는 부모님이 날 위해 준비한, 빨간 종이로 포장한 생일 선물이 길바닥에 나뒹굴고 있었다고 한다. 화장터에서 내게 그 말을 들려준 먼 친척 아주머니에게 할아버지가 크게 역정 내시던 장면이 여전히 내 머릿속에 남아 있다.

아렴풋하지만 부모님에 관한 기억도 조금은 남아 있었고, 부모님이 날 껴안고 웃는 사진을 볼 때면 외로운 순간도 있었지만, 할아버지는 그 이상의 애정을 내게 듬뿍 쏟아주셨다. 아무 부족함 없이 손녀딸을 키워주셨기에, 나는 그 은혜를 갚고 싶어서 요양보호사의 길을 선택했다.

가이토는 노인요양복지전문학교 시절에 가장 친하게 지냈던 친구였다. 그는 졸업하면 몇 년간 요양보호사로 일하다

가 케어매니저가 된 다음, 돈을 모아 대학에 진학해서 사회복
지사가 되고 싶다는 꿈을 내게 여러 번 털어놓은 적이 있다.
자기가 먼저 사회복지사가 될 테니 그다음에 네가 대학에 가
면 된다고, 그때는 내가 널 도와줄게, 라고 말하고는 했다.

비록 결혼이란 단어는 입 밖으로 꺼내지 않았지만, 가이토
가 꿈꾸는 미래가 내게는 너무 멀고, 또 너무 무거웠다. 가이
토가 내게 호감이 있다는 걸 알면서도 나는 계속 그의 마음
을 모른 체했다.

그런 가이토의 가슴에 내가 직접 뛰어든 것은 작년 겨울
이었다.

일을 마치고 집에 돌아오니, 할아버지는 밥상 앞에 앉은
채로 몸이 차가워져 있었다. 밥상 위에는 내가 차려놓았던
아침밥이 그대로 남아 있었고, 다다미방에는 텅 빈 밥그릇과
밥공기 모양 그대로 굳어버린 흰쌀밥 덩어리가 나뒹굴고 있
었다. 홀로 밤샘과 장례식을 치러내면서 긴장감으로 팽팽한
시기를 보내고 나니, 전혀 배고픔을 느낄 수 없게 되었다. 다
다미 바닥에 뒹굴던 딱딱하게 굳은 밥 덩어리만 떠올리면 밥
을 먹고 싶은 욕구는 더더욱 사라졌다.

나날이 여위어가는 나를 위해 가이토는 서툰 손놀림으로
밥을 지어주었다.

"넌 정말 네 이름처럼 병아리 같구나"라고 말하면서 어미

새가 새끼에게 먹이를 먹이듯이 숟가락으로 밥을 조금씩 떠 먹여주었다. 가족도 아니면서 이토록 날 세심히 보살펴주는 가이토에게 미안한 마음이 가득했다. 그렇다고 내 마음이 변한 것도 아닌데 체중이 서서히 원래대로 돌아올 즈음, 내가 먼저 그에게 사귀자고 말했다. 그리고 헤어지자는 말도 내가 먼저 꺼냈다. 태어나 처음으로 나 자신이 정말 최악이라고 생각했다.

"자, 마셔."

가이토는 콜맨 가솔린 버너로 물을 끓이고, 인스턴트커피를 탄 머그잔을 내게 주었다. 호수의 서쪽 끝자락 기슭에는 사람의 흔적이 거의 없다. 아무도 타지 않는 보트들이 뒤집힌 채 물가에 나란히 늘어서 있었다. 눈앞으로는 시내에서 볼 때보다 훨씬 더 큼지막해진 후지산과 도로 하나를 사이에 두고 그 너머로 수해의 원생림이 드넓게 펼쳐져 있었다.

언제부터 물가 근처에 놓였는지 알 수 없는, 썩어가는 나무 탁자 위에 가이토가 싸 온 도시락을 펼쳤다. 포일에 싼 주먹밥이 여러 개. 타파웨어 밀폐 용기 속에는 살짝 탄 달걀부침과 문어처럼 모양낸 비엔나소시지, 소금에 절인 오이지가 들어 있었다.

"맛있어?" 순식간에 주먹밥 한 개를 다 먹어치운 가이토가 물었다.

"약간 짜네."

주먹밥의 맨 윗부분을 깨작거리던 내게 "여전히 불만이 많군"이라고 말하면서 그는 페트병에 든 생수를 홀짝홀짝 마셨다.

"제발 밥은 꼬박꼬박 챙겨 먹어."

문어 모양의 비엔나소시지를 손가락으로 집어 입안에 던져 먹고는 끄응, 하고 기지개를 켜면서 가이토가 일어섰다. 딱 벌어진 어깨, 넓은 등짝. 저 등을 팔로 감쌌던 때가 벌써 먼 옛날 일처럼 느껴졌다.

"미안해."

"미안하다는 말 좀 하지 마."

가이토는 머리를 감을 때처럼 두 손으로 짧은 머리를 마구 헝클어댔다.

"나 참 짐요하지? 나도 잘 알아."

가이토가 나를 등지고 다시 후지산 쪽을 바라보기 시작했다. 오늘은 후지산에 구름이 전혀 걸려 있지 않았다. 이럴 때는 왠지 평소의 후지산보다 더 박력 있어 보인다. 수면이 잔잔할 때 거꾸로 된 후지산이 비쳐 보이지만, 오늘은 물결이 이는 데다 호수 표면이 조금씩 떨고 있었다. 원생림 쪽에서 불어오는 강한 바람 탓이었다.

입소자를 목욕시키는 날은 일주일에 두 번 있는데, 화요일인 오늘이 바로 그날이다. 선배인 미도리카와 씨와 함께 둘이서 스무 명의 노인을 목욕시켜야 한다. 이 작업이 다 끝날 때쯤이면 온몸이 땀투성이가 된다. 미도리카와 씨는 지병인 요통 때문에 몸이 힘든지 아까부터 얼굴을 찌푸리고 있다.

입소자 중에 몸을 잘 움직이지 못하는 사람의 경우, 샤워 후에 린스 겸용 샴푸로 머리를 감기고 전신을 씻긴 후에 마지막으로 음부와 엉덩이를 씻는다. 때때로 노인들의 성기가 눈에 들어올 때가 있다. 오래되어 쭈그러든 채소 같은 성기를 보고 있으니, 문득 나도 모르게 날카롭게 일어선 미야자와의 성기가 떠올라 자궁 안쪽이 경련이 일듯 수축하고 말았다.

풀을 베게 해달라던 미야자와는 정말로 일주일 뒤에 풀베기용 낫을 지참하고 우리 집을 찾아왔다. 목장갑을 끼고 장화를 신고 수건을 머리에 돌돌 만 모습으로, 정원에서 무릎을 꿇은 채 열심히 풀을 베기 시작했다. 옆에서 나도 돕겠다고 말했지만, 웃으면서 자기 즐거움을 빼앗지 말아달라고 했다. 나는 청소와 빨래를 하는 틈틈이 정원에 있는 미야자와의 모습을 훔쳐보았다. 그는 작업 내내 골똘히 생각에 잠긴 듯한 진지한 얼굴로 낫질을 했다. 왠지 우리 집 정원에 나 말고도 움직이는 누군가 있다는 게 신선했다. 그리고 그가 미야자와라서 더욱더 기뻤다. 오후 3시가 지날 무렵, 나는 그에게 다가가 차라도 한잔 마시며 쉬라고 말했다.

"저쪽 구석에 화단이 있었네." 미야자와가 녹슨 문 쪽을 가리키며 말했다. 정원에는 풀 냄새가 사방에서 피어올라 갑갑했다.

"할아버지가 만드신 건데, 돌아가신 후로는 전혀 손을 못 대고 있었어요."

제라늄이나 마리골드, 샐비어를 심었던 화단도 지금은 완전히 황폐해지고 말았다.

"정원을 깔끔하게 정돈하고 나면, 저기다 뭘 좀 심으면 좋겠네." 그는 말하면서 긴 셔츠 소매로 이마의 땀을 닦았다.

"풀 베는 거 좋아하세요?" 내 질문에 미야자와가 뒤를 돌아보았다.

"나한테 처음으로 질문을 했네."

내 착각이 아니라면, 그 말을 하는 미야자와의 얼굴은 아주 조금 기뻐하는 듯이 보였다. 나는 그게 또 기뻐서 질문을 연달아 많이 던졌다. 물어보고 싶은 게 정말 많았다. 미야자와는 나보다 일곱 살 연상으로 '나카노'라는 마을에 살고 있다고 했다. 하지만 제일 궁금한 점은 차마 물어볼 수가 없었다. 혹시 여자 친구나 부인이 있으신가요?

부엌에서 주전자에 물을 넣으면서, 미야자와가 있는 쪽을 흘긋 쳐다보았다.

미야자와는 거실 한가운데에 서서 방 안을 한차례 둘러보는 중이었다. 상인방(창문 또는 벽 위쪽 사이에 가로지르는 나무) 위에 있는 할아버지와 부모님의 영정 사진, 방 안 한쪽 구석에 모신 작은 불단, 갈색 찻장, 동그란 밥상, 브라운관 TV. 할아버지가 왕성하셨을 때의 옛 시절 모습 그대로 방 여기저기에 흩어져 있는 갖가지 사물들을 그는 흥미진진한 눈으로 보고 있었다.

찻잔을 올린 쟁반을 들고 거실로 나가자, 미야자와가 내 얼굴을 쳐다보며 물었다.

"부모님은 언제 돌아가셨어?"

"유치원에 들어가기 전에요. 그래서 기억이 별로 없어요……."

"향을 올려도 될까?"

내가 고개를 끄덕이자 미야자와는 불단 앞에 정좌하고 라이터로 촛불을 켠 뒤 선향에 불을 붙였다. 척추를 곧게 세워 불단을 향해 합장하는 미야자와의 손등 위로 불쑥 튀어나온 혈관을, 나는 또 머릿속에 저장했다.

늘 할아버지가 앉아 계시던 TV 앞자리에 미야자와가 위화감도 없이 앉아 차를 마시는 광경이 묘하게 이상했다. 가이토가 그 자리에 앉았을 때는 시간이 멈춘 이 집 안에서 유독 가이토만이 형형색색의 빛을 온몸에 휘감은 이색분자처럼 보였기 때문이다.

미야자와는 그 후로도 2주에 한 번씩 우리 집을 찾아와서 풀을 베고는 도쿄로 돌아갔다. 그가 쉬는 날이 언제인지 물어봤을 때 일부러 가이토가 쉬는 날과 겹치는 날을 피해서 대답했다.

"너한테 남자 친구가 생기면 더는 안 만날 거고, 집에도 안 찾아갈게"라고 가이토가 말했지만, 미야자와가 현재 내 애인 인지 아닌지 판단하기가 어려웠다. 내가 일을 쉬는 날은 불규칙했지만, 미야자와는 평일에도 우리 집을 불쑥 찾아오곤 했다.

그래서 그에게 회사 일은 괜찮은지 물어보자, "요즘은 회사 업무가 그렇게 바쁘지 않을 때라서 괜찮아. 이곳에 오면 기분 전환이 되거든" 하고 내 눈을 쳐다보지 않고 말했다.

미야자와가 찾아오기 시작하면서 사계절이 더 빨리 흘러가는 기분이 들었다. 벚꽃이 피었다가 지고, 녹음이 싹 트는 계절이 눈 깜짝할 새 지나버리더니, 어느새 곧 장마를 맞이할 시기가 찾아왔다.

내가 부엌에서 가스레인지를 닦고 있을 때였다. 문득 미야자와의 목소리를 들은 듯한 기분이 들어 툇마루로 나갔더니, 미야자와가 왼손을 수건으로 감싸면서 "사고 쳤네"라고 작게 말했다.

하얀 수건에 새빨간 피가 스멀스멀 스며들고 있었다. 수건을 풀어 헤치자, 왼손 검지 끝부분에서 박동에 맞추어 뿜어내듯이 붉은 피가 흘러내렸다. 약상자에서 꺼낸 거즈로 상처를 꾹 지압하자, 미야자와가 미간을 찌푸렸다. 잠시 지압하고 나서 큰 크기의 반창고를 빈틈없이 감았다.

곤줄박이가 애교를 부리듯 지저귀는 울음소리가 산 쪽에서 들려왔다. 문득 고개를 들자, 미야자와의 얼굴이 아주 가까이 다가와 있었다. 그는 오른손 엄지로 내 뺨을 부드럽게 쓰다듬다가 얼굴을 살짝 기울여 내 입술에 키스했다.

미야자와가 다친 왼손을 쓸 수가 없기에, 나는 그가 입은 데님을 벗기고 나서 내 옷도 스스로 벗었다. 그의 몸에서 땀을 실컷 흘린 수컷의 냄새가 났다. 미야자와는 내 몸 구석구석을 입맞춤하더니 입술과 혀, 손가락과 손바닥으로 마치 깃털로 어루만지듯이 나를 만졌다. 나는 남자라고는 가이토밖에 모른다. 섹스는 살과 살이 서로 부대끼는 것과 마찬가지라고 생각했는데, 이런 식으로 애무를 받은 적은 단 한 번도 없었다.

찌르르, 짜릿함이 터져 나오는 쾌감이 등뼈 아래에서 목언저리를 스쳐 갔다. 유두와 발 사이의 돌기, 그는 조금 더 세게 만져주길 바라는 부위는 일부러 피하고 있는 것 같았다. 짓궂게도 나를 더 안달 나게 만들려는 의도였고, 나 또한 그가 나를 더더욱 안달 나게 만들어주길 바랐다. 자연스레 다리를 꽉 조이자, 서로 비비대는 양쪽 허벅지 사이에서 음란한 소리가 났다. 벌써 넘쳐흘러서 허벅지 언저리까지 꽤 젖어 있다는 걸 깨닫고는 부끄러워서 울어버릴 것만 같았다. 미야자와의 혀가 가슴 사이에서 배꼽 밑으로 내려갔다. 나는 양다리를 크게 벌렸고, 미야자와는 소리를 내며 그곳을 빨았다. 내 몸은 자연스레 활처럼 젖혀졌고, 그의 혀, 다음은 손가락이, 마지막으로 미야자와가 들어왔다. 내 안쪽에서는 그를 밀물처럼 순순히 받아들였다. 손가락이 새근새근해지자, 내 눈을 보며 미야자와가 웃었다.

미야자와는 한동안 그 자세로 내 머리를 부드럽게 쓰다듬었다. 이상하게도 이 순간, 나는 왠지 모르지만 할아버지를 떠올렸다.

착하지, 착해. 히나는 정말 착한 아이야. 미야자와가 내 몸속 아주 깊디깊은 곳에까지 들어왔다. 천천히 몸이 흔들릴 때마다 기분이 좋으면서도 울고 싶은 심정이 동시에 터져 나오는 바람에 나는 어쩔 줄을 몰랐다. 헐떡거리는 소리인지, 아니면 울음소리인지, 내 입 밖으로 나오는 소리가 그중에 어느 쪽인지도 알 수가 없었다.

손끝이 쩍 벌어진, 할아버지의 주름투성이 손. 그 손으로 만들어주신 살짝 탄 핫케이크. 머리를 곱게 빗질할 때 쓰던 짓쿠라는 이름의 포마드 향. 그런 것들이 떠올라 눈물이 흘렀다.

미야자와의 목에 매달리자, 그는 몸을 일으키고는 나를 무릎에 앉혔다. 수차례 그가 아래서 몸을 쳐올리자, 따뜻한 물이 내 몸속에서 새어 나오는 듯한 느낌이 들었다. 내 몸에서 그런 변화가 일어날 줄은 전혀 생각도 못 했기에, 나는 깜짝 놀라서 미야자와의 얼굴을 쳐다보았다. 그는 아무 말 없이 내 눈물을 핥았다. 서로 얼굴을 마주 본 채로 미야자와가 내 몸을 흔들었다. 내 안에서 헤엄치듯이 그가 움직일 때마다 따뜻한 물이 넘쳐흘렀다. 어쩌면 그것은 눈물과 동질의 것일지도 몰랐다.

미야자와는 풀을 베고, 나와 잠자리를 같이한 후, 동이 트기 전에 도쿄로 돌아갔다. 잡초를 모조리 근절시키는 제초제를 뿌린 게 아니라서, 미야자와가 아무리 풀을 베어도 다음에 올 때면 정원의 풀은 원래대로 다시 쑥쑥 자라 있었다. 그렇게 자라난 풀을 미야자와는 다시 베었다. 사실 이곳에 풀을 베러 온다는 구실이 더는 필요 없는데도, 그는 부지런히 낫을 휘둘렀다.

미야자와가 우리 집을 찾아오기 시작한 지 두 달쯤 지났을 때였다. 내 휴대전화로 발신인을 알 수 없는 전화가 자주 걸려오기 시작했다. 내가 전화를 받으면 갑자기 뚝 끊어졌다. 그 발신인은 어쩌면 미야자와와 관계가 있는 사람이라는 생각이 들었다.

우리가 두 번째로 만났을 때는 한 번만 더 그를 만날 수만 있다면 그걸로 좋다고 생각했다. 그러나 세 번째 만났을 때는 이 풀을 다 베고 나면 그를 만날 수 없을 거라고, 스스로 타일렀다. 여섯 번째 만났을 때 우리는 처음으로 섹스를 했지만, 그에게 여자 친구나 아내가 있을 것만 같아서 이제 우리 관계를 끝내야겠다고 다짐했다. 그렇게 언제든 마음만 먹으면 미야자와에게서 벗어날 수 있다고 믿었다. 하지만 언제라도 그만둘 수 있다고 믿으면서도, 나도 모르게 점점 중독되는 마약처럼, 난 어느새 미야자와에게서 벗어날 수 없게 되었다.

아홉 번째로 우리가 만나 헤어지던 날 아침, 차에 올라타려는 미야자와에게 "혹시 여자 친구가……?"라고 물어보려고 했다. 하지만 동시에 미야자와도 무슨 말을 꺼내는 바람에 우리의 말이 겹쳐버려서, 미야자와가 무슨 말을 했는지 제대로 듣지 못했다. 당신부터 먼저 말을 하라는 듯이 미야자와가 내게 손바닥을 내밀었다.

"······미야자와 씨, 혹시 여자 친구나 부인이 있으신가요?"

"······아내가 있었어. 얼마 전까지 같이 살았지만, 지금은 아니야."

그렇게 말하고는 안전띠를 매고 차에 시동을 걸었다. 미야자와의 말에 기뻐해야 할지 슬퍼해야 할지, 내 마음이 어느 쪽을 향해야 할지 갈피를 잡을 수가 없어서 망설였다. 풀에 닿은 탓에 오른쪽 발목의 복사뼈 쪽이 근질거렸다. 나는 그 부분을 손으로 긁으면서 말했다.

"방금 저한테 무슨 말 하려고 하지 않았어요?"

"언제 한번 당신이 도쿄에 오면 좋을 것 같아서."

한밤이 지나 이제 막 새벽녘을 맞이한 6월의 공기는 제법 싸늘했다. 티셔츠 위에 걸친 카디건을 여몄다.

"······사람 붐비는 곳은 별로 좋아하지 않아서요."

"왠지 그렇게 말할 거라 생각은 했는데."

웃고 있는 그의 얼굴이 어딘지 모르게 안도하는 듯 보이기도 했다. 그럼 이만 가볼게, 라고 말하면서 차 문을 쾅 닫았다. 잔돌을 날리면서 미야자와의 차가 산길을 내려갔다. 나는 뒤돌아 정원을 바라보았다. 낮으로 벤 지 얼마 안 되는 잡초의 단면이 왠지 퍽 애처롭게 느껴졌다.

얼마 후, 뒤쪽에서 스쿠터의 경적이 들렸다. 소리가 나는 쪽을 돌아보니, 가이토가 고글을 추어올리고는 하프 타입의 헬멧을 머리에서 무 뽑듯이 빼내는 바람에 새빨개진 얼굴로 내게 걸어왔다.

"방금 저기서 엇갈렸는데. 저 자식, 지난번에 그 사람 맞지?"

"왜 이렇게 아침 일찍 온 건데?"

"언제부터 여길 온 거야? 둘이 사귀고 있었어?" 내 질문에는 대답도 하지 않고 가이토가 물었다.

"사귀는 거 아니야."

"그럼 대체 뭔데?"

가이토를 등지고 정원을 가로질러 현관문 쪽으로 걸어간다. 나를 따라 가이토도 집 안으로 들어오더니 복도를 쿵쿵 걸으며 내 뒤를 따라왔다. 그가 부엌 식탁 위에 하얀 비닐봉지를 털썩 내려놓자 벌어진 봉지 틈 사이로 달걀과 베이컨, 오렌지주스가 보였다.

"너 아무 이야기도 못 들었어? 우릴 인터뷰한 바로 그 여자가 미야자와 씨 아내란 말이야."

아아, 그 사람이라고? 그날 볼펜을 똑딱거리던 소리가 당장이라도 귓가에 들려올 것만 같았다.

"지금은 같이 살지 않는댔어."

"너 멍청이냐? 그런 거짓말을 믿는다고? 그럼 왜 이렇게 꼭두새벽에 돌아가는데?"

"일이 바쁘대."

어휴……. 가이토가 잔뜩 한숨을 내쉬며 옆을 보다가 미닫
이문이 활짝 열린 채로 있던 내 침실 안을 보고 말았다.

침대 위에는 담요랑 이불, 목욕 수건이 마구 뒤엉킨 채 있
었다.

"너랑 자려고 온 것뿐이잖아. 육체만 즐기는 관계였군. 우
아, 더, 럽, 다."

그의 왼쪽 뺨을 때리려는 내 오른손을 가이토가 콱 붙잡았
다. 다시 오른쪽 뺨을 때리려는 왼손마저 잡히고 말았다.

"그 사람은 너처럼 난폭하지 않아. 나한테 상냥해. 진짜로
나한테 상냥하게 잘해준단 말이야."

가이토는 내 양쪽 손목을 붙잡은 채로 내 얼굴을 가만히
바라보았다. 그 말을 꺼내자마자 가이토에게 심한 상처를 주
었다는 걸 알았고, 곧 폭발할 것만 같은 분노로 가득한 그의
표정 속에서 아주 희미한 연민을 느낀 순간, 나는 문득 방금
내뱉은 말에 부끄러움을 느꼈다.

가이토는 내 손목을 풀어주고는 아무 말도 하지 않고 그냥
돌아가버렸다.

도저히 잠이 안 올 것 같았지만 그냥 누워 있고 싶었다. 커
튼 틈새로 침범하는 아침 햇살이 침대 위에 뒤엉켜 있는 천

덩어리를 비추고 있었다. 나는 거칠게 시트를 벗겨내 목욕 수건과 함께 둘둘 말아 세탁기 안에 집어넣었다. 세탁조 안에서 오른쪽 왼쪽 빙글빙글 돌아가는 파란색 시트와 녹색 목욕 수건을 멍하니 구경했다. 가능하다면 나도 이 속에 함께 들어가 더러워진 내 몸을 깨끗이 씻어내고 싶었다.

"오늘은 조용한 밤을 보내면 좋겠어."

배설 기록을 쓰면서 미도리카와 씨가 졸린 듯한 목소리로 말했다. 50명쯤 되는 노인들의 기저귀 교체를 둘이서 막 끝내고 와서, 미도리카와 씨가 집에서 직접 내려 온 커피를 마시는 중이었다. 의자에 앉으면서 미도리카와 씨가 허리 쪽을 문질렀다.

"허리 아프세요?"

"응, 조금. 직업병이니 어쩔 수 없지 뭐. 히나도 허리 조심해."

전업주부였던 미도리카와 씨는 이혼 후 아이를 데리고 친정으로 돌아왔다. 그리고 학교에 들어가 요양보호사가 되었다. 내가 이 시설에 막 취직한 초기에는 미도리카와 씨가 선배로서 철저하게 나를 가르쳤다. 화를 내면 무서운 사람이지만 타인을 험담하거나 일에 대한 투정은 절대 하지 않는다. 게다가 상담도 잘 들어주는 미도리카와 씨랑 밤샘 근무를 하는 것은 내 즐거움이기도 했다. 가이토와 연애를 끝낸 사실을 미도리카와 씨에게 털어놓은 적은 있지만, 미야자와에 관해서는 아직 말한 적이 없다.

"전 남자 친구, 아직도 찾아와?"

"네, 뜬금없이 찾아와서는 제가 밥 잘 챙겨 먹는지 체크한다니까요."

"사랑받고 있네. 얼른 결혼해서 새끼들 쑥쑥 낳으라고."

그 말에 내가 가만히 있자, 미도리카와 씨는 "너처럼 아직 젊고 예쁠 때는 언제까지고 남자들이 좋아해줄 것 같지? 하지만 너무 가리다가는 눈 깜짝할 새 세월만 흘러 나처럼 된다니까. 뭐, 이혼까지 한 처지의 내가 결혼하라니, 진짜 설득력이 없겠네" 하고 하하하 웃으면서 말하다가 또다시 허리를 문질렀다.

사무실의 카운터 앞을 누가 지나간 것 같아서 고개를 들었다. 미도리카와 씨가 "어머나, 혼다 씨네"라고 말하면서 자리에서 일어났다. 혼다 씨는 치매에 걸린 할머니인데, 때때로 한밤중에 방을 나와 시설 안을 배회하곤 했다. 내가 자리에서 일어나자, "나도 갈게. 오늘은 왠지 너무 졸려. 잠을 깨야겠어"라고 미도리카와 씨도 따라 일어났다.

미도리카와 씨가 옆으로 다가가 혼다 씨, 하고 이름을 불렀다.

"아, 다행이다. 이런 곳에서 친절한 분을 만나게 됐네요."

혼다 씨의 두 눈이 반짝반짝 빛나면서 미도리카와 씨의 팔을 붙잡았다.

"지금 당장 서둘러 가야 해요. 게이치 씨가 기다리고 있거든요. 저기, 신주쿠에 있는 니코 앞에서요. 근데 내가 길을 잃어버렸지 뭐예요……."

"제가 니코 앞까지 모셔다드릴게요." 미도리카와 씨가 말했다.

"친절하게 도와줘서 고마워요. 정말 다행이야."

혼다 씨가 소녀처럼 말하더니 또다시 총총걸음으로 걷기 시작했다.

"'니코'가 뭐예요?"

미도리카와 씨의 뒤를 따라가면서 작은 소리로 물어보자, "신주쿠에 '아루타'라는 빌딩이 있는데, 옛날엔 식료품 백화점이었대. 원장이 나한테 말해줬어" 하고 내게 귓속말로 속삭였다.

주변을 두리번두리번 둘러보면서 혼다 씨가 걸어간다. 비상 출구의 녹색 불빛이 리놀륨 바닥에 반사하고 있다. 어둑어둑한 복도에 끽, 끽, 끽 세 사람이 내는 신발 소리만 울려퍼졌다.

복도를 몇 차례 왕복하고 나서 미도리카와 씨가 적당한 때를 엿보다가, "혼다 씨, 이쪽이에요"라고 말했다. 그러자 혼다 씨는 순순히 자기 방 쪽으로 걸어갔다.

"오늘은 왕복이 세 번 만에 끝났네."

밝은 조명에 눈을 깜빡거리는 미도리카와 씨가 붉은색 타탄체크 문양의 보온병을 들어 내 머그잔에 커피를 따라 주었다.

"게이치 씨는 누구일까요?"

"나도 궁금해서 케어 기록을 본 적이 있는데, 혼다 씨 남편 이름은 게이치 씨가 아닌 거야. 어쩌면 옛 애인일지도 모르지."

커피를 한 모금 마시고 미도리카와 씨가 말했다.

"절대 잊지 못할 추억인가 봐. 나도 나중에 나이 들어서 저렇게 옛 애인 이름을 무심코 꺼내는 거 아냐?"

"헤어진 남편분일 수도 있죠."

"그럴 일은 절대 없을걸!"

미도리카와 씨가 그렇게 말하면서 웃고 있는데, "저기…… 죄송합니다" 하고 카운터 너머에서 작은 목소리가 들려왔다. 이번에도 또 혼다 씨였다. 자리에서 일어나려는 미도리카와 씨를 제지하고, 제가 갈게요, 라고 말하면서 사무실 밖으로 얼른 나갔다.

아까보다 더 빠른 속도로 혼다 씨가 걷기 시작했다.

"지각할지도 몰라. 게이치 씨가 기다리고 있는데, 어떡하지?"

갑자기 뒤돌아 나를 쳐다보며 불안한 얼굴로 말하는 혼다 씨 옆에 서서 작은 어깨를 감싸 안아주었다.

"괜찮아요. 약속 시간 안에 충분히 갈 수 있어요."

그러나 내 팔을 뿌리친 혼다 씨는 게이치 씨― 하고 울음이 터져 나오는 목소리로 마구 불렀다. 혼다 씨, 반드시 시간 안에 갈 수 있어요, 라고 타일러도 전혀 들으려고 하지 않고 복도를 걸어간다. 종종걸음으로 혼다 씨를 뒤따라갔다. 게이치 씨― 하고 애달프게 외치는 소리만이 복도에 울려 퍼졌다.

살아 있는 동안에 푹푹 쌓인 잡동사니와도 같은 기억을 품고 있다가 비눗방울이 터지듯이 그 기억들이 하나둘 사라져 버릴 때, 과연 난 누구의 이름을 부를까? 혼다 씨의 작고 둥근 등을 바라보면서, 일본식 주점 현관에서 보았던 미야자와의 등을 떠올렸다. 미야자와가 지난번 우리 집에 온 날로부터 어느새 한 달이라는 시간이 지났다. 장마가 끝나고, 벌써 7월의 끝자락이 다가오고 있었다.

"저기, 도쿄 하늘 좀 봐봐."

하치오지 나들목을 꽤 지났을 무렵, 가이토가 저 앞에 보이는 하늘을 가리키면서 말했다. 집을 나설 때만 해도 짙푸

르던 여름 하늘이 도심에 가까워질수록 점점 뿌옇게 흐려졌다. 조금 더 차를 달리자, 이번에는 광화학스모그 탓인지 고속도로 위, 저 수평선 너머로 안개가 자욱한 것처럼 옅은 잿빛을 두른 둥근 형태의 구름이 상공을 뒤덮고 있었다.

"매일 저렇게 더러운 공기를 마시고 살다간 성질이 삐뚤어질 게 뻔하지."

가이토가 내뱉듯이 말했다.

미야자와 씨네 회사가 위험한 모양이야. 요즘 워낙 불경기라서 그런 업종도 다들 힘든가 보네.

공부 모임이 끝나고 회식 자리에서 교장 선생님이 말했다. 그 말을 듣고 입을 다문 나를 가이토가 탁자 건너편에서 지켜보고 있었다.

"인터뷰했던 날에 받은 명함 속 번호로 전화를 걸었었어. 오늘 오후라면 사무실에 있다고 하길래."

가이토는 밤샘 근무가 끝난 나를 강제로 차에 태우며 그렇게 말했다. 일요일 오전부터 놀러 나가는 사람들이 많은지 도쿄로 향하는 차량이 예상보다 훨씬 많았다. 고속도로를 빠지고 중심 도로를 북상해 가도를 더 달렸다.

"저기다."

가이토가 길가에 늘어선 빌딩을 올려다보며 손가락으로 가리켰다. 미야자와의 회사가 있는 빌딩은 내 상상과는 너무도 다른, 낡디낡은 건물이었다. 1층 약국에서는 다채로운 상품을 가게 앞에 펼쳐놓고 팔고 있는 중이었다. 여기서 기다릴게, 라고 말하는 가이토만 놔두고 혼자서 차에서 내렸다.

고작 성인 두세 명만이 간신히 탈 수 있는 협소한 엘리베이터가 덜커덕거리며 아주 천천히 3층에 도착했다. ㄷ자 모양으로 연결된 복도를 걸었다. 각 사무실 앞에는 자전거 또는 발포 스티로폼 같은 잡다한 물건들이 나와 있었고, 복도로 난 창문의 방범 창에는 비닐우산이 걸려 있었다. 302호의 인터폰을 눌렀다. 이내 문이 열리고 미야자와가 어서 들어오라며 나를 사무실 안으로 들였다. 그는 우리가 마지막으로 만났을 때보다 살이 더 빠진 듯 보였다. 한 다섯 평쯤 되는 공간의 사무실에는 아무도 없어서 분위기가 휑했다. 방 한쪽 구석에는 아예 카펫에다 컴퓨터를 내려놓았고, 열려 있는 골판지상자 속에는 각종 파일과 서류 같은 것이 가득 차 있었다.

미야자와는 창가에 놔둔 파이프 의자에 나를 앉히고는 코코아 음료수 하나를 건넸다.

"연락을 못 해서 미안해. 회사에 이런저런 일들이 있었거든. ……그냥 망하게 됐지 뭐야."

조금 떨어진 창가에 서서 캔 커피를 마시면서 미야자와가 말했다.

"그 친구한테서 전화가 왔어. 서슬이 시퍼레져서는 하나를 다시 만나지 않을 거면 확실하게 끝내달라더군."

블라인드가 올라간 창문에서는 도청 건물이 보였다.

"괜찮은 녀석 같아."

너무 가까운 거리에서 보는 후지산처럼, 지금 내 앞에 서 있는 도청 건물 역시 현실감이 없어서 마치 페이퍼 크래프트 (종이로 접거나 만든 공예품) 같았다.

"처음엔 당신이 혼자 있는 게 왠지 너무 외로워 보였어. ……쓸데없는 참견이지만, 힘이 돼주고 싶었거든. 그러는 동안 내 회사는 도저히 손쓸 방도가 없게 되었고. 솔직히 말하면 당신 집에 가기 전에 수해에 가서 목을 맬까도 여러 번 생각했었어. ……그러다 당신 집에서 풀을 베고, 당신 얼굴을 보면서. ……힘을 얻은 건 바로 나였어."

어디선가 뚜뚜뚜뚜 헬리콥터의 모터 소리가 들려왔다.

"당신 직업에 대해서도, 내가 팸플릿을 직접 만들면서도 실은 얕본 측면이 있었던 것 같아. 도쿄에서 일하다 보니, 이곳이 세상의 중심처럼 느껴졌던 거지……. 잘난 척하다가 벌 받은 건지도 몰라. 오히려 착실하게 사는 당신이 훨씬 더……."

"다신 못 만나는 건가요?"

미야자와의 말을 가로막고 고개를 숙인 채로 말했다. 헬리콥터 소리가 멀어졌다.

미야자와가 캔 커피를 마시는 소리가 들렸다.

"그 친구가 당신 옆에 있다면 괜찮을 거야."

이것은 내 질문에 대한 대답이 아니었다.

다시 창밖을 보았다. 현실감이 없는 저 도청 건물에 수많은 사람이 있고, 또 그들이 저 안에서 일하고 있는 모습이 상상이 안 됐다.

"미야자와 씨, 당신을 좋아했어요. 태어나 처음으로 좋아하게 된 사람이었어요."

내가 간신히 쥐어짜듯이 말하자, 미야자와가 다가와 내 머리 위에 손을 올렸다. 나는 눈을 감았다. 좋아해요, 라는 말을 누군가에게 해본 적이 없었다. 물론 좋아했어요, 라는 말도 태어나 처음이었다.

"안녕. 잘 지내야 해."

내 머리 위에서 그의 목소리가 울렸다. 살짝 눈을 떠보니, 미야자와의 발이 시야에 들어왔다. 우리가 두 번째 만났을 때처럼 그는 여전히 깔끔하게 광낸 가죽 구두를 신고 있었다. 그의 얼굴을 쳐다보면 어떻게 돼버릴 것만 같아 눈도 마주치지 않고 꾸벅 인사만 한 채 사무실 밖으로 뛰어나갔다.

미야자와가 더는 오지 않게 되고 나서, 정원의 잡초는 한여름의 태양 빛을 듬뿍 받으면서 쑥쑥 키가 자라났다.

하루는 가이토가 전동 예초기를 가져와서는 정원의 잡초를 베기 시작했다. 이따금 회전하는 은빛 칼날에 햇살이 반사되어, 툇마루에서 멍하니 정원을 구경하는 내 눈을 비추었다. 숨어 있던 귀뚜라미 같은 벌레들이 짧아진 풀잎 속에서 펄쩍 뛰어나와 도망가기도 했다.

"이게 뭐야?"

땅 위를 기어가듯 뻗어 있는 덩굴을 가이토가 손가락으로 집었다. 그 줄기를 더듬어가자, 정원 끝에 있는 화단으로 이어졌다. 가이토가 덩굴을 잡아당기려고 하는 순간, 안 돼, 하고 크게 소리치고 말았다. 서둘러 샌들을 신고 가보니, 미처 아무 곳에도 휘감지 못해 할 수 없이 자기 몸을 비비 꼬듯이 빙빙 휘감은 덩굴 하나가 보였다.

덩굴 중간쯤에 어렴풋이 붉은빛이 비치는 나팔꽃 봉오리가 여러 개 달려 있다. 혹시 미야자와가 꽃씨를 뿌려준 걸까? 아니, 사실이 어떻든 나 자신이 그렇게 믿고 싶을 뿐일지도 모른다.

가이토에게 덩굴을 뽑지 말라고 부탁하자, 그는 내 얼굴과 손으로 잡은 덩굴을 번갈아 보더니 "버팀목을 세워줘야 할 것 같아"라고 말했다.

그날 이후로 가이토는 다시 내게 너무 잘해주었다. 내가 가고 싶은 곳에 날 데려가고, 내가 먹고 싶은 음식을 먹게 해주었다.

　평일 낮에 가이토와 나란히 쇼핑센터 안을 걸었다. 여름방학이어서 수많은 인파가 이곳에서 시간을 보내고 있었다. 한참을 걷다 보니, 새로운 잡화나 촉감이 좋은 옷, 어딘가 타지에서 만들어졌을 낯선 상품들이 꽉꽉 채워진 이 공간이 갑갑하게 느껴졌다. 딱히 필요도 없는 시시한 물건을 쇼핑하면서 기분을 풀고 싶었는데, 정작 내가 원하는 건 이곳에 없다는 기분만 들었다. 가이토에게 호수에 가자고 말했다.

　"우아, 진짜 별일이네. 뭐 그래도 실연을 치유하기에는 좋을지도 모르겠군."

　그는 발걸음을 멈추고 내 얼굴을 쳐다보며 말했다.

　호수 너머로 눈이 쌓이지 않은 후지산이 보였다.

　물가에는 바비큐를 하거나 캠핑하는 사람들로 북적였다. 가이토는 사람이 많은 장소를 피해, 조금 떨어진 나무 그늘에 차를 세웠다. 차 안에 미리 넣어두었던 차양 막을 꺼내 펼쳤다.

　"잠깐 여기서 눈 좀 붙이고 있어. 난 요 근처를 산책하고 올게."

　가이토는 그렇게 말하고는 호수 기슭 쪽으로 걸어갔다.

　호숫가에 밀려오는 작은 물결 소리를 들으며 얕은 잠에 빠진 나는 산만한 꿈을 꾸다가 이내 깨어나기를 반복했다. 그러다 다시 꾸벅꾸벅 꿈속으로 돌아갔다. 비몽사몽 중에 미야자와의 익숙한 몸을 하나둘씩 떠올리고 있었다. 등과 턱선, 왼쪽 귀 뒤쪽으로 난 점, 손등에 떠오른 혈관. 부드러운 입술, 뜨거웠던 혀, 그리고 내 안으로 들어오는 찰나의 그 압박감을.

누가 내 이름을 부른 것 같아서 눈을 떠보니, 빤히 내 얼굴을 응시하던 가이토와 시선이 마주쳤다.

"대체 무슨 꿈을 꾸고 있던 거야? 야한 소리 내지 말라고. 아무튼 정말이지."

가이토가 등을 돌려 내 옆에 몸을 눕혔다. 누운 채로 양팔을 머리 위로 뻗고 머리만 살짝 내밀어 밖을 내다보자, 노을에 물든 후지산이 거꾸로 보였다. 그곳을 향해 한 척의 카누가 수면을 헤쳐 가는 모습이 보였다. 카누가 만드는 물결이 거울 같은 호면(湖面)을 둘로 갈라놓았다.

"좋아하니까." 문득 가이토의 목소리가 들려와 고개를 옆으로 돌려 가이토의 등을 보았다.

"네 옆에 있을게." 그 말을 하는 가이토의 어깨에 팔을 뻗었다. 땀에 젖은 흰 셔츠는 온기라고 말하기에는 너무 뜨거운 가이토의 몸을 감싸고 있었다. 등을 돌린 채로 가이토가 내 손 위에 자기 손을 얹었다. 한 번 더 밖을 내다보니, 호면에는 오렌지색과 연보라색 황혼으로 물든 하늘이 비치고 있었다. 가이토의 손이 내 손을 잡았다.

"놓지 않을 거야." 그렇게 말하는 가이토의 넓은 등에 이마를 살짝 대고 눌렀다. 여름 막바지의 조용한 밤이 다가오고 있었다.

숲의 젤라틴

"그런 말 할 거면 우리 아빠처럼 수해에서 목매달고 죽어 버릴 거야."

그 말을 하자마자, 돌연 컴컴한 터널 안으로 들어간 것처럼 히나의 눈에서 빛이 사라졌다.

이 말을 꺼내면 히나는 침묵한다. 어린아이가 떼쓰는 투로 말하고 싶진 않았지만, 난 단지 히나와 헤어지고 싶지 않을 뿐이다.

히나는 동그란 밥상 너머에 편하게 앉아 있다. 막 목욕을 끝낸 뒤라 수건을 목에 두른 채였다. 머리는 아직 덜 말랐고, 화장을 지운 맨얼굴이 새파래졌다.

밥상 위에는 내가 조금 전에 사 온 캔 맥주 빈 깡통이 세 개. 히나는 한 모금도 입에 대지 않았다. 전부 다 내가 마신 것이다.

한밤중에 괘종시계만이 규칙적인 소리를 내고 있다.

히나와 나 사이에 헤어지자는 말이 나온 지도 벌써 두 달이 되어간다.

"너랑 헤어지고 싶어."

"싫어."

"숨을 쉴 수가 없어."

"절대 헤어지지 않을 거야."

얼굴을 마주할 때마다 우리는 이런 식의 대화만 나누고 있다.

히나는 더는 내 얼굴을 보며 웃지도 않을뿐더러 시선을 마주치려고도 하지 않는다.

원래 근무하는 시간대도 쉬는 날도 다 달라서, 우리는 늘 엇갈릴 뿐이었다.

밤에는 작은 싱글 침대에서 서로 몸을 맞대고 잤지만, 다음 날 눈을 뜨면 히나는 일찌감치 출근한 후일 때도 많았다. 마찬가지로 나 역시 아직 자는 히나를 깨우지 않도록 날이 밝기도 전에 침대를 빠져나가 출근 준비를 할 때도 있었다.

내가 입을 열 때마다 히나는 긴장한 나머지 몸이 경직된다. 아마도 날 무서워하는 것 같다.

하지만 나 역시 히나에 대한 집착을 어떻게 해야 좋을지 모르고 있었다.

아무 말도 하지 않는 히나의 몸을 덮친다.

내 몸 아래에 히나의 몸은 푹 숨어버린다. 히나가 내 가슴을 손바닥으로 밀쳐내려고 애쓰지만 아무 소용이 없다. 골밀도가 높은 내 굵은 뼈대와 단단한 근육이 곧바로 그 손길을 퉁겨내기 때문이다. 유도에서 기술을 걸듯이, 몸을 자꾸 비틀려는 히나의 몸에 체중을 싣고, 양 손목을 하나로 잡은 다음 히나의 머리 위로 들어 올렸다. 입술을 가져가자 그녀는 뾰로통한 표정으로 고개를 옆으로 돌리고 만다. 쳇, 하고 혀를 차는 소리를 내려다가 간신히 억누른 나는 이번에는 왼손으로 그녀의 티셔츠를 걷어 올린다. 바스락거리는 묘한 소리가 나는 트레이닝팬츠와 속옷을 동시에 벗겼다.

충분하게 젖지도 않았는데 예전에 느꼈던 그런 떠밀리는 압박감이 없어서, 나는 그냥 압도적으로 부드러운 감촉에 휩싸여버린다. 눈을 딱 감고 미간을 잔뜩 찌푸린 채 필사적으로 견디고 있는 히나의 얼굴을 가만히 바라본다. 빌어먹을, 하고 욕을 떠올리다가 허리를 움직이는데, 히나의 몸 안에서 뭔가가 흘러나오는 감촉이 느껴진다. 우리 몸이 연결된 곳에서 소리가 났고, 히나는 이내 손바닥으로 자기 입을 틀어막는다. 떨어지고 싶고 헤어지고 싶은 남자와 몸을 섞고 있으면서도 무심코 신음을 낼 뻔한 것을 꾹 참고 있는 히나를 보고 있자니, 내 마음은 더더욱 그녀를 떠나기가 힘들어진다.

그리고 히나를 가지고 논 미야자와라는 그 남자가 미워진다.

미야자와를 만나기 전후로, 히나의 몸은 완전히 달라졌다.

마치 어릴 적에 가지고 놀던 장난감 액체 괴물 같았다. 손바닥 안에서 따뜻하게 덥히면서 가지고 놀다 보면 손바닥의 열기 때문에 부드럽고 흐늘흐늘해지는 바로 그 장난감이다. 지금 히나의 몸은 그것과 똑같았다. 부드럽게 만든 이는 미야자와고, 나는 히나의 그 부드러운 육체에 집착하는 중이다.

입을 틀어막은 그녀의 손바닥을 난폭하게 떼어낸다.

숨을 뱉어냄과 동시에 우물거리는 듯한 히나의 신음이 새어 나오자마자, 나도 절정에 달했다.

내가 다다미 위에서 천장을 향한 채 숨을 가다듬고 있는 동안, 히나는 새끼 토끼가 도망치듯 욕실로 뛰어 들어갔다. 아슴푸레하게 들리는 울음소리. 이어서 물소리가 들리더니, 곧 플라스틱 목욕 의자를 타일 바닥에 내동댕이치는 소리가 났다.

바로 지금, 이라고 생각하면서 히나의 가방을 뒤적거린다. 안에서 차가운 사각형의 물체가 손에 닿는다. 재빨리 휴대전화를 꺼내 잠금상태를 해제했다. 비밀번호는 히나 할아버지의 기일이다. 이 비번이 여전히 바뀌지 않는 걸 보면, 아마 히나는 내가 훔쳐보고 있는 걸 전혀 눈치채지 못한 모양이다.

착신 문자는 세 통.

자주 문자를 주고받는 직장 동료가 보낸 문자를 히나가 아직 못 읽은 모양이었다. 이번에는 다른 문자메시지와 이미 다 읽은 문자까지도 찾아본다. 수많은 문자메시지에 뒤섞여 있어도, 미야자와가 보낸 문자는 나한테는 마치 형광펜으로 칠해놓은 것처럼 한눈에 확 들어왔다.

'히나 덕분에 무사히 계약이 성사됐어. 고마워. 25일, 기대하고 있을게.'

욕실 문이 열리는 소리가 났다.

서둘러 휴대전화를 원래 장소에 집어넣는다. 히나는 조용히 거실로 돌아왔다.

"내일 일찍 출근해야 하지? 난 오늘 여기서 그냥 잘게."

나는 그렇게 말하면서 납작해진 방석을 반으로 접어 베개로 만들고 다다미 위에 몸을 눕혔다.

히나는 바로 옆방 침실에서 얇은 이불을 하나 가져와 내 몸에 덮어준다.

"고마워."

그 말을 지울 듯이, 히나는 천장에 매달린 형광등 줄을 잡아당겼다. 잠깐 내 옆에 서 있는데 아무 말이 없다. 그러다 이윽고 침실로 걸어가는 히나에게 말을 걸었다.

"미안해."

그녀는 아무런 대꾸도 하지 않은 채 미닫이문을 닫았다.

왜 이렇게 되고 말았을까, 그런 생각에 빠져들다 보니 또다시 잠을 이룰 수가 없었다.

2년 전, 미야자와라는 광고 일을 하는 남자가 우리를 찾아왔다. 히나와 내가 졸업한 노인요양복지전문학교의 입학 안내 팸플릿을 만들기 위해서. 디자인이라는 우스꽝스러운 장사를 하는 경박한 남자다.

우리는 각자가 근무하는 직장에서 억지로 웃는 얼굴로 사진을 찍고, 우리 이야기를 들려달라고 해 인터뷰까지 해야 했다. 단지 그뿐인 줄 알았더니, 그 녀석은 어느새 나와 히나 사이에 끼어들어 둥지를 틀었고, 히나 집을 찾아오기 시작했다. 그리고 히나와 섹스를 했다. 그것도 몇 번씩이나. 당시 그 녀석에게는 아내가 있었는데, 우리를 인터뷰한 바로 그 못생긴 여자다.

지금 나는 이 집에서 히나와 살고 있다.

시들어버린 듯한 아버지의 모습을 보고 싶지도 않았고, 한 집에서 같이 지내기가 힘들었다. 히나는 그 녀석과 헤어진 후, 할아버지가 돌아가셨던 당시처럼 이번에도 끼니를 거를 때가 많아져 심하게 야위고 말았다. 처음에는 히나에게 밥을 먹이기 위해 이 집을 드나들었지만, 결국 나는 히나의 허락도 받지 않고 이곳에서 지내기 시작했다.

그래도 히나는 뭐라 하지 않았다.

그런 히나의 태도가 갑자기 데면데면해진 것은 올해 설이 되었을 무렵부터다.

여전히 그녀는 미야자와와 문자를 주고받고 있다는 걸 내게 비밀로 하고 있다. 나는 히나 몰래 휴대전화를 훔쳐보고 나서야 그 사실을 알았다. 히나가 나와 헤어지고 싶다는 말을 꺼낸 건 다 그 자식 때문이다. 히나는 그 녀석과 다시 합치고 싶어 하지만, 난 히나와 헤어지고 싶지 않다. 개미 쳇바퀴 돌 듯 그 늪에 빠져들어 꼼짝달싹할 수 없는 상태인 것이다.

힘을 써서 억지로 히나를 품고, 그녀에게 상처를 주고, 곤란하게 만드는 나 자신이 점점 형편없는 놈이 되어가는 것도 잘 안다. 하지만 나도 어떻게 할 수가 없다.

머리가 지끈지끈 아파와 자리에 누웠지만 당장 잠도 오지 않는다. 최근엔 항상 이 모양 이 꼴이다.

자면서 계속 몸을 뒤척이는데, 불단 쪽에서 은은한 향내가 났다. 히나를 혼자 남겨놓고 돌아가신 히나의 할아버지도 이런 내가 미울 것이다. 할아버지, 저를 혼내주셔도 좋습니다. 그렇게 어둠 속에서 눈을 부릅뜨며 마음속으로 중얼거렸다.

괘종시계가 천천히 두 번 울리고 나서 또다시 규칙적인 소리가 반복됐다. 나는 히나의 냄새가 나는 이불에 얼굴을 파묻었다.

다음 날 아침 눈을 뜨자, 히나는 이미 출근한 뒤였다.

밥상 위에 메모 한 장이 놓여 있었다.

'어제 내가 한 말, 다시 잘 생각해줬으면 해.'

메모지를 뭉쳐서 쓰레기통에 던져버렸다. 욕실로 가서 목욕하다 남은 물을 퍼 올리는 호스를 욕조 안에 찔러 넣고, 요즘 시대엔 매우 보기 드문 이조식 구형 세탁기를 돌렸다.

거실로 돌아와 다다미 위에서 다리를 벌리고 스트레칭을 시작한다. 요즘 종종 허리가 아플 때가 있는데, 이건 요양보호사라는 직업의 고질병이다. 허리와 등, 어깨를 충분히 풀어준 뒤, 부엌으로 가서 커피 메이커로 커피를 끓였다. 머그잔에 부은 커피가 너무 뜨거워 입안이 화상을 입을 것 같지만, 그래도 두 모금 더 마셨다.

툇마루의 나무 테두리로 된 창문을 힘껏 연다. 부드럽게 열려면 요령이 필요한 창문이다.

장마철 특유의 축축한 수분을 머금은 회색 구름이 퍼지고 있지만, 어젯밤 일기예보에 따르면 정오 전부터 날씨가 갠다고 했다. 툇마루에 벌렁 드러누워 정원을 바라본다. 부지런히 풀을 베고는 있지만, 잠시라도 한눈을 팔면 정원의 풀은 제멋대로 마구 자란다. 전동 예초기로 깎아야겠다는 생각을 하면서도 계속 미루고 있었다.

거실에서 가져온 내 가방에서 통장을 꺼내 펼쳤다. 50만, 20만, 10만, 3만, 3만, 1만…… 30만 엔. 어느 정도 쌓였던 금액이 자꾸만 줄어들고 있다. 전문학교를 졸업한 지 5년, 꼬박꼬박 모아온 돈은 어머니께 드리는 생활비와 올봄부터 도쿄 사립대학에 다니는 동생의 학비로 다 새는 중이다.

내 인생 계획은 일단 케어매니저가 돼서 몇 년간 일하다가 대학에 진학해 사회복지사가 되는 것이었다. 그리고 내가 학위를 딴 다음에 교대로 히나가 대학에 들어가면 된다고 생각했다. 우리 학교 선배 부부도 그렇게 교대로 대학에 진학해 지금은 둘 다 사회복지사로 일하고 있다. 나도 그들과 같은 길을 가고 싶었다.

하지만 그 꿈이 내 발끝에서 와르르 무너져간다. 돈도, 여자도, 나는 다 잃어가는 중이다.

문득 얼굴을 들고 정원을 보았다. 모퉁이 화단에는 초록색 버팀목이 세 개 늘어서 있고, 나팔꽃이 덩굴을 휘감고 있었다. 히나는 미야자와가 심은 나팔꽃 씨를 소중히 다루었고, 그다음 해에도 꽃이 피어났다. 그리고 올해도. 차라리 정원을 화염방사기로 불태워 전부 일망타진해버릴까? 갑자기 그런 충동이 머리에 스쳤다.

구름 사이로 햇빛이 비치기 시작했고, 세탁기에서 세탁이 끝났음을 알리는 신호음이 들려온다.

뺨에 손바닥을 대보고 피부가 제법 까칠까칠하다는 생각을 하면서 천천히 일어섰다.

오늘은 차를 몰아 호수로 향하기로 했다.

아, 기다리고 기다리던 휴가인데도 정작 하고 싶은 일이 아무것도 없었다. 히나도 직장 동료들도 다들 가고 싶어 하는 쇼핑센터는 정말로 지겨웠다. 그냥 사람이 없는 곳에 가고 싶었다. 사람의 흔적이 없는 곳으로 말이다.

내 앞에도 뒤에도 도로를 달리는 차가 없다. 나는 차창을 활짝 열고 속도를 높였다. 지금 계절치고는 제법 차가운 바람이 들어와 차 안의 탁한 공기를 휘젓는 게 오히려 시원했다.

호숫가에 있는 보트하우스에 들어가니, 유조가 접이식 의자에 다리를 올리고 조용히 휴대전화를 보는 중이었다.

"어이."

유조의 어깨를 툭 치자, 지나칠 만큼 깜짝 놀란 얼굴로 뒤를 돌아보았다.

"가이토, 여, 여긴 웬일이야?"

"쉬는 날이라서 얼굴 보러 왔지. 뭘 그렇게 열심히 휴대전화를 보고 있었어?"

"아, 아니야. 실은 지금 야동 보고 있었거든. 저기, 소프트크림 먹을래?"

"됐어."

유조는 휴대전화를 황급히 바지 뒷주머니에 쑤셔 넣고는 가게 안쪽에 있는 주방으로 들어가 주스 디스펜서에서 종이 컵에 뭔지 모를 주스를 따르더니 단숨에 다 마셔버렸다.

"한가하냐?"

"이런 평일에, 게다가 이런 날씨의 월요일에 보트 타러 올 손님이 있겠냐? 한번 둘러보라고."

유조는 말하면서 입꼬리를 손등으로 쓱 닦았다. 유조의 말 마따나 호수에는 보트 한 척 코빼기도 보이지 않는다. 물가 에는 색색의 차양 막과 접이식 의자가 드문드문 보였지만, 다들 어디로 가버렸는지 사람의 흔적은 보이지 않았다.

"맥주 줄까?"

"아니, 차가 있어서."

"그럼 커피라도 마시자. 밖에서 마실까?"

그렇게 말하더니 커피 디스펜서에서 종이컵에 넘칠 정도 로 한가득 커피를 따라주었다. 너무 뜨거워서 손으로 종이컵 을 나를 수도 없다. 나는 일단 엄지와 집게손가락으로 컵을 집어 들고, 보트하우스 앞 벤치에 유조와 나란히 앉았다. 우 리 앞에는 마치 연극무대의 배경 그림같이 멋들어진 후지산 이 펼쳐져 있지만, 태어날 때부터 너무 익숙한 풍경인 탓에 이젠 후지산을 보아도 마음이 전혀 꿈쩍하지 않는다.

유조는 중·고등학교 동창인데, 고등학교를 졸업하기 직전에 여자 친구를 임신시키는 바람에 동창 중에서 가장 빨리 애 아빠가 된 녀석이다. 유조의 아버지는 역 앞의 파친코와 비즈니스호텔, 이곳 보트하우스 등 정말 발 넓게 장사하고 있는데, 유조에게 부양할 가족이 생기자 아들에게 이곳 장사를 맡겼다.

"아버님은 좀 어떠셔?"

유조는 또 콜라를 마시고 있다. 고등학교 때부터 쭉 그랬다. 커피가 써서 못 마시는 녀석이었다. 방과 후에는 늘 페트병 콜라를 손에 들고 살았는데, 그 탓인지 나와 동갑이라고는 보기 힘들 정도로 배가 볼록 나왔다.

"그냥 그렇지 뭐. 살아나긴 하셨지만, 그냥 죽은 거나 마찬가지랄까. 앗, 뜨거워."

대체 언제 내린 커피인지 너무 졸아서 맛이 없다. 게다가 엄청 뜨겁기까지 하다.

아버지가 수해에서 목을 매려고 하셨던 건 작년 연말, 이제 며칠만 있으면 새해를 맞이할 즈음이었다. 아버지가 하시던 일본식 주점 장사가 잘 안 되는 건 이미 알고 있었지만, 자살할 정도의 일은 아니라고 가볍게 여기고 있었다.

어머니로부터 "아빠가, 네 아빠가……" 하고 다급한 목소리로 전화가 걸려왔을 때, 나는 시설에서 한 할아버지가 토해낸 토사물을 한창 치우는 중이었다. '오히려 죽고 싶은 건 나라고요, 아부지.' 그런 생각을 하면서 밤샘 근무를 마친 다음 날, 졸린 눈을 비벼가며 병원으로 달려갔다. 큰 소리로 코를 골며 자는 아버지의 목에는 검붉은 뱀처럼 생긴 멍 자국이 보였다.

"큰일 날 뻔했구나……."

묘하게 고개를 끄덕이면서 연극을 하는 듯 심각한 어조로 말하는 유조의 서투른 상냥함이 이상했다.

"유조, 네 딸도 많이 컸겠네."

열여덟 살에 아버지가 됐으니 이제 아이도 여덟 살이다. 내게 그런 딸자식이 있는 현실을 상상해보려고 애썼지만, 잘 안 되었다.

"그게 말이다, 실은 또 실패해서 둘째가 생겨버렸지 뭐냐."

유조가 부끄러운 듯 귀 뒤를 긁적였다.

"가을에 태어나."

"……잘됐네." 나는 입으로는 그렇게 말하면서도, 전혀 잘됐다는 생각을 하지 않았음을 깨달았다.

"자식새끼 낳아봤자 좋은 건 아무것도 없다. 난 이미 인생이 다 끝나버린 느낌이야."

그렇게 말하며 종이컵의 테두리를 이로 질근질근 씹는다. 학창 시절부터 있었던 유조의 버릇이다.

"배가 이렇게 엄청나게 불러오잖아. 그런 여자는 왠지 무서워."

"왜 그래? 네 아내잖아?"

"옆에 있으면 그 박력이 엄청나거든. 가슴도 허리도, 아이를 낳은 후에는 이렇게 엄청 커져버린다고. 안정기에 접어들면 맨날 배가 고파죽겠대. 그래서 항상 뭔가를 우물우물 씹고 있어. 입가에는 과자 가루나 묻어 있고……. 정말 참기가 힘들어. 고등학교 때만 해도 진짜로 몸매가 가늘고 귀여웠는데 말이야."

오늘은 바람이 강한지, 후지산의 완만한 경사면에 걸린 구름이 순식간에 그 모양을 바꾼다.

결혼도 하고 자식도 있고, 무엇보다도 구직활동을 할 필요도 없는 유조를 부러워한 적이 있지만, 유조 자신은 전혀 행복해 보이지도, 기뻐 보이지도 않았다. 성수기 말고는 별로 돈도 안 되는 보트하우스를 종일 혼자서 운영하는 것도 고생이 많을 것이다. 심지어 손님도 잘 찾지 않는 이런 외진 곳에 있다 보면, 야동으로나마 기분을 달래지 않으면 버티기가 힘들 것이다.

"넌 여자 친구랑 결혼 안 해?"

음, 하고 소리를 내면서 나는 기지개를 켰다. 그 기세로 허리뼈에서 둔탁한 소리가 났다.

"아버지가 안정되실 때까지는 좀 그래. 결혼하려면 돈도 많이 드니까."

"……그렇지. 서둘러 할 필요는 없다고 봐."

유조는 그렇게 말하면서 종이컵에 남은 콜라를 단번에 다 마셔버렸다.

"결혼은 인생의 무덤이잖아."

유조는 종이컵을 꽉 비틀듯이 손안에서 찌그러트리고는 벤치 옆에 있는 쓰레기통 속으로 던졌다.

"잠깐만 화장실 좀 갔다 올게. 찬 걸 먹었더니 배탈 났나 봐."

유조가 급하게 보트하우스 안으로 뛰어 들어갔다.

어느새 카약 한 척이 매끄럽게 수면 위를 미끄러지고 있었다. 카약의 모서리 끝부분에는 털이 복슬복슬한 갈색 개가 오도카니 앉아 있다. 오렌지색 구명조끼를 입고 보트를 탄 저 한 쌍의 남녀는 연인 사이일까? 아니면 부부일까? 문득 생각에 잠긴다. 저들은 행복해 보이는군. 아니야, 잘 모르겠는걸. 저들 역시 카약을 저으면서, 어제의 나와 히나가 그랬던 것처럼 이별 이야기를 나누고 있을지도 모를 일이잖아.

내 몸을 받아들이면서 미간에 주름을 모으고 필사적으로 견디는 히나의 얼굴이 떠오른다. 나의 더러움을 거부하지 않는 히나가 방금 유조가 한 말처럼 무섭게 느껴질 때도 있다.

여자란 무서운 존재다. 그런데도 어째서 우리는 여자에게 다가가고, 그 여자를 좋아하게 되는 걸까?

해가 구름에 가려진 탓에 갑자기 기온이 떨어진 것처럼 느껴졌다. 바람막이 점퍼의 지퍼를 목까지 잠그고, 그 속에 얼굴을 파묻었다. 내가 토해낸 숨으로 차갑게 식은 뺨이 조금씩 따뜻해졌다.

집에 돌아가니 히나는 아직 돌아오지 않은 듯했다. 바싹 마른 세탁물을 툇마루에 내던지고 TV를 튼 다음 부엌으로 갔다. 싱크대 아래 쌀독에서 쌀을 두 홉 퍼서 은색 볼에 넣었다. 수돗물을 세게 틀어 가볍게 헹군 다음 물을 버렸다. 같은 작업을 한 번 더 되풀이했다. 쌀을 씻으면서 거실에서 들려오는 TV 뉴스 소리에 귀를 기울였다.

어느 마을에서 지진이 발생한 모양이었다.

문득 예전 기억이 떠올랐다. 몇 달 전 우리 마을에 큰 지진이 났던 날, 나도 히나도 각자의 직장에서 한창 근무하는 중이었다. 내가 일하는 노인요양시설에서는 오후에 늘 하는 레크리에이션 활동 중이었다.

커다란 풍선을 이용한 발레 수업 시간이었다. 노인들의 주름투성이 손이 폭신폭신 반동하는 빨간 풍선을 튕기는 움직임을 멍하니 보고 있는데, 갑자기 밑에서 들어 올려지는 듯한 큰 흔들림이 일어나더니, 예상보다 진동이 아주 오래 이어졌다. 사람이 쓰러지거나 사물이 부서질 정도의 큰 피해는 없었지만, 지진이 일어난 후로는 식사 시간에도 히나에게 문자를 보낼 여유가 없었다. 지진 탓에 혈압이 오르거나 공황 상태에 빠진 입소자가 많았기 때문이다. 그들을 진정시키고, 자택으로 돌아갈 입소자를 모두 배웅하고 나니 몹시 피곤했다. 배가 고픈 건지, 아니면 속이 안 좋아 울렁거리는 건지도 잘 모른 채 집에 가보니 히나가 방에서 울고 있었다.

"오늘 지진 무섭더라. 넌 괜찮았어?"

아무 말도 하지 않고, 또 아무 소리도 내지 않은 채 그저 그녀는 눈물만 흘리고 있었다.

히나는 지진을 싫어한다. 그래서 엄청 무서웠던 모양이라고만 생각했다. 그날은 일찍 둘이서 침대에 들어갔다. 슬슬 잠에 빠질락 말락 할 때쯤 히나가 흐느끼는 울음소리에 다시 눈을 떴다. 비좁은 침대 속, 우리는 서로 등을 맞대고 자고 있었지만, 나는 히나 쪽으로 몸을 돌려 그녀가 날 쳐다보게 만든 다음 꼭 안아주었다. 갓 태어난 병아리 같은 작은 몸이 희미하게 떨고 있었다.

"괜찮아. 괜찮아."

어린아이를 타이르듯 작은 소리로 중얼거렸다. 쇄골 주위에서 히나의 따뜻한 숨을 느꼈다. 그녀의 머리를 천천히 쓰다듬어주었다.

"오늘 일어난 지진의 진원지인…… 그 마을에 있어."

"누가?"

"……."

"누가 있는데?"

"……미야자와 씨."

그 일이 있고 난 후로 히나가 처음으로 그의 이름을 내 앞에서 언급했다. 내 품 안에서.

"……그걸 어떻게 알았는데?"

날카로워진 내 말투에 히나의 몸이 굳어진 것이 느껴졌다.

"……페, 페이스북에서……."

그런 걸 히나가 보고 있었다니, 그때까지 전혀 모르고 있었다. 그 말이 사실인지 거짓인지도 확인하기가 두려웠다.

"……그 자식, 거기서 뭐 하는데?"

"……복사기 영업 일을 하고 있어."

그 말을 듣는 순간, 그것 봐라, 하고 생각했다. 그 자식, 디자이너가 아니었던가? 우리랑 우리 직업을 내려다보는 시선으로 실컷 무시해놓고서는.

내 마음속이 요동치는 동안에도 히나는 내 품 안에서 코를 홀쩍이면서 울고 있었다.

"휴대전화가 연결이 안 돼……."

그래서 뭐 어쩌라고, 라는 말이 목구멍 밖으로 튀어나올 뻔했다. 미야자와 그사이 연락을 주고받고 있던 것도 그때까지 전혀 몰랐다.

"너 정말……."

히나가 어둠 속에서 고개를 들어 내 얼굴을 쳐다보았다. 그 녀석을 아직도 좋아하는 거야?라는 다음 말이 목구멍에 딱 달라붙고 말았다. 히나의 대답을 듣기가 무서웠다. 싫어하는 남자의 소식을 알아보는 여자는 없을 테니까.

그날 밤, 난 뱉어내고 싶은 말 전부를 꿀꺽 삼키고는 "괜찮을 거야"라는 말을 주문처럼 반복하면서, 히나가 숨소리를 새근새근 내며 잠들 때까지 등을 계속 쓰다듬어주었다.

그 후에 미야자와 연락이 되었는지, 히나는 내 앞에서 미야자와의 이름을 일절 꺼내지 않았다. 내가 히나의 문자메시지를 훔쳐보기 시작한 건 그때부터다.

'나랑 헤어지고 싶다면 미야자와의 이름을 실컷 꺼내면 되잖아?'

그러나 히나는 그렇게 하지 않았다. 그 점이 참 신기했다. 쏴— 하는 소리와 함께 볼에서 물이 흘러넘치는 바람에 황급히 수도꼭지를 잠갔다. 히나의 마음이 내게 없다는 걸 알았으니 빨리 헤어지는 편이 나을 테지만, 그런데도 정작 히나가 헤어지자는 말을 꺼내면 도저히 고개를 끄덕이지 못하는 나.

74

아무리 그녀에게 미움을 받아도, 언제까지고 이대로 히나의 할아버지가 살았던 이 낡아빠진 집에서 히나와 함께 있고 싶었다.

오늘은 입소자들이 목욕하는 날이다. 오늘은 욕실에 들어가서 입소자들의 목욕을 직접 돕는 역할을 맡았다. 이때 다른 직원들은 밖에서 대기하며 입소자의 탈의를 보조하거나 목욕 이외의 업무를 주로 맡는다. 오늘 목욕할 사람들은 어느 정도 몸의 움직임이 자유로운 남자 노인들이라서, 옆에 있다가 그들이 직접 할 수 없는 일을 돕는다. 샴푸를 덜어 머리를 감기고 샤워기로 몸을 씻긴 다음 보디 클렌저를 묻힌 타월 소재의 장갑으로 몸을 문지른다.

오후가 될 때까지 총 네 명의 직원이 스무 명 가까운 입소자의 목욕을 다 마쳐야 한다.

오늘 같은 날에는 욕실에 들어가기 전에 포카리스웨트를 꼭 마신다. 예전에 욕실 안에서 탈수증상을 일으켜서 기절하는 바람에 타일 바닥에 뒤통수를 부딪힌 적이 있기 때문이다.

목욕을 마치는 데 걸리는 시간은 한 사람당 15분. 당사자가 할 수 있는 일은 되도록 스스로 하게 놔두지만, 옆에서 제동을 걸지 않으면 언제까지고 느긋하게 면도만 계속하는 입소자도 있기에 정신을 집중해야 한다. 씻고 있는 동안은 아무 생각도 하지 않는다. 목욕할 때뿐만이 아니다. 요양보호사라는 직업은 어디선가 감정의 스위치를 끄지 않으면 계속 해나갈 수가 없다.

티셔츠에 반바지라는 전용 복장을 입고 있지만, 욕실에 있다 보면 등에서 땀이 흐르고 앞머리에서 땀방울이 뚝뚝 흘러 떨어진다. 옆에서 보조하는 신입 직원에게도 시선을 주면서 손길을 바쁘게 움직인다.

올봄에도 네 명의 신입 직원이 들어왔지만, 벌써 그중 두 명이나 그만두었다.

하지만 그래도 어쩔 수가 없다. 아무래도 젊은 친구들에게 이 직업이 즐거운 일은 아닐 테니까.

매일 주름투성이 노인들에게 둘러싸여 있으면 마음도 우울해진다. 자신이 돌보던 노인분이 돌아가시는 경우도 많다. 하지만 사치만 부리지 않으면 확실한 직업이니 먹고살아갈 수는 있다. 다만 그런 고마움을 깨닫는 데는 시간이 걸린다. 자기 자신의 가치, 일의 보람, 그런 것에 집착하는 사람일수록 들어온 지 얼마 되지 않아 이곳을 떠나간다. 나는 이런 곳에 있어야 할 인간이야, 라고 체념하면서 결론짓기까지 나 역시 제법 많은 시간이 걸렸다. 아니, 사실 지금도 온전히 받아들인 것은 아니다.

옆에서 일하고 있는 하타나카는 신입이어도 나보다 나이

가 많다. 젊은 시절에 한 번 결혼했다가 이혼했는데, 요양보호사 자격증을 따고 이곳으로 왔다고 한다.

"아이는 전남편이 데려갔어요. 지금 전 독신이에요."

신입을 환영하는 회식 자리에서 그녀가 그렇게 말했다. V자로 깊게 파인 니트를 입고 있어서 가슴골이 적나라하게 보였다.

한마디로 색기가 넘치는 여자였다. 술자리의 분위기가 점점 깊어질수록 주변에 있던 남자 직원이 히쭉히쭉 웃으면서 실없는 소리를 중얼거리기 시작했다. "아, 티셔츠 한 장만 입었으면 가슴 크기가 더 잘 보였을 텐데."

목욕을 마친 입소자를 욕실 밖에서 기다리는 담당 직원에게 맡기고, 하타나카에게 다가가 잘하고 있는지 점검했다. 입소자의 몸을 씻기면서 하타나카가 내 얼굴을 올려다본다. 위로 올려 묶은 머리에서 흐트러져 빠져나온 머리카락 몇 올이 땀에 젖은 목덜미에 착 달라붙어 있다.

"그럼 지금부터는 직접 해보실래요?"

하타나카가 그렇게 말하면서 목욕 전용 장갑을 입소자에게 건넸다. 오른쪽 상반신에 가벼운 마비가 있는 입소자지만, 재활훈련을 통해 오른손을 제법 자유롭게 움직일 수 있게 된 분이었다. 그래서 하타나카가 옆에서 지켜보다가 필요할 때만 도움을 주는 식으로 목욕을 시켰다.

"참, 선배 여자 친구분도 요양보호사라면서요?"

하타나카가 내게 다가와 속삭이듯이 말했다.

"몸을 숙이지 않으면 씻기 힘든 곳은 네가 도와드려."

하타나카의 말을 무시하고 턱으로 지시했다. 하타나카가 입소자 옆에 앉아 하반신을 씻긴다. 발바닥, 정강이, 무릎, 허벅지. 그리고 마지막에 음부를. 거품을 잔뜩 낸 목욕 장갑이 입소자의 몸 위를 어루만지듯이 움직인다.

그 순간, 하타나카가 흘끗 내 얼굴을 쳐다보았다.

"귀 뒤쪽이랑 겨드랑이 밑도 잘 씻겨드려."

내가 무슨 말을 할 때마다 하타나카는 "네" 하고 대답한다. 샤워기로 입소자의 몸 구석구석까지 온수를 뿌린다. 샤워기 헤드를 잡은 하타나카의 손과 반바지 아래로 곧게 뻗은 하얀 다리가 수증기로 충만한 욕실에서 붕 떠오른 듯 보였다. 우리는 목욕을 마친 입소자의 몸을 부축하면서 욕실 밖으로 데리고 나갔다. 이제 마지막으로 욕실 청소만 하면 다 끝난다.

분무식 욕실 세정제를 바닥에 뿌리고 솔로 문지르고 있는데, 하타나카가 웃으며 다가왔다.

"아까 그 노인분 말이에요. 제가 씻겨드렸더니 건강을 되찾으신 것 같아요."

"쓸데없는 소리 마. 얼른 일이나 하라고."

나는 그렇게 말하면서도 솔질을 하는 하타나카의 뒷모습

을 흘끗 훔쳐본다. 미처 물로 헹구지 못한 비누 거품이 발목에 묻어 있는 게 보였다. 그 순간, 나도 모르게 예전에 본 적이 있는 야동의 한 장면을 떠올리고 말았다. 가슴이 엄청나게 큰 여자가 거품투성이 모습으로 세차하는 영상이었다.

처음에는 에이, 저게 뭐야, 하고 한심해하다가 어느새 점점 빠져들었던 기억이 있다.

"선배!"

"선배! 기분이 안 좋으세요?" 어느샌가 하타나카가 나를 올려다보며 웃고 있었다.

"아, 아니. 머리가 조금 띵해서 그래."

"요즘 자주 그런 얼굴을 하시네요. 혹시 여자 친구분이랑 무슨 일 있으세요?"

"너랑은 상관없잖아."

세게 으름장 놓을 생각으로 툭 던진 말인데, 정작 목에서 쉰소리가 나오고 말았다. 후후 웃으면서 하타나카가 내 솔을 들고 욕실을 나갔다. 나는 눈가에 스며드는 땀방울을 오른팔로 세게 닦았다. 어릴 적에 부모님께 야단맞고 울 때면, 늘 이렇게 눈물을 훔쳤던 기억을 떠올렸다.

"선배, 이거 좀 드세요."

저녁이 다 되어갈 무렵 휴게실에서 하타나카가 빨간 보자기에 싼 네모난 뭔가를 내게 내밀었다.

"오늘 숙직이시잖아요. 한밤중에 배가 고플 거예요. ……
그럼 전 먼저 가볼게요."

어느새 화장을 고쳤는지 아이라인과 마스카라 때문에 눈
이 엄청 커진 하타나카가 문밖으로 나갔다.

그 자리에서 보따리를 풀어 뚜껑에 병아리 일러스트가 그
려진 플라스틱 도시락 통을 열었다. 한눈에도 명백하게 냉동
식품인 햄버그스테이크와 미트볼을 채운 도시락의 한쪽 구
석에 작은 젤리가 들어 있었다. 투구풍뎅이 먹이처럼 생긴,
작은 컵에 든 젤리다. 히나도 항상 냉장고 안에 이런 젤리를
가득 채우곤 했는데. 과일이 꽉 찬, 노란색과 빨간색 젤리. 히
나는 쉬는 날에 내가 잠시 한눈을 팔면 밥 대신에 이런 젤리
만으로 한 끼를 때우는 일이 다반사였다.

도시락을 손에 들고 한숨을 푹 쉬고는 접이식 의자에 앉
았다.

내가 어렸을 때는 잡아 온 투구풍뎅이에게 먹다 남은 수박
이나 오이를 주곤 했는데, 물론 그때는 어느 집 아이나 다 그
랬다. 그러다 언제부터인가 투구풍뎅이에게 젤리로 된 먹이
를 주기 시작했다. 아무튼 나는 도시락에서 포도색 젤리를
꺼내 껍질을 벗겨낸 다음, 입술을 대고 후루룩 꿀꺽 삼켰다.

여름이 오면 아버지 차를 타고 남동생과 함께 숲으로 투구

풍뎅이를 잡으러 가곤 했다.

남동생도 나도 각자 뚜껑 색이 다른 곤충채집통을 머리맡에 놓고 잤는데, 간혹 한밤중에 채집통 속 플라스틱 벽을 바드득바드득 마구 비벼대는 투구풍뎅이 때문에 눈을 뜨곤 했다. 상야등의 오렌지빛 조명 속에서 투구풍뎅이는 괴로워하며 발버둥 쳤다. 문득 벌레를 풀어주고 싶은 마음이 들다가도 도저히 할 수가 없었다. 집에서 숲까지는 거리가 너무 멀어서 갔다 돌아오기가 참 힘들다는 변명을 하면서.

여름방학의 끝자락, 어머니가 냉장고에 넣어둔 투구풍뎅이용 젤리를 동생이 실수로 먹어치운 적이 있었다. 동생이 흑흑 흐느끼는 모습을 아버지와 어머니는 웃으면서 지켜보셨다. 울고 있는 동생의 머리를 다정하게 쓰다듬는 아버지. 나는 그런 세 사람의 모습을 멀찍이 맹장지 문 뒤에 서서 몰래 바라보았다.

왠지 저들이 있는 원 안으로 들어가서는 안 될 것 같은 기분이 들었기 때문이다.

자꾸 떠오를 것만 같은 그때 기억을 나는 다시 내 깊숙한 곳에 가라앉힌다.

다 먹은 젤리 용기를 휴지통에 넣고 도시락 통의 뚜껑을 덮었다. 기지개를 켜자 허리에서 또다시 으드득 삐걱거리는 소리가 났다. 이제 긴 밤이 시작될 것이다. 홀로 사색에 잠기

지 않도록 차라리 이런저런 일들이 바쁘게 일어나서 이 밤이
빨리 스쳐 갔으면 좋겠다고 생각했다.

초등학교 때, 우리 학교 상급생의 아버지가 갑자기 돌아가
셨다. 중학교 때도 반 친구의 어머니가 돌아가셨고, 고등학
교에 올라가자 입학식 후로 한 번도 얼굴을 본 적이 없는 은
둔형외톨이였던 반 친구가 죽었다. 그렇게 내 주변에서 죽어
간 사람들 목록 안에 내 아버지도 포함될 뻔했다.

태어나 자란 고향에, 삶을 사는 터전 바로 근처에 자살 명
소가 있다는 것은 참으로 기묘한 기분이 들게 한다.

내 고향에는 일본을 대표하는 아름다운 후지산이 있고, 또
산의 완만한 경사면으로 수해가 펼쳐져 있다. 그토록 많은
사람의 생명을 빨아들이는 블랙홀 같은 장소가 말이다.

산책 길에서 크게 벗어난 어둑어둑한 장소에서 아버지는
종비나무에 밧줄을 걸고 그 고리 안에 목을 집어넣었다. 그러
나 대롱대롱 목이 매달린 상태로 있던 건 아주 찰나였다고 한
다. 매듭을 묶는 방법이 잘못되었는지 곧바로 밧줄이 끊어지
는 바람에 마침 땅 밖으로 돌출된 굳은 용암 위로 꼴사납게
떨어져 발목까지 부러졌다. 그렇게 실신해 있는 것을 자살 방
지 자원봉사자들이 돌아다니다가 운 좋게 발견한 것이다.

아버지가 하시던 일본식 주점의 장사가 어렵다는 건 알고

있었지만, 그토록 고민을 많이 하고 계셨을 줄은 몰랐다. 우리 가게가 있는 역 앞 상점가는 어디든 상황이 다 비슷했다. 불경기가 계속되면서 매상은 떨어지고, 그러는 사이 가게 이곳저곳이 셔터를 내리고 있었다. 그에 비하면 어느 정도 단골손님이 많았던 우리 가게는 아직 괜찮다고 믿었다.

그 전날도 내가 일을 마치고 아버지 가게에 들렀더니, 아버지는 단골손님의 수다에 미소를 띤 얼굴로 고개를 끄덕이면서 연신 땀을 뻘뻘 흘리며 숯불에 닭꼬치를 굽고 계셨다. 그리고 가게 카운터 구석에 아무 말 없이 앉아 있는 내게 생맥주를 주셨다.

만약 그때 아버지가 그대로 돌아가셨다면 어땠을까, 하고 문득 생각해본다. 그날 본 아버지의 모습과 내가 마신 생맥주의 맛은 평생 잊지 못할 것이다. 그런 생각이 들자 갑자기 무서워졌다. 같은 핏줄인데도 아버지의 내면에서 무슨 생각을 하는지, 무슨 일이 진행되고 있는지를 전혀 알 수 없다는 사실이.

아버지가 내 앞에서 멍하니 TV를 보고 있다.

퇴원한 후에는 병원에서 처방받은 항우울제를 복용하고 있다고 어머니께 들었다.

"지금까지 쭉 일만 해오셨잖니. 네 아빠도 조금은 쉬어야지."

그때부터 어머니는 아침부터 밤까지 쉬지 않고 아르바이트를 했다. 솔직히 쉬지 않고 일만 하는 건 어머니도 똑같았는데, 그럼 대체 엄마는 언제 쉬시냐고 말하려다가 입을 다물고 말았다.

"집에 돈이 없으니 대학은 네가 직접 벌어서 갔으면 좋겠구나."

내가 막 고3으로 올라갈 무렵 다다미에 이마를 문지르듯 머리를 숙인 어머니가 또다시 내게 머리를 숙인 것은 올해 3월이다.

"네 동생의 학비를 조금 도와줬으면 좋겠다."

그 액수는 조금 정도가 아니었다. 나보다 훨씬 공부를 잘하는 동생이 합격한 사립대학교의 입학금과 한 학기 등록금, 동생이 사는 도쿄의 아파트 보증금과 사례금, 아버지와 어머니의 생활비 일부까지. 나는 마치 ATM이 된 것처럼 세 사람을 위해서 쉬지 않고 돈을 부쳤다.

"점심, 드실래요?"

"아니, 네 엄마가 준비해놓았다."

그렇게 말하면서 아버지가 시선을 보낸 곳에는 런치 팩 두 개가 거칠게 접어놓은 신문지 위에 놓여 있었다. 아버지는 손을 뻗어 봉지를 열더니 그 속에 들어 있던 희고 부드러운 뭔가를 꺼내 느릿느릿 입속에 넣었다. 어딘가의 커다란 공장에서 낯선 누군가가 한밤중에 만들었을 정체 모를 음식을.

"먹을래?"

"아뇨…… 전 됐어요."

음식을 씹으면서도 아버지는 TV에서 시선을 떼지 않는다.

목에 생긴 검붉은 뱀처럼 생긴 멍 자국은 어느덧 사라졌지만, 목을 매기 전의 아버지로는 다시는 절대 돌아오지 못할 거라는 예감이 들었다.

아버지의 명품 닭꼬치도 두 번 다시 못 먹을지 모른다는 생각이 떠오른 순간 입안에 침이 고였고, 나는 한동안 입속에서 침을 모은 뒤 꿀꺽 큰 소리를 내며 삼켰다.

히나가 미야자와와 만나기로 한 25일이 다가오고 있었다. 그날은 나도 휴가를 신청해놓았다. 침대 속에서 히나에게 물었다.

"저기, 이번 쉬는 날에 어디 갈까? 가끔은 영화라도 보자."

"그날은…… 볼일이 있어."

그렇게 말하고 히나는 등을 돌려버렸다. 미야자와와 어디서 만날 생각일까? 여긴가? 아니면 도쿄? 그것도 아니면 그가 사는 마을에서? 나는 히나를 보았다. 머리에서 샴푸 향이 난다. 언제까지 나한테 말을 안 할 작정인 걸까, 그 생각을 하면 가학적인 마음이 일렁인다.

"저기⋯⋯."

"오늘은 못 해."

문득 화장실 한쪽 구석에 평소라면 꺼내놓지 않는, 작은 뚜껑이 달린 플라스틱 쓰레기통이 나와 있던 걸 떠올렸다. 히나의 아랫배에 손바닥을 밀착시키자 얇은 두께가 느껴지는 뭔가가 있었다.

히나의 팔을 잡고 침대 위에 몸을 일으켜 세운 다음, 거친 동작으로 날 쳐다보게 만들었다.

"자, 빨리."

히나의 머리카락을 움켜잡고는 오른손으로 턱을 강제로 내려 입을 벌리게 했다.

히나가 괴로운 듯이 눈을 감는다.

나는 그저 괴롭히고 있을 뿐이다.

그때의 투구풍뎅이랑 똑같다. 풀어주고 싶지만, 몸이 약해져가는 투구풍뎅이를 손가락으로 마구 만지작거렸다. 더는 꼼짝도 못 하는 투구풍뎅이를 마당 한구석에 파묻어놓고는 매일 습관적으로 흙을 다시 파냈다. 사체가 어떻게 변해가는지 보고 싶었기 때문이다.

하루는 초콜릿색 투구풍뎅이에게 개미가 대량으로 달라붙어 있는 걸 보고 역겨워져서 담 너머로 던져버렸다. 저녁이 되어 집 밖으로 나가보니, 차 때문인지 아니면 자전거에

치인 건지, 그것도 아니면 사람들 발길에 밟힌 건지, 투구풍 뎅이 사체는 산산이 쪼개져 여기저기 뿔뿔이 흩어져 있었다.

"미야자와를 만나러 가는 거지?"

히나가 나를 올려다보았다. 그 눈빛이 너무 어두워서, 문 득 화가 치밀어 올랐다.

"미야자와를 잊지 못하는 거야? 그 자식이 더 좋은 거잖아. 너 전에 말했었지? 그 새끼는 나처럼 난폭하게 안 군다고."

히나가 눈을 꾹 감는다. 하지만 사실은 귀를 막고 싶었을 것이다.

"네가 힘들 때 널 구한 건 난데, 대체 그 새끼가 뭐라고 그 놈을 좋아하는 거야? 너 바보냐? 어? 진짜로 바보 아니냐 고?"

불안정한 침대 위에서 고함을 치고 있는 내가 얼마나 우스 꽝스러운지 나 자신도 잘 안다.

"근데도 그 새끼가 그렇게 좋아? 내가 어떤 마음으로 너하고, 너하고……. 이놈도 저놈도, 저놈도 이놈도 다 똑같아. 다들 똑같다고…….."

거친 숨을 내뱉으며 말했다.

"널 버려줄게."

히나의 눈썹이 팔자 모양이 되면서 미간에 주름이 잡히기 시작했다. 그리고 한밤중의 사바나에서 사냥감을 노리는 하이에나의 포효처럼 큰 소리로 엉엉 울기 시작했다.

문을 열자, 열 평이 간신히 넘는 아주 작은 회의실에 무거운 공기가 가득했다.

"죄송합니다"라고 말하면서 빈자리를 찾아가서 앉았다.

ㄷ자 모양으로 배치한 책상 주위에는 이미 여섯 명 정도의 직원들이 앉아 있었다. 화이트보드 바로 옆에는 원장이, 그 양옆으로 신참인 다카시마와 하타나카가 앉아 있다. 하타나카가 팔짱을 낀 자세로 나를 힐끗 보았다.

다카시마는 고개를 숙인 채로 어깨가 처져 있었고, 그 자세로 연신 코를 훌쩍이고 있었다. 시내에 있는 노인요양복지 전문학교를 갓 졸업한 신입인데, 하타나카와 같은 시기에 이 시설에 들어왔다. 나이가 어린데도 불필요한 말은 삼갈 줄 알고, 시킨 일은 확실하게 잘해내는 아주 성실한 친구였다. 쇼트커트로 단정하게 자른 버섯 머리에 윤기가 좌르르 흐르는 게 꼭 예쁜 천사의 머리 고리처럼 보인다. 그녀의 매끄럽고 윤기 흐르는 머리는 젊음을 느끼게 해주었다.

"제대로 말을 해줘야 알지……."

옆자리에 앉은 원장이 다카시마의 등을 쓰다듬으며 어서 말하라고 재촉했다.

"밤샘 근무를 할 때 가와이 씨가 제 가슴을 만졌어요."

거기까지 말하고는 옆에 있던 티슈 상자를 끌어당겨 티슈를 두 장 뽑더니 큰 소리로 코를 풀었다. 모두의 시선이 다카시마에게로 향했다. 아, 가와이 씨였구나⋯⋯. 가와이 씨는 칠십대 후반의 노인인데, 전에도 여직원을 끈질기게 성추행해서 문제를 일으킨 적이 있었다.

"그만하세요, 라고 말하니까 하타나카는 만지게 해준다고 집요하게 말씀하시는 거예요."

오십대 중반에 백발이 섞인 머리를 짧게 자른, 동그란 안경을 쓴 여자 원장이 크게 고개를 끄덕인다.

"하타나카 씨, 정말로 그랬어요?"

하타나카는 원장의 시선을 피하며 가만히 있었다.

"그럼 이 정도는 말할 수 있겠다 싶은 것만 말해도 괜찮아요."

침묵을 깨며 원장이 부드럽게 말을 걸었다.

"⋯⋯그거 좀 만졌다고, 줄어드는 것도 아니잖아요."

기분이 상한 어린아이 같은 말투로 하타나카가 말한다.

"전에 있었던 시설에서도 일상다반사로 일어나는 일이었어요. 이런 식으로 딱딱한 회의를 열면서까지 대책 마련이다 뭐다 하는데, 결국 변태 노인의 손버릇이 고쳐진 적은 없다니까요. 싫으면 싫다고 말하면 돼요. 근데, 전 솔직히 아무렇지도 않거든요. 이런 일 하다 보면 그런 경험이야 누구한테

나 한두 번쯤 다 있을걸요."

하타나카의 말에 온화했던 원장의 표정이 점점 굳어진다. 잠시 울음을 멈추었던 다카시마도 또다시 소리 내며 엉엉 울기 시작했고, 회의실에 있는 직원들은 당황해서 다카시마와 하타나카, 원장의 얼굴만 번갈아 쳐다볼 뿐이다.

"……성희롱은 절대로 허용되어서는 안 되는 겁니다. 범죄가 될 수도 있어요. 하타나카 씨의 가치관으로 판단해버리면, 결국 본인은 아무렇지도 않으니 상관없다는 결론이 되지 않습니까? 하지만 이건 직원 전체의 문제라고요. 그러니까 가와이 씨가 왜 그런 행동을 하는지도 충분히 생각해봐야 합니다. 어쩌면 고립감 때문이거나…… 죽음이 두려워서……."

"그냥 변태 노인이라니까요."

원장의 말이 채 끝나기도 전에 하타나카가 입을 열었다.

"그런 식으로 입소자를 부르지 마세요."

아무 말 없이 잠시 가만히 있던 원장은 왼손 엄지와 검지로 안경을 올리고는 감은 두 눈의 눈꺼풀을 천천히 문지르기 시작했다. 그래도 우리 시설의 원장은 직원들의 의견을 잘 들어주는 편이고, 나쁜 사람도 아니다. 하지만 아무래도 본인의 위치가 있으니 대개는 말하는 내용이 이상론이 되고 만다. 어쩔 수 없는 일이기는 하지만, 바로 그 점이 직원들과의 사이에 장벽을 만들고 있었다.

"그리고…… 요양보호사라는 직업에 대해서 그런 식으로 멸시하는 표현을 써선 안 되죠."

하타나카를 뚫어지게 쳐다보면서 원장이 아까보다 낮은 목소리로 말했다.

"다시 날을 잡아서 두 분에게 개별적으로 이야기를 듣도록 하죠. 모두들 시간 내줘서 고마워요."

원장은 파일을 탁 소리 나게 덮은 다음 자리에서 일어났다. 모두 그 뒤를 따라 나갔다.

하타나카만이 팔짱을 낀 채로 탁자의 한 점을 응시하고 있었다.

차 키를 꽂자마자 조수석 차창 쪽에서 똑똑 노크하는 소리가 들렸다.

하타나카가 두 손을 모아 합장하듯이 내게 무슨 말을 하고 있었다. 차창을 열자, "죄송해요. 스쿠터가 고장 난 모양이에요. 역까지 데려다주시면 안 될까요?" 하고 얼굴을 쓱 들이밀면서 고함을 치듯 말했다. 분명 거짓말이라고 생각은 했지만, 그 말이 진짜든 가짜든 그런 건 아무래도 상관없었다.

아직 해가 지려면 시간이 남았지만, 산책 길을 벗어나니 날이 이미 완전히 어두워졌다. 하이힐을 신은 하타나카가 넘어질 듯하면서도 내 뒤를 졸졸 따라왔다. 나무뿌리가 만들어낸 꾸불꾸불한 돌출부를 넘어 더 깊은 안쪽으로 들어간다. 이끼 긴 굵은 나무에 하타나카의 몸을 밀어붙였다.

"밖에서 할까요?"

차 안에서 그 말을 먼저 꺼낸 것은 하타나카였다. 그러고 나서 여기에 오는 내내 우리는 둘 다 입을 열지 않았다.

티셔츠 밑으로 손을 집어넣어 브래지어 위에서 고무공 같은 가슴을 주물렀다. 티셔츠에 그려진 트위티의 얼굴이 일그러진다.

"아이는 어디에 있어?"

"네?"

"네가 낳은 자식 말이야."

티셔츠를 걷어 브래지어를 그대로 위로 올린 채로 유두를 입에 물고 빨았다.

"하아…… 전남편…… 아…… 한테요."

이토록 가슴이 큰 여자와 하는 건 처음이었다. 손바닥에 힘을 꽉 주자 손가락 사이로 살이 부풀어 오른다. 손을 뗀 후에도 탄력감이 자꾸 느껴져서 변태 노인이 그녀의 가슴을 만지고 싶어 하는 심정도 이해가 갔다.

하타나카가 벗어 던진 속옷이 풀고사리 잎 위에서 하늘하늘 흔들거렸다.

"아이는 안 만나는 거야?" 그녀의 귓불을 입에 머금으면서

92

물었다.

"난 만날 수가 없어요. ……함께 있으면 항상 때리기만 하니까…… 아앗."

하타나카의 손가락이 내 몸의 부풀어 오른 곳을 어루만졌다.

"벌써 이렇게나…… 내가 전부 빨아줄게요."

이마에 뭔가 냉한 것이 느껴져서 위를 올려다보았다. 빗방울이었다. 아직 큰비라고는 할 수 없는 작은 물방울이 부드럽게 떨어졌다. 하타나카가 등을 밀착한 나무의 아득한 저 위쪽에서 매미 한 마리가 울기 시작하더니 점점 귀청을 찢을 듯한 큰 소리로 변했다. 그리고 그 매미에게 지지 않을 만큼 하타나카도 교성을 질렀다.

"굉장히…… 좋아."

그렇게 말하면서 웃는 하타나카의 혀를 빨았다. 그녀의 몸을 뒤집어 티셔츠를 걷어 올리고는 등의 우묵한 부위를 혀로 더듬는다. 연한 피부에 이를 세우자, 그녀의 신음은 더욱 커졌다.

하타나카와 저지른 이 짓거리가 히나와 헤어지는 원인이 되길 바랐고, 그렇게 될 거라 믿고 싶었다. 그 자식이…… 미야자와가 우리가 헤어지는 원인이 되는 것만은 싫었다. 내 마음도 히나가 아닌 하타나카에게로 옮겨 가고 있다고 믿고 싶었다. 그러나 앞으로 몇 번을 하타나카와 섹스를 한들, 히나만큼 그녀를 좋아하게 될 일은 절대 없을 것 같다는 기분이 들었다.

하타나카의 소리가 커진다. 매미는 아직도 여전히 울어대고 있다. 촉촉함으로 가득 찬 하타나카의 몸속에 있으면서도, 나는 마지막으로 히나에게 해줄 수 있는 일이 뭐가 있을까, 그 생각만 떠올리고 있었다.

낫을 손에 들고 자랄 대로 자란 정원의 풀을 쓱쓱 베어나가면서 어제 일을 떠올렸다.

히나의 집에 두었던 내 짐들은 어제 하루 동안 모조리 내 본가로 옮겼다.

"저 왔어요."

골판지상자를 품에 안고 집에 들어가면서 인사하자, TV 화면을 응시하던 아버지가 내 얼굴을 뚫어지게 쳐다보았다. 표정은 없다. 시설에 있는 노인들의 얼굴과 닮아가는 것처럼도 보였다.

어머니는 야간 파트타임으로 일하러 나갔기 때문에 나는 밥을 짓고 된장국을 끓였다. 그리고 슈퍼마켓에서 산 조리 음식인 닭꼬치와 감자샐러드를 밥상에 올렸다. 아버지는 레인지에 데운 닭꼬치를 한 입 베어 물고는, "내가 이것보단 잘 만들겠다"라고 표정 하나 바꾸지 않고 말했다.

"아버지가 만드는 닭꼬치, 또 먹어보고 싶다."

그렇게 말했지만 아버지는 안 들리는 척하는 건지, 그냥 묵묵히 후루룩 소리를 내며 된장국을 먹었다.

쑥쑥 자라난 풀은 전동 예초기가 아닌 내가 직접 천천히 시간을 들여 베고 싶었다.

장마가 벌써 끝이 났는지 햇살이 한여름처럼 쨍쨍 강하게 등짝에 내리쬔다. 머리에 돌돌 만 수건이 금세 땀으로 젖어 버렸다. 나는 갈증이 나서 툇마루에 마시다 남겨둔 포카리스 웨트를 남김없이 다 마셔버렸다.

풀 더미를 정원 한구석에 다 모으자 작은 동산이 세 개나 생겼다. 히나가 소중히 다루는, 화단의 나팔꽃에는 내일이라도 당장 꽃망울을 터트릴 것만 같은 봉오리가 여러 개 매달려 있었다. 그냥 아예 뽑아버릴까, 그런 생각도 해가면서 아직 굳게 닫혀 있는 자홍색 꽃봉오리를 손가락으로 꽉 집었다. 곧바로 손을 떼자 손가락에 엷게 꽃물이 들었다. 기울어져 있던 버팀목을 다시 고쳐 세우고, 땅에 떨어진 종자에서 자연스레 싹을 틔운 떡잎을 솎아낸 후, 간격을 일정하게 잡아서 다시 땅에 심었다. 그러고 보니 내년부터는 다시 이 정원의 나팔꽃을 볼 일이 없겠구나.

어젯밤에 쓴 욕조에 남은 물로 땀을 씻어낸 다음, 냉장고에서 캔 맥주를 꺼내 절반을 단숨에 마셔버렸다.

문득 불단에 올려놓은, 히나의 부모님과 할아버지의 영정 사진이 눈에 들어왔다.

할아버지는 교통사고로 부모를 잃은 히나를 남자 손으로 키워냈다. 미야자와와 헤어졌을 때처럼 할아버지가 돌아가신 후 도통 밥을 먹지 못하는 히나를 돌본 사람은 바로 나다.

히나가 일시적이라도 내게 마음을 준 것은 호감 때문이 아니다. 내가 한 일에 대해 감사한 마음을 표현하고 싶었을 뿐이다. 어쩌면 히나 자신이 태어나 처음으로 좋아하게 된 사람은 미야자와일 것이다. 내가 히나에게 집착하듯 그녀도 미야자와에게 집착하고 있다.

나와 히나 사이에 연애 감정은 생기지 않았다.

슬프지만, 그것이 진실이다.

"할아버님, 히나에게 너무 심하게 굴어서 죄송했어요."

미야자와와 히나 사이의 일과 나와 히나 사이의 자초지종을 지켜보았을 할아버지의 영정 사진은 아무 말 없이 그저 웃고만 있다. 향을 하나 꺼내 불을 피우고 합장을 했다.

침대 시트를 벗겨낸 다음 갓 세탁한 파란색 시트를 깔았다. 손바닥을 펴서 힘껏 시트의 주름을 편다. 정원에서 방금 걷어 온 여름용 이불에서는 건초 향이 났다. 쓰레기를 치우고, 청소기를 돌린다. 그리고 젖은 걸레의 물기를 꽉 짠 다음, 부엌 바닥과 툇마루를 깨끗이 닦았다.

일을 마치고 한밤중에 돌아올 히나를 위해 밥을 짓고 된장국을 끓이고, 생선을 구워 접시에 담은 다음 랩을 씌워 된장국 냄비와 함께 냉장고 안에 넣었다. 종이 봉지에서 색색의 젤리를 꺼내 그것도 같이 냉장고 안에 넣는다. 사과, 백도, 이요칸(귤의 한 종류), 피오네(일본에서 개량된 포도의 한 품종), 체리. 슈퍼마켓과 편의점에서 파는 싸구려 젤리가 아닌 시내의 제과점에서 사 온 것들이다. 포스트잇에 '젤리는 하루에 한 개만 먹어'라고 써서 냉장고 문 앞에 붙였다.

거실을 빙 둘러본다. 갈색 찻장, 둥근 밥상, 작은 불단. 쇼와(1926~1989년까지의 일본 연호) 시대의 어느 한 지점에서 멈춰버린 것만 같은 공간. 오직 히나만이 없는 이 방을.

현관문을 닫고, 녹이 슨 우체통 속에 여벌 열쇠를 넣어두었다.

조금 전에 베어놓은 잡초 더미는 이미 수분이 빠져나가기 시작해 그 기세를 시들시들 잃어가고 있었다. 내 안에 있는 히나의 기억도 그렇게 서서히 시들어가기만을 바랐다.

여름방학에 들어간 때문인지 역구내는 캐리어 가방을 끌고 가는 가족 일행과 커플들로 드물게 북적거렸다. 나는 개찰구가 잘 보이는 카페의 카운터석에 앉아 사람들의 흐름을 보는 듯 안 보는 듯 구경 중이었다. 천천히 커피 한 잔을 다 마시고 나면 또 새로 커피를 주문했다.

히나를 마지막으로 봐두고 싶었고, 그래서 하룻밤 고민한 끝에 역에 가보기로 했다. 물론 그녀를 보아도 말은 걸지 않을 거다. 그저 히나의 모습만 내 눈동자에 새기고 싶었다.

정확한 약속 시각은 몰랐지만, 히나와 미야자와가 이 역에서 만나기로 약속한 사실만은 마지막에 훔쳐본 문자메시지를 통해 알아냈다. 하지만 그 후로 약속이 바뀌어서 오늘이 아닐 수도 있고, 또 미야자와가 히나 집에 차를 몰고 갈 가능성도 있다. 그래도 상관없었다. 오늘은 그냥 이렇게 종일 이곳에 있기로 정했으니까.

점심때가 가까워지면서 한산했던 가게 안은 차츰 붐볐다.

"죄송한데, 여기 앉아도 돼요?"

트레이를 손에 든, 교태 섞인 목소리의 여자가 내 옆자리에 앉았다. 하타나카였다.

"선배!"

나를 부르자마자 그녀는 내 팔을 붙잡고는 몸을 기대온다. 가장 먼저 내 팔을 건드린 건 그녀의 가슴이었다.

그날 이후로 우리는 퇴근 시간이 겹치면 그대로 호텔로 직행해 섹스를 하고 각자 자기 집으로 돌아가는 생활을 반복해왔다. 시간이 맞으면 섹스만 즐기는 관계였던 것이다.

"선배, 누구 기다려요?"

나는 고개를 옆으로 저었다. 그녀의 얼굴을 보니 보통 때보다 화장이 연하다. 심지어 평소에 자주 입는 티셔츠와 데님을 입지 않고, 심플한 흰 블라우스에 타이트한 치마를 입고 있었다.

"어디 가?"

그렇게 묻자, 그녀는 핫도그를 입에 문 채로 고개만 끄덕였다. 입꼬리에 묻은 케첩을 냅킨으로 닦아내자 종이가 붉게 물들었다.

"아이 만나러요." 그녀가 커피를 한 모금 마시고는 꿀꺽 핫도그를 삼킨다.

"한 달에 한 번은 꼭 만나러 가야 해서요."

말을 끝내자마자 또다시 큰 입을 벌려 핫도그를 덥석 물었다.

"약속은 했지만, 나는 전혀 만나고 싶지 않네요."

입안에 넣은 음식을 씹어가면서 아주 천천히 말한다.

"나한테는 모성이라는 게 일절 없거든요."

스틱 설탕 봉지의 한쪽을 손가락으로 찢어 그 전부를 커피잔에 쏟아부은 뒤 티스푼으로 거칠게 휘저었다.

"몹쓸 여자."

그녀는 한마디 내뱉고는 커피를 다시 한 모금 마신다.

"선배가 이따 나랑 해주면 오늘 가는 거 취소해도 되는데."

하타나카 혼자서 계속 수다를 떨고 있다. 나는 그 소리를 들으면서 눈앞을 스치는 사람들의 행렬을 응시하고 있었다. 에나멜 백을 비스듬하게 멘 한 무리의 남자 고등학생들이 느릿느릿 걸어간다. 저들은 야구부일까, 아니면 축구부일까? 햇볕에 많이 타서 그을린 듯한 얼굴에 저마다 편의점의 하얀 비닐봉지를 손에 든 채로 막대 아이스크림을 입에 물거나 페트병에 든 주스를 마시고 있었다.

"한창 그거 하고 싶을 때야." 하타나카가 중얼거린다.

그 말이 하타나카 자신을 말하는 건지, 아니면 저 학생들을 가리키는 건지 생각하는 사이에 낯익은 엷은 청색의 깅엄 체크 옷이 가로지르는 모습이 시야에 들어왔다. 고개를 돌려 자세히 보니 히나가 틀림없다. 민소매 원피스를 입은 히나가 왼쪽에서 천천히 걸어왔다. 나는 시선을 떼지 않고 히나를 쭉 응시했다.

"선배, 우리 하러 가요."

하타나카가 말하면서 내게 몸을 밀착시킨다. 그녀의 따뜻함이 냉방 때문에 식어버린 내 몸에 전해져와 기분이 좋아졌다. 히나가 눈앞을 스쳐 간다. 물론 내 쪽을 보려고도 하지 않는다. 내가 아침부터 이곳에서 기다리고 있었다는 사실은 당연히 알지 못할 테니까.

그녀는 등을 곧게 펴서 걷고 있었는데, 치크를 바르지 않은 뺨이 아주 엷게 분홍빛으로 물들어 있었다. 그런 히나의 얼굴을 본 것은 처음이었다. 눈 깜짝할 사이에 스쳐 간 히나의 뒷모습이 혼잡한 사람들 틈에 섞여 보일락 말락 했다. 마치 물에 빠진 사람이 허우적거리며 수면 위로 올라왔다 사라지듯이.

하필 아까 본 여러 명의 고등학생 무리가 시야를 가로막는 바람에 이제 더는 히나의 모습을 볼 수가 없었다.

흔들흔들, 눈앞이 아찔하며 힘이 쭉 빠지더니 머리가 옆으로 기울었다. 하타나카의 어깨에 머리를 기댄다. 다른 손님들 눈에는 그저 새롱거리는 바보 커플로밖에 보이지 않을 것이다. 내가 흘린 눈물이 하타나카의 블라우스 어깨를 적셨다.

그녀가 깜짝 놀란 얼굴로 내 얼굴을 쳐다보면서 왜 우냐고 묻는다.

"선배, 왜 우는데요?" 하타나카가 엄지손가락으로 눈물을 쓱 닦아주었다.

"……뭐 어때. 나랑 하면 답답한 게 풀릴 거예요."

그러고는 내 머리를 쓰다듬다가 자기 젖가슴 앞으로 끌고 가 마치 럭비공을 품듯이 껴안았다.

그녀의 커다란 가슴 위에서 내 머리가 살짝 바운드하듯이 흔들린다. 부드럽고 촉촉하고 흐물흐물한 것으로 가득 찬 그 곳에서.

그러다 문득 생각을 해본다.

부드럽고 촉촉하고 흐물흐물한 것으로 가득 찬 것은 여자가 아니라 오히려 남자가 아닐까 하고.

가게 밖에서 와글와글 소란스러운 소리가 났다. 얼굴을 들자 남자 고등학생들이 손가락으로 우리를 가리키며 무슨 말인가를 외치는 중이었다. 흐느끼면서 여자 가슴에 얼굴을 파묻는 한심한 남자를 비웃고 있는 것이다. 그래, 너희는 모르겠지만 날 비웃는 너희 안에도 젤리처럼 흐물흐물한 것이 가득 채워져 있을 거다. 여자에게 꽉 붙잡혀서 으스러지기 전에 얼른 깨달으라, 동정(童貞)이여.

나는 그런 생각을 하면서 블라우스 위로 하타나카의 젖가슴을 깨물었다. 하타나카가 고개를 뒤로 젖히면서 소리를 질렀다. 밖에서 웃고 있던 남학생들의 얼굴이 일순 정색하고 만다. 그걸 본 나는 잠시, 너희들 꼴좋다고 생각했다.

수요일 밤의 사바랭

　목에 욱신거리는 통증이 느껴져서 잠이 깼다.

　아, 이래서 팔베개는 싫다. 싱글 침대에서 둘이서 같이 자는 것도.

　눈을 뜨자마자 드문드문 수염이 자란 턱이 보였다.

　혹시 잠자리에 다른 남자가 있으면 어떡하지 하고 생각했는데, 고개를 들었을 때 선배의 얼굴이 보여서 한편으로는 안도했다. 자기 전에 마신 술 때문인지 관자놀이가 지끈거린다. 오늘은 내가 일찍 출근하는 날이라 선배를 깨우지 않도록 침대에서 조용히 빠져나간다. 부엌에 가서 커피 메이커로 커피를 내렸다. 조용히 욕실 문을 열고 얼굴을 씻는다. 수건으로 얼굴을 닦으면서 부엌으로 돌아와 머그잔에 커피를 따른다. 그리고 침대에 누워 있는 선배를 바라보면서 커피를 마셨다.

그는 전혀 일어날 기미가 없다.

이 마을에 온 후로 선배는 내가 만난 남자들 중에 몇 번째
일까?

세 번째로 잔 남자까지는 기억이 나는데, 그다음부터는 애
매하다.

커튼을 살짝만 열어서 날씨를 살펴보니 하늘은 흐렸지만,
비가 오는 건 아니었다.

저 멀리에 조그맣게 후지산이 보인다. 이곳에 막 이사 온
무렵에는 볼 때마다 우아, 하고 감탄하던 후지산도 지금은
내 마음속에 잔잔한 파도조차 일으키지 못하는 존재가 되고
말았다.

내 고향 마을에서 가까운 시(市)로, 그리고 또 거기서 가까
운 시로, 공이 굴러가듯이 시를 옮기면서 살다 보니 지금은
어느덧 이 마을까지 오게 됐다. 고향 마을에서는 산맥에 가
려져서 후지산의 풍경을 직접 볼 수가 없었다. 도쿄와 좀 더
거리가 가까운 이 마을과 고향 마을은 위치상으로는 서로 끝
과 끝에 있어서 특급 전철을 타더라도 족히 두 시간 넘게 걸
린다.

어떤 마을에 살아도 나를 알아보는 사람이 조금씩 늘어나
면 또 어딘가 다른 장소로 가서 살고 싶어진다. 대개는 남자

문제 때문인데, 나는 종종 술집이나 바에 가서 처음 만난 남자와 같이 잤다. 잘 마시지도 못하는 술기운을 빌려서라도. 나는 불면증에 시달리고 있었고, 그럴수록 아주 잠깐이라도 마음에 드는 남자가 나타나면 아무라도 괜찮았다.

한 번, 혹은 많아봐야 두 번쯤 같이 자고 나면 질려버렸다. 상대가 나와 같은 마음이라도 괜찮았다. 간혹 정말로 착각해서 진지한 마음으로 나와 연애하려는 사람도 나타났지만, 내 하반신이 얼마나 헤픈지를 알고 나면 대부분의 남자는 자연스레 내 앞에서 사라지고 없어졌다. 내 원칙은 같은 직장 내 남자하고는 자지 않는 것이다. 안 그러면 골치 아픈 일이 일어나기 때문이었다.

하지만 선배를 처음 본 순간부터 이 사람과 자고 싶다고 생각했다. 이런 식으로 그에게 너무 익숙해진 상황이 된 건 전혀 예상 밖이었다. 물론 내게도 책임은 있다. 그에게 도시락을 만들어서 준 건 이 낯선 마을에 온 지 얼마 안 되어서 내 마음이 약해져 있었기 때문인지도 모르겠다. 나는 주로 호텔에서 남자와 잤지만, 선배는 내 집에 오고 싶어 했다. 나도 왠지 모르게 그를 집에 들이고 말았고.

요즘 그는 내 아파트에서 요리도 하고, 방이 어질러져 있으면 자기 맘대로 청소까지 한다. 내 영역으로 척척 침입해 들어오고 있는 중이다. 이런 남자를 지금껏 만나본 적이 없었다. 그가 내게 다가올수록 어쩌면 언젠가는 이 마을을 떠나게 될지도 모른다는 예감이 들었다.

살짝 입을 벌리고 정신없이 자고 있는 선배를 보면서 커피를 다 마신 후 머그잔을 싱크대에 내려놓았다.

저녁에는 비가 내릴지도 모르겠다는 생각을 하면서도 일단 스쿠터로 출근하기로 했다.

수분을 듬뿍 머금은 공기 속을 달리기 시작한다.

어느 마을에 가서 살아도 내가 하는 일에는 변함이 없다.

바로 노인들을 보살피는 일이다. 노인들을 돌보고 식사, 배설, 목욕을 보조하는 요양보호사, 그것이 내 일이다. 신호등에 걸려서 이번에도 평소처럼 어린이집 앞에서 일시 정차를 했다.

"안녕하세요?" 제법 목소리가 활달한 보육교사가 인사하는 소리가 들린다.

나와 그다지 나이 차가 없어 보이는 한 엄마가 철문을 난폭하게 닫았다. 약간 고개를 숙이고 굳은 표정을 짓는 그녀를 보자, 나도 과거에 저런 얼굴이었겠구나, 하는 생각이 들었다. 나도 어린이집을 나서는 그 순간부터 이미 아이 일은 까맣게 잊어버렸다. 일하랴 자격증을 따기 위해 공부하랴, 게다가 집안일, 그리고 나날이 심해져가는 남편에 대한 증오심마저. 나한테는 생각할 거리도, 하고 싶은 일도 너무나 많왔다.

신호등이 파란색으로 변한다. 직장으로 이어지는 평소의 길이지만, 문득 신기한 기분이 들 때가 있다. 태어난 곳을 멀리 떠나와 어째서 난 이곳에 있는 걸까? 내 배 아파 낳은 자식과도 멀리 떨어져서, 난 왜 혼자 여기서 이러고 살고 있는 걸까? 하고.

스푼으로 식사를 떠서 주름투성이 입에 먹인다. 믹서기로 갈아서 걸쭉하게 만들었다.

간혹 노인이 먹다가 음식이 입가에 흘러내리면 거즈로 닦아낸다. 내 새끼한테도 이유식 한번 충분히 먹여본 적도 없으면서, 나는 지금 이렇게 죽음에 가까운 자의 입에 내일을 살아갈 양식을 나르고 있다.

실수했다는 생각이 들었을 때는 이미 늦었다. 아이를 지우기에도 너무 때가 늦어버렸다.

열네 살 때 처음 남자와 잤을 때 이후로 임신한 적은 한 번도 없었다.

매번 조심하면서 피임했던 것도 아니다. 늘 피임은 남자에게 맡겼다. 그래도 임신이 되지 않길래, 난 임신 자체가 그리 쉬운 게 아니라고 얕잡아보고 있었다. 그래서 비슷한 시기에 두세 명 이상과 사귀면서 관계를 맺은 적도 있다.

하지만 내가 임신이 된 시기에는 묘하게도 딱 한 남자하고 만 사귀고 있었다. 내 나이 스물하나였다. 고등학생 때도 학교를 졸업한 이후에도, 나는 장래에 뭘 하면서 먹고살까, 하는 고민을 해본 적이 없었다. 우리 집에서는 유일하게 엄마 혼자 바쁘게 일하면서 가계를 지탱했는데, 나는 종종 마음이 내킬 때만 아르바이트해서 번 돈을 엄마에게 건넸다.

당시 내 친구였는지 아니면 친척 아주머니였는지 잊어버렸지만, 매일 남자들과 노는 것 말고는 머릿속에 아무 생각이 없던 내게 "요양보호사가 되면 평생 먹고살 수 있어"라고 말해준 사람이 한 명 있었다.

동창 중에 물장사나 성매매를 하면서 돈 버는 친구가 있었는데, 나는 그런 일에는 저항감이 있었다. 그들을 보면서 그 일로는 평생 먹고살기 힘들 거라고 막연히 생각했다. 밤낮을 쉬지 않고 고생하는데도 전혀 살림이 나아지지 않는 엄마의 모습이 이대로 나의 미래가 될 것만 같아 무서울 때도 있었다.

결국 나는 아르바이트를 하면서 번 돈을 저축해 노인요양복지전문학교에 다니기로 마음먹었다.

바로 그런 때에 임신을 해버린 것이다. 나보다 세 살이 많은 그 남자는 중학교를 나와 인테리어 관련 하청 업체에서 일하고 있었다. 남자는 내게 결혼하자고 했지만, 아주 쉽게 그리 말할 수 있었던 이유는 그가 아직 아무것도 몰랐기 때문이었을 것이다. 부부로 살아가는 어려움, 힘든 육아, 가정에 대한 책임감 등이 그때는 그의 머릿속에 없었기 때문이었다.

양가 부모는 당황했지만, 우리 결혼을 굳이 반대하지는 않았다. 오직 한 사람, 마음이 내키지 않았던 사람은 바로 나였다. 조만간 전문학교에 진학해 요양보호사가 되고 싶었지, 엄마가 되고 싶었던 건 아니다. 결혼할 마음도 없었다. 하지만 나 혼자서 아이를 낳고 살아갈 방법을 알지 못했다. 아버지는 우는지 웃는지 모를 표정을 지으셨고, 어머니는 딱 한 번 내 뺨을 때렸다.

스물둘에 아이를 낳았다. 나를 위로하기 위한 목적이 아니라 그냥 재미 삼아 병실로 찾아온 친구들은 이렇게 말했다.

"하타나카, 실패하고 말았구나……. 인생 너무 서둘러 사는 건 아니니?"

그러고는 형형색색의 손톱으로 갓 태어난 아기의 뺨을 쿡쿡 찔렀다. 긴 손톱 끝이 보드라운 아기 뺨에 살짝 박힌다. 첫 출산으로 지쳐 있던 내게는 하지 말라는 말을 할 기력조차 남아 있지 않았다.

양가에서 그리 멀지 않은 곳에 작은 아파트를 빌려 소꿉장난 같은 생활을 시작했다.

"무슨 일 생기면 바로 연락하렴."

양가 부모님들은 말은 그렇게 했지만, 결국 본인들 생활에만 매달릴 뿐이었다. 아직 어린 부부를 도와주거나 마음 써 줄 정신적, 경제적 여유가 그들에게는 없었다. 물론 남편에 게도 없었다.

남편은 종일 힘든 육체노동을 하다 오는 만큼, 저녁에 내 가 만든 초라한 밥을 맥주로 꿀꺽 목구멍으로 넘기고는 곧바 로 이불에 쓰러졌다. 그리고 다음 날 아침까지 절대 일어나 지 않았다.

"아빠, 일 다녀오겠쯥니다~."

매일 아침, 현관에서 내 품에 안긴 아기를 보며 애교 있는 인사를 하는 것이 남편으로서 유일하게 육아에 참여하는 시 간이었다.

아기가 울음을 그치지 않으면 나도 큰 소리로 울었고, 아 기가 낮잠을 자면 기저귀를 갈아주는 것도 깜빡한 채 같이 정신없이 잤다. 그 때문에 아기 엉덩이는 자주 빨갛게 부었 다. 너무 뜨거운 젖병을 그대로 물려줄 때도 있었고, 아직 뜨 거운 목욕물에 그대로 넣어 씻기다가 아기가 불에 덴 것처럼 울부짖어도 그 이유가 무엇 때문인지조차 그때의 나는 인식 하지 못했다.

그나마 한숨 돌린 것은 여름에 아이를 낳고 이듬해 4월부 터 아이를 어린이집에 보낼 수 있게 되면서부터였다. 그래 서 나는 인근 병원에서 파트타임으로 병간호 보조원으로 일하기 시작했다. 실무 경험을 쌓아서 국가고시를 볼 생각이었다. 아이가 잠이 들면 밤에는 편하게 공부할 수 있을 거라고 생각했다. 낮 동안은 아이와 떨어져 지낼 수 있어서 기뻤지만, 저녁이 되어 또다시 아이 볼 생각을 하면 내 마음은 어둡게 가라앉았다.

그런 마음이 아이한테도 전해진 건지, 보육교사의 품에 안긴 아이를 내가 받아서 안으려고 하면 사이렌 같은 불쾌한 소리로 울음을 터뜨렸다.

처음에는 나도 장난처럼 가볍게 꼬집는 정도였다.

아이가 울음을 그치지 않을 때는 살짝 손바닥으로 입을 틀어막기도 했다.

그것이 명백한 폭력으로 변한 것은 아이가 한 살이 되면서부터다.

선반을 붙잡고 서서 책들을 바닥에 떨어뜨리고, 중요한 교재를 찢는다. 아이가 그런 일을 할 때마다 때렸다. 당연히 남편 앞에서는 때리지 않았다. 나 자신도 죄의식이 들었기 때문이다. 공부가 잘 안 되어 초조해진 것도 문제였다. 내가 국가고시를 언급할 때마다 남편은 입술을 삐죽 내밀고 심술궂은 눈빛으로 날 쳐다보았고, 그런 시선을 받을 때마다 나는 아이를 때렸다. 이미 그 무렵에는 아주 습관이 되어버려서, 웃는 순간보다 때리는 순간이 더 일상이 되고 말았다.

물 끓는 주전자에서 쉭쉭 소리가 났다.

졸음을 쫓으려고 커피 물을 끓이고 있었다. 나는 황급히 달려가서 가스불을 껐다. 아이는 전날부터 열이 난 상태여서 어린이집에도 맡기지 못했다. 이렇게 계속 결근하면 선배들이 나를 가만 안 놔두겠지. 온종일 아이를 품에 안고 있어야 했다. 꾸벅꾸벅 조는 아이를 이불에 눕히고 공부를 시작하려고만 하면 아이는 정말 귀를 틀어막고 싶을 정도의 큰 소리로 울부짖었다.

남편은 아무것도 모른 채 여전히 이불 속에서 숙면 중이었다. 옆에서 아무리 아이가 울든 말든 절대 깨지 않고, 잠만 잘 자는 사람이었다. 그게 너무 얄미웠다. 출산한 후로 나는 지금까지 남편 수면 시간의 절반도 채 못 채웠을 것이다.

화장실에 가고 싶어서 아이를 바닥에 앉히자마자 아이는 날 향해서 팔을 뻗더니 알아듣지도 못할 단어로 옹알거리며 눈물을 뚝뚝 흘린다. 한밤중이었다. 결국, 아파트 옆집 주인이 벽을 쾅쾅 두드린다.

매일 집에서 뭘 하고 사는지도 모를 엄청 뚱뚱한 여드름투성이 남자다. 복도에서 마주치면 기분 나쁜 눈빛으로 내 가슴을 빤히 쳐다보는 인간이었다.

쿵, 하고 또다시 소리가 났다. 그 순간, 나는 무의식적으로 아이를 냅다 밀치고 있었다. 꽝 하고 뒷머리가 바닥에 부딪치는 소리가 났고, 아이는 아까보다 더 심하게 울음을 터뜨렸다. 쿵, 쿵 하고 연속으로 벽을 두드리는 소리.

그 찰나 나는 부엌으로 향하고 있었고, 갑자기 "여보!" 하고 부르는 소리가 들려와 정신을 차렸다. 남편이 무슨 귀신이라도 본 듯한 표정으로, 뜨거운 주전자를 손에 든 나를 보고 있었다.

결혼하기까지 걸리는 시간도 빨랐지만, 이혼하는 시간도 빨랐다.

전에 친구들이 말했던, '인생 너무 서둘러 사는 건 아니니'라는 그 말이 맞는지도 몰랐다.

친권을 딴 남편은 이혼 직후 혼자 힘으로는 육아가 벅찼는지 아이를 보육원에 맡겼다. 그런데 아이와 떨어져 지내는 동안 별안간 남편에게 아빠로서 자각이 생겼는지 아이가 세 살이 되자 다시 집에 데리고 왔다.

남편에게 아버지로서 아이를 아끼는 애정이 있었다면 어째서 더 일찍 아이와 나에게 보여주지 않았나 하는 생각도 들었지만 내게 그런 말을 할 권리는 없다. 남편은 친가로 들어가 살면서 시어머니의 도움으로 아이를 키우고 있다.

이혼 후, 나는 고향을 떠나 요양보호사가 되었다. 어디서든 먹고살 수 있다는 생각이 날 자유롭게 해주었다. 하지만 그런 들뜬 마음을 되돌리듯 내가 어디서 살든 남편은 꼬박꼬박 편지를 보내왔다. 한 달에 한 번은 꼭 아이를 만나야 한다며 흰 편지지에 만나는 약속 날짜만 적어서 보내왔다.

그 아이가 지금 내 눈앞에 있다.

다섯 살짜리 남자아이. 전남편은 교외에 있는 패밀리 레스토랑 앞에서 아이와 나를 차에서 내려주고, 한 시간 후에 데리러 오겠다면서 텅 빈 주차장을 한 바퀴 빙 돌고는 어디론가 사라졌다.

휴, 하고 큰 한숨을 내쉬고 레스토랑으로 걸어가자 아이가 내 뒤를 쫓아온다.

"흡연석으로, 두 명."

큼지막한 메뉴판을 품에 들고 온 웨이트리스에게 그렇게 말하고, 나는 뒤돌아보지도 않고 레스토랑 안으로 성큼 들어갔다. 털썩 소파에 앉자, 건너편 의자에 아이가 기어 올라가 앉는다. 하얀색 재떨이를 앞으로 끌어당겨 와 담배에 불을 붙이자, 아이가 그런 나를 가만히 지켜보고 있다.

"어린이 점심 세트랑 크림소다 주세요. 아, 커피도요."

우리 쪽으로 다가온 웨이트리스에게 그렇게 주문한 다음, 가져온 종이봉투를 탁자 위에 올려놓았다.

아이는 정말로 이 선물을 받아도 되는지를 재차 확인하듯 눈을 크게 뜨고 날 빤히 쳐다보지만, 나는 애써 그 시선을 회피한다. 손을 머뭇머뭇 뻗어 종이봉투 속의 물건을 꺼내는 아이. 선물은 전대(戰隊) 장난감이었다. 물론 이것은 아까 역에서 만난 전남편이 미리 내게 건네준 것이다. 나는 아이가 원하는 걸 모르기 때문이다. 전남편을 경유해 내가 건네준 장난감을 손에 든 아이의 얼굴이 빛나자, 난 또다시 아이의 시선을 피한 채 검은빛만 도는 맛없는 커피를 홀짝였다.

자식에게 죄의식 같은 걸 느끼는 건 아니다. 어차피 나한테서 태어난 게 실수니까.

나는 어딘가가 결정적으로 결여된 사람이기에 자식을 낳은 것 자체가 애초에 잘못이었다.

아이는 방금 나온 어린이 점심 세트를 먹으면서 크림소다를 마시고 있다.

이 음식이 세상에서 최고로 맛있는 음식인 것처럼.

우리는 서로 말을 주고받지 않는다. 아이는 수줍게 내 얼굴을 보며 희미하게 웃지만, 나는 일부러 무시하고 계속 담배를 피우면서 커피를 한 잔 더 주문한다. 그리고 한 손으로 휴대전화를 계속 만지작거렸다. 왜 이리도 시간이 더디게 흐르는지 놀라울 정도다. 이제 10분만 있으면 전남편이 아이를 데리러 올 것이다. 나는 이마에 살짝 맺히기 시작한 땀방울을 손등으로 닦았다.

전남편(과 시어머니)이 아이를 잘 키워주고 있다는 사실은 한눈에도 알 수 있었다. 지금 입고 있는 옷도 깨끗했고, 머리랑 손톱도 깔끔하게 다듬은 상태였다. 살짝 통통한 볼과 팔에는 멍 자국이나 상처를 입은 흔적도 없다.

건강하게 잘 자라는 이 아이의 기억 어딘가에 제발 남아 있지 않으면 좋으련만. 내게 맞고 살았던 그때의 기억이.

전남편의 목소리가 등 뒤에서 났다. 아이도 나도 안심한 표정으로 그를 쳐다본다.

"바이바이는?"

한낮의 주차장에서 인사를 요구받은 아이는 전남편의 몸 뒤로 숨으면서 피곤한 얼굴로 손을 흔들었다.

바이바이, 그럼 잘 가. 내 목소리를 들은 아이의 얼굴이 일그러진다. 마치 눈가가 가려운 것처럼 손바닥으로 마구 비빈다.

내 몸 위에 올라탄 선배의 땀을 손바닥으로 닦아준다.

문득 나는 감았던 눈을 활짝 크게 떠서 그의 표정을 자세히 보았다. 지금 선배는 눈을 꾹 감은 채로 미간을 찌푸리고 있다. 우리의 섹스는 어떻게 보면 자로 잰 듯이 정석에 가깝다. 그렇다고 해서 싫은 것은 아니지만 말이다.

선배는 숨이 찬 소리로 "이제 갈 것 같아"라고 헐떡이듯 말하고는 또다시 잠꼬대를 중얼거리듯 좋아해, 라고 말하면서 내 어깨 위로 얼굴을 파묻는다.

그러다 또다시 내 얼굴을 쳐다보면서 "좋아"라는 단어를 여러 번 반복해서 중얼거렸다. 나는 이 말을 들을 때마다 솔직히 마음속에서 웃고 만다. 좋다고? 좋아한다고? 그래서 나보고 뭘 어쩌라고? 만약 진지한 얼굴로 이렇게 대꾸한다면 선배는 어떤 표정을 지을까?

좋아해, 연애, 사랑. 선배는 이런 말랑말랑하고 불확실한 걸 믿고 있는 걸까? 오히려 좋아해, 라는 단어보다 섹스를 하는 쪽이 더 확실하다. 기분이 좋은 섹스, 그것이 정답이기에 나는 섹스가 더 좋은 것이다.

이윽고 절정에 이른 선배가 내 몸 위에서 거친 숨을 내쉬고 있다. 그의 머리카락 속에 손을 집어넣었더니 온통 땀으로 축축하게 젖어 있다. 짐승 같은 체취가 풍겨온다.

"기분 좋았어?"

그에게 물어보자, 고개를 끄덕인다.

역시 그는 순수하고 귀여운 사람이다. 그를 선배라고 부르지만, 실제로는 나보다 나이가 어리다.

내가 선배를 좋아하는지 아닌지는 잘 모르지만, 섹스를 하고 나서 둘이서 천장을 쳐다보면서 작은 목소리로 띄엄띄엄 이야기를 나누는 순간을 좋아한다. 아마도 섹스를 한 이후가 아니라면 생겨나지 않을, 두 사람 사이의 친밀한 공기 덕분이리라. 이럴 때면 선배는 항상 팔을 내게 내민다.

솔직히 나는 팔베개하는 걸 싫어하지만 어쩔 수가 없다.

"우리 아빠한테서는 항상 달콤하고 좋은 향기가 났어."

우리 집은 동네에 단 하나밖에 없는 제과점이었다.

일본의 시골 동네에 있는 제과점에서 흔히 파는, 푸석푸석한 스펀지케이크에 버터크림을 실컷 바른 그런 흔한 케이크가 아니었다. 우리 가게는 크림도 바닐라 빈도 브랜디도 고가의 일류 제품만을 썼는데, 그건 아버지의 자존심이었다. 그러다 보니 시골에서 잘 팔릴 리가 없었다. 내가 학교에서 돌아오면 아버지는 팔다 남은 케이크가 진열된 진열장 뒤로 몸을 숨기듯이 의자에 앉아서는 인적이 거의 없는 거리를 멍하니 바라보곤 했다.

아버지한테서 달콤한 향기가 아닌 술 냄새가 풍기기 시작한 건 언제부터였을까?

"결국 아빠의 케이크로는 먹고살 수가 없어서 엄마가 일하러 나가게 됐어."

그러자 선배가 몸을 살짝 떠는 것처럼 소리 내지 않고 웃었다.

"우리 집이랑 똑같군."

"정말?"

"응. 아버지 주점이 장사가 잘 안 돼서 수해에서 목을 매셨거든. 자살은 실패했지만."

언젠가 그 얘기를 선배한테서 들은 것 같은데 까맣게 잊고 있었다.

"선배네 아버님은 건강하게 잘 지내셔?"

"지금은 집에서 빈둥빈둥 놀고 계셔. 어머니만 일하시고."

"우리 집이랑 똑같네."

응, 하고 아이처럼 선배가 대꾸했다.

"아버지는 할 일이 없으니까 매일 술에만 찌들게 됐어. 엄마가 집 안에 있는 술이란 술은 모조리 숨겨버렸는데도, 케이크 만들 때 쓰는 브랜디랑 럼주, 리큐어까지 전부 다 마셔버렸지 뭐야."

왠지 말을 하다 보니 웃겨서 이번에는 내가 킥킥 웃음을 터뜨리고 말았다. 하지만 무서웠던 건⋯⋯.

"내가 중학교에 들어갈 무렵이 되자, 엄마가 밤에도 일하러 나가게 됐어."

어둠 속에서 응, 하고 선배가 소리 없이 고개만 끄덕이는 것을 알 수 있었다.

"수요일은 엄마가 특히 늦게 돌아오셨거든. 한밤중이 될 때까지 여러 군데서 파트타임으로 일을 하셨으니까. 그럴 즈음에 아버지가 굉장히 이상한 눈빛으로 날 보기 시작한 거야. 내가 중학교에 들어가면서 두드러지게 젖가슴이 발달했단 말이야. 그게 무서웠어, 집에 있는 게 무서워졌어. 그래서 혼자 공원에서 시간을 보내다 들어가곤 했지."

수요일 밤은 그래서 싫었다. 언제나 혼자였으니까.

"하지만 그것도 곧 지루해져서 얼마 안 돼 친구들이랑 어울려서 놀게 됐어."

"그래서 엇나갔구나. 안 봐도 뻔하지 뭐."

'선배, 친구들과 어울려 놀아도 나는 늘 혼자였어.'

나는 평소에 전하기 힘든 일이나 되물으면 귀찮아질 일은 절대 말로 하지 않았다. 그래서 이 말은 그냥 마음속으로 중얼거렸다.

"그래도 한 번쯤은 만지게 해드렸어도 괜찮았다고 생각해. 아빠랑은 피 한 방울 섞이지 않았으니까."

"그래?"

"응. 엄마랑 재혼했거든."

"피가 섞이지 않아도 그러면 안 되지."

선배가 내 쪽으로 몸을 돌려 내 얼굴을 쳐다보면서 말했다. 이런 나라도 진실을 말하기에는 아직 용기가 필요했다.

"응."

선배의 가슴팍에서 두 눈을 깜빡거리자 내 눈썹이 피부를 건드렸는지 그는 간지러운 듯한 소리를 냈다.

"불행해지는 가정의 패턴은 어딘지 비슷하군. 왜일까?"

"행복이 불행보다는 유형이 다양하거든. 그 점에서도 지는 거지. 왠지 분하네."

그렇게 말하면서 선배의 유두를 쭉쭉 빨자 간지러워하던 목소리가 이내 달콤한 목소리로 변했다.

나는 밤샘 근무를 하는 시간을 좋아한다. 낮보다도 밤에 일하는 편이 더 좋다.

하지만 밤샘 근무를 할 때 나와 같은 조가 되는 사람은 나를 왠지 꺼리는 경향이 있는데, 오늘 같은 조인 다카시마 씨도 그랬다. 한 탁자에 마주 보고 앉아 있는데도 나와 시선을 마주치지 않으려고 부자연스럽게 계속 애쓰는 중이다.

나와 같은 시기에 이 시설에 들어온 신입이지만, 들어오자마자 나는 이 친구 때문에 회의 시간에 비난의 대상이 되고 말았다. 하타나카 씨가 입소자에게 가슴을 만지게 해주니까 자기한테도 똑같이 강요한다고 말이다. 혹시 이 친구 처녀가 아닐까, 그때도 생각했지만, 지금도 그 생각에는 변함이 없다.

근무 중이나 회의 시간에도 무슨 문제만 터지면 그녀는 입술을 삐쭉 내밀면서 자신의 올곧음을 과시한다. 그래서 주변 사람들도 그런 그녀를 신경 쓸 수밖에 없다. 그러나 본인이 정작 그런 사태를 초래하고 있다는 사실은 깨닫지 못하는 점이 다카시마 씨가 매우 둔감한 사람이라는 증거일 것이다.

"……다카시마 씨는 남자 친구 있어?"

고개를 들고 질문을 던지지만, 다카시마 씨는 내 말을 무시한다. 마치 그녀 앞에 나라는 사람은 존재하지 않는 것처럼. 무거워지기 시작한 두 사람 사이의 침묵을 찢을 것처럼 호출 벨이 울린다. 한밤중이 되면 빈번하게 벨을 울리는 가와바타 씨의 방이다. 자리에서 일어난 나를 손으로 제지하며 다카시마 씨가 대신 일어나 방을 나갔다.

어느 시기가 오면 내가 다른 마을로 옮기는 것은 오직 남자 탓만은 아니다. 더는 한 직장에 있을 수가 없게 되기 때문이다. 저번의 회의에서도 이미 그런 기색이 보였는데, 어디까지나 내가 먼저 나서서 내 몸을 만지게 한 게 아니라 입소자가 자발적으로 만진 것이다. 심지어 남자들뿐만이 아니라 여자들 역시 모두 내 큰 젖가슴을 만지고 싶어 한다. 벌레등에 현혹되는 나방처럼 노인들이 주름투성이 손을 내 가슴으로 뻗는 것이다.

그러니 어떻게 그 손을 뿌리칠 수 있겠는가?

"돌아보고 올게."

방으로 돌아온 다카시마 씨에게 그렇게 말하지만, 다카시마 씨는 여전히 나를 무시한 채로 있다.

새벽이 가까워지자 이미 잠이 깨어 더는 잠을 이루지 못하는 사람들이 좀비처럼 복도를 돌아다닐 때가 있다. 침대 위에 가만히 있기가 힘들어서고, 천장만 바라보고 있는 게 너무 힘들어서다. 눈만 말똥말똥해져서 여태껏 자신이 살아온

생의 수많은 기억과 기쁨, 후회, 그런 순간들이 파도처럼 밀려온다면 분명 괴로울 것이다.

아라이 씨가 복도를 걷고 있다. 살며시 말을 걸며 손을 잡자, 내 손을 꽉 힘주어 잡는다. 다시 방으로 데리고 들어가 침대에 눕히고 이불을 덮어주지만, 내 손을 놔주지 않는다.

아라이 씨의 머리를 어루만지며 팔을 톡톡 두드렸다. 그러자 아라이 씨의 팔이 뻗어 와 내 가슴을 만지기 시작한다.

"엄마……."

아라이 씨는 그렇게 한 마디 부르고는 스르르 눈을 감는다.

내게는 그렇게 불릴 자격이 없는데.

아라이 씨는 노인이 아닌, 어린아이 같은 표정으로 조용히 숨소리를 내기 시작했다.

정작 내가 낳은 자식한테는 상냥하게 대해주지 못한 주제에, 하루하루 죽음에 다가서는 이들에게는 어째서 이토록 상냥하게 대할 수 있는 걸까? 그 점이 나 스스로도 신기했다.

아라이 씨의 눈가에서 눈물이 천천히 떨어져 시트에 동그란 얼룩을 만들었다.

"여기 앉아. 커피 줄게."

선배는 펼쳐놓은 접이식 의자를 가리켰다.

나와 선배의 휴가가 맞는 경우는 별로 없었지만(일부러

내가 어긋나게 했다), 간혹 쉬는 날이 겹칠 때는 나를 산이나 호수로 데려갔다. 나는 어떤 곳에 살든 관광 명소에는 전혀 흥미가 없다. 오로지 일터와 아파트, 슈퍼마켓, 술집 정도에만 흥미를 가질 뿐이다.

평일이어서인지 호수에는 사람이 거의 없었다. 이젠 정말 보기만 해도 질리는 후지산은 바로 저곳에 존재하지만, 역시 내 마음은 미동도 하지 않는다.

저 멀리에 빨간 구명조끼를 입은 사람을 태운 카누가 보였다. 카누는 거의 물결이 일지 않는, 마치 거울처럼 보이는 호수 위를 천천히 나아간다.

"왠지 저 사람들, 호수를 제 것인 양하는 게 마음에 안 들어."

나는 카누를 가리키면서 투정을 부렸다.

"너랑 상관없잖아. 마음이 작군."

선배는 웃으면서 밀폐 용기를 내게 내밀었다. 주먹밥과 계란말이, 문어 모양으로 자른 비엔나소시지가 들어 있었다. 내가 선배에게 음식을 만들어준 것은 선배와 자고 싶어서 건넸던 도시락밖에 없다. 그것도 냉동식품으로만 만든 도시락이었다.

아무튼 그때 일을 떠올리면서 나는 주먹밥을 집어 먹기 시작했다.

"선배, 이렇게 도시락 싸 들고 전 여자 친구랑 이런 데 자주 왔었지? 요양보호사인 그 사람하고 말이야."

지금 계절치고는 갑자기 차가운 바람이 불어와서, 선배가 빌려준 무릎 담요를 끌어 올렸다.

"날 여기로 데려와서 옛 추억에다 덧칠을 하고 싶었던 거구나?"

선배는 아무 말 없이 가솔린 버너의 불을 조절한다.

"덧칠 같은 거 하지 말고 그냥 그대로 놔둬도 되잖아."

나는 그 말을 하면서 문득 아이를 때리던 시절을 떠올리고 말았다. 저항도 안 하는 사람을 괴롭히고 있다는 느낌이 들어서일까?

"그 사람을 아직도 좋아해?"

선배는 여전히 아무 말이 없다.

"선배 아버님이 목을 맸던 곳, 같이 보러 갈래?"

"싫어. 왜 그래야 하는데?"

선배가 살짝 웃으면서 말했기 때문에, 왠지 안심이 됐다.

"…… 다음에 또 언제 아이를 만날 거야?"

한동안 묵묵히 있던 선배가 그 질문을 내게 던졌을 때, 나는 저 멀리 있는 카누를 보면서 뒤집어져라, 뒤집어져, 하고 마음속으로 빌고 있었다. 하지만 카누를 확 뒤집을 만큼 센 바람은 오늘따라 전혀 불지 않았다.

"······왜 그런 걸 물어봐?"

"하타나카의 아이를 만나보고 싶으니까."

"그냥 흥미 때문에?"

"······반은 그래."

"정말 선배는 바보야."

그는 시끄러워, 라고 말하더니 부끄러운 듯이 돌멩이를 호면 위로 던졌다. 켜켜이 생겨나는 동그란 고리가 수면 위로 퍼져간다.

그걸 보면서 왠지 요양보호사라는 옛 여자 친구가 선배와 헤어지고 싶어 했던 마음이 이해가 갔다. 선배가 이런 식으로 성급하게 서로의 거리를 줄이는 방식이 두려워졌기 때문은 아닐까?

내 아파트에서 요리를 하고 싶다는 선배의 제안에 이의를 제기하며 그냥 쇼핑센터에서 밥을 사 먹기로 했다. 선배는 투덜거리면서도 내 말을 들어주었다. 레스토랑이 늘어선 층을 걸어가는데, 갑자기 선배가 내 손을 잡았다. 우리 둘이 걸을 때면 언제나 이렇게 손을 잡으려고 한다. 하지만 나는 왠지 그의 손길이 애인의 손을 잡고 있다기보다는 어린아이를 잃어버리지 않으려고 손을 꽉 잡고 있는 것처럼 느껴질 때가 있다.

"뭐 먹고 싶어?"

갑자기 선배의 발과 시선이 멈추었다. 그의 얼굴을 쳐다보다가 그의 시선이 향하는 끝을 나도 따라갔다.

여자다. 아, 저 사람이 전 여자 친구일 수도 있겠다는 생각이 든 것은 그녀가 걸친 블루종 속에 어느 시설의 유니폼처럼 보이는 감색 폴로셔츠가 보였기 때문이다. 명찰은 가슴쪽 주머니에 꽂혀 있었고, 베이지색 코튼 팬츠에 스니커즈를 신었다. 머리를 포니테일로 묶었는데 화장도 매우 연했다.

아, 저런 수수한 느낌, 그리고 희미한 존재감. 요양보호사가 확실하다. 절대 다른 사람일 리가 없다.

스타벅스 커피를 손에 든 그녀는 우리의 존재를 눈치채지 못한 채 푸드 코트를 향해 빠르게 걸어갔다.

"선배!"

내 목소리에 깜짝 놀란 그가 시선을 내리고 내 얼굴을 쳐다봤다.

"뽀뽀해줘."

일부러 입술을 쭉 내밀자 선배의 푸석하게 마른 입술이 멋쩍은 듯이 내 입술을 살짝 스쳤다.

"모든 일이 그렇게 뜻대로 빈틈없이 흘러가지는 않아. 굳이 그렇게까지 할 필요도 없다고 생각해."

"뭐……?"

"과거의 연애가 끝났으니 자, 이제 새로운 연애로 바로 가

자. 장난감 기차의 레일을 연결하듯이 세상만사가 그렇게 일사천리로 흘러가진 않는다는 의미야. 그녀를 좋아하면 그냥 좋아하는 감정 그대로 가지고 있으면 되잖아?"

그렇게 말하면서 나는 가슴을 선배의 팔에 비벼댔다.

내가 당신의 새 애인도 아니잖아. 어차피 나는 언젠가 이 마을을 떠날 생각이니까.

그런 생각을 하는 한편, 내 가슴속에서 아까부터 움찔움찔 솟아나는 이 감정은 대체 뭘까? 그 감정의 실체를 여전히 모르는 척하면서 나는 선배에게 일부러 과장되게 응석 부리며 그의 팔에 매달렸다.

"여기가 아버지 가게였어."

선배가 꾀죄죄해진 회색빛 셔터를 주먹으로 쳤다.

둔탁한 소리가 나면서 셔터가 휘어진다. 표면에 빨간색 스프레이로 휘갈긴, 의미가 불분명한 숫자와 알파벳의 나열이 이 상점가가 얼마나 스산한지를 드러내고 있는 것만 같았다. 아직 저녁 8시 전인데도 셔터를 일찌감치 내린 가게가 많다. 외등도 어둡고, 행인도 드물다.

방금 전까지 머물렀던 쇼핑센터 안의 새하얀 밝음과는 대조적이었다. 그러나 내게는 왠지 이런 장소가 훨씬 더 깊이 숨을 쉴 수 있는 곳이다.

쇼핑센터에서 낯선 음식인 타코라이스를 먹고 나서, 우리는 역 앞에 있는 매우 저렴한 체인 주점에서 술을 엄청 마셨다. 아무리 마셔도 취하지 않아서 계속 추가로 주문해서 마시다 보니 정신을 차릴 때쯤에는 눈앞에 텅 빈 맥주잔 여러 개가 줄 서 있었다. 선배도 나도 술을 잘 마시는 편은 아니다.

우리 둘 다 똑바로 앞을 보며 걷고 있는 것 같은데, 실은 구불텅하게 걷고 있었다.

술 취한 선배가 무리하게 셔터를 열려고 하지만, 물론 셔터가 올라갈 기미는 없다.

"언젠가 누군가의 가게가 되겠지만."

그러면서 이번엔 마치 사랑스러운 것을 쓰다듬듯이 셔터 표면을 문지르더니 손바닥을 보고 섬뜩 놀란 표정을 지었다. 손가락 끝이 새까매져 있었다.

"우리 아버지도, 하타나카네 아버지도, 결국 완전히 도망치지 못했군."

그러고는 방금 편의점에서 산 담배의 투명한 패키지를 열었다. 갑자기 담배가 피우고 싶다면서 선배가 샀는데, 나는 아직까지 그가 담배를 피우는 모습을 본 적이 없었다. 마침 담배가 떨어진 나도 한 개비 받아서 선배의 라이터로 불을 붙였다. 가볍지 않은 담배 연기를 깊숙이 빨아들이자 머리가 어질어질했다.

"우리 둘이 여기서 가게나 차릴까?"

"안 해. 할 리가 없잖아."

나는 웃으면서 말하고는 탱크톱 위에 걸쳤던 셔츠를 벗었다. 술에 취한 탓인지 더워서 참을 수가 없었다. 말이 없는 선배의 시선이 내 가슴 골짜기를 더듬는다.

"……우리 아버지들은 그래도 아직은 꿈이란 걸 꿀 수 있었던 시대에 사셨던 것 같아. 하지만 우리에겐 그것조차 허용이 안 되지. 만약 한 번이라도 실패하면 결코 그 늪에서 헤어 나올 수가 없게 되거든. 우린 그런 운명으로 태어난 거야."

그는 불이 붙은 담배를 셔터에 눌러 비벼서 껐다. 담배 모서리의 오렌지색 불덩이가 산산이 부서진다. 나는 남자들이 이런 이야기를 하는 게 싫다.

"난 그런 생각 해본 적도 없어. 선배는 그런 생각으로 일하고 있던 거야? 의외로 당신, 성격이 참 어둡네."

내가 깔깔거리면서 웃자, 선배가 다소 화난 표정을 지었다.

"나 대학에 가고 싶어. 그래서 열심히 저축도 하고 있다고. 내가 지금 허리띠 졸라매면서 사는 거 선배도 알지? 옷도 화장품도 안 사면서 말이야. 난 사회복지사가 되고 싶거든. 선배는 평생 요양보호사로 머물러도 괜찮아? 실컷 혹사당하는데 월급은 박봉이고……."

'평생, 혼자서도 살아갈 수 있도록. 아무에게도 기대지 말고 살아갈 수 있게……'

그렇게 마음속으로 중얼거린다.

할 말을 주르르 왕창 쏟아내는 내 얼굴을 선배가 가만히 쳐다보고 있다.

"그랬었어."

"뭐?"

"꿈 같은 거 완전히 잊고 살았어……."

바보 아냐, 라고 말하는 내게 선배는 입을 맞추었다. 깊고 긴 입맞춤이다. 남자가 이런 키스를 시작하면 조금 난처하다. 나는 어떻게 하면 이 남자에게서, 이 마을에서 빠져나갈 수 있을까를 그날 밤부터 비교적 진지하게 고민하기 시작했다.

그 손가락의 열기를 아직도 기억하고 있다.

그러나 아무한테도 말한 적은 없다.

엄마가 밤에도 일하기 시작하면서 아버지와 단둘이 있는 긴 밤이 계속되던 무렵. 하루는 목욕을 마치고 밖으로 나가자 마침 그곳에 술에 곤드레만드레 취한 아버지가 서 있었다. 비릿한 술 냄새. 아버지는 목욕 수건 한 장만 몸에 두른 나를 탁한 눈빛으로 응시했다. 솔직하게 말하면 그때 나는 아직 섹스를 경험한 적이 없었지만, 같은 반 남자애들에게 가슴을 만지게 해준 적은 있었다. 허세만 떠는 남자아이들이 진짜로 생생한 여자 가슴을 만졌을 때 다들 어린아이처럼 구는 게 한편으로는 재미있었기 때문이다.

"아빠, 괜찮아요, 만지고 싶죠? 근데 교환 조건이 있어요. 가슴을 만지게 해줄 테니까 내가 좋아하는 사바랭을 만들어주세요."

나는 목욕 수건을 풀어서 바닥에 떨어뜨렸다. 그러자 아버지는 오른손 검지를 천천히 뻗어서 내 유두 끝을 만지작거리다가 이내 손바닥으로 가슴 전체를 감쌌다. 이번에는 왼손도 같이 뻗어서 다른 한쪽을 똑같이 만졌다. 그 순간의 그 손가락이 뜨거웠던 것만을 기억하고 있다. 아버지는 몇 번 더 내 가슴을 주무르더니, "……미안하다"라는 말만 남기고 어두운 복도로 나갔다.

그날 밤 이후로 아버지가 나를 이상한 눈빛으로 쳐다본 일은 두 번 다시 없었다. 그 대신 날 계속해서 무시했다. 마치 이 집 안에 내가 존재하지 않는 것처럼 말이다. 그날 밤에 한 약속도 잊어버린 듯했다. 뭐, 매일 술만 마시고 있으니까 어쩔 수 없다고 나 스스로 이해하려고 애썼다.

그 후로 아이를 낳고 수유를 하다 보니 원래도 컸던 가슴이 더욱 부풀었다. 투명한 살에 푸른 혈관이 떠오르고, 유두 끝에 흰빛의 모유가 방울져 똑똑 떨어졌다. 그것은 마치 내 몸의 일부가 아닌 듯했다. 아주 조금밖에 모유를 빨지 못하던 아이가 입술을 바로 떼버리면, 기세 좋게 흘러나오던 모유가 마치 샤워기 물처럼 아이의 얼굴을 적셨다. 몸집이 작게 태어난 아기는 모유를 먹다가도 금방 지쳐서 잠에 빠졌다. 꾸벅꾸벅 조는 아이를 재우려고 이불에 눕히기만 하면 또 금세 깨어나 눈을 떴다.

혀를 차면서 잠시만이라도 아이를 그대로 두면 울음소리는 점점 커져만 갔다. 그래서 아기를 품에 안아주면 그 작고 여린 손가락으로 내 젖가슴을 부여잡았다. 아기 주제에 그 힘의 세기가 얄미웠다. 그리고 그 열기는 몇 년 전 아버지의 그 손가락을 연상시켰다.

아이가 태어나 처음 맞이하는 겨울, 아마 연말이었던 것 같다.

남편은 회식 때문에 늦도록 돌아오지 않았다. 바람이 세찬 날이었는데, 어디에도 틈새는 없을 터인데 창밖으로 섬뜩한 소리가 들려왔다. 문밖에서 무슨 소리가 들려온 것 같았는데 바람 소리는 아니었다. 간혹 길고양이나 들개들이 찾아올 때가 있어서 처음에는 그 소리라고 생각했다. 그런데 현관문 손잡이가 돌아가는 소리가 들려오는 것이 아닌가. 아이는 그날따라 드물게도 새근새근 잘 자고 있었다. 강도나 흉악범이면 어떡하지, 그런 걱정이 들면서 심장이 두근거렸다. 잠시 후 문밖의 소리가 더는 들리지 않아서, 나는 발소리를 죽이고 현관 앞으로 살살 다가가 살며시 문을 열었다.

밖에는 아무도 없었다. 바람에 날려 갔는지 빨간색 등유 플라스틱 통이 저 멀리서 나뒹굴고 있었다. 문을 닫으려고 하자 뭔가 바스락거리는 소리가 들려서 보니 문손잡이에 하얀 비닐봉지가 걸려 있었다. 이게 뭘까? 왠지 섬뜩하다는 생각을 하면서도 손잡이에서 봉지를 빼고 문을 닫았다.

봉지 안에 든 작은 흰 상자를 열자 럼주 향이 확 풍겼다. 보기 흉한 모양의 사바랭이 두 개 들어 있었다. 그중 하나를 손에 들고 현관에 선 채로 깨물었는데, 어릴 때 내가 먹었던 사바랭하고는 딴판이었다. 표면에 한 바퀴 빙 둘러서 짜 넣은 생크림도 왠지 비릿했고, 살구잼 맛도 이상했다. 시럽에 너무 절인 탓인지, 이로 씹은 부분부터 형태가 퍼석퍼석 무너져간다. 너무 많이 넣은 럼주 때문에 마치 술을 마신 것처럼 따뜻한 알코올이 위 속으로 미끄러져 가는 것만 같았다.

나는 씹다 만 사바랭과 건드리지 않은 새것을 전부 냉장고 안에 넣었다. 콧등에 묻은 크림을 검지로 훔쳐내 혀로 손가락을 핥으면서, 이 사바랭은 아버지가 죽기 전에 마지막으로 만든 케이크가 될 거라고 멀거니 생각했다.

그 사람을 한 번 더 본 것은 역에 있는 커피 스탠드에서

134

였다.

장마가 막 걷힌 무렵, 나는 밤샘 근무를 마치고 오전 중에 역 앞의 은행과 우체국에서 볼일을 다 끝내고는, 딱히 할 일도 없어서 그냥 역구내를 오가는 행인들을 멍하니 구경하며 커피를 마시던 중이었다.

내 손에는 제법 구겨진 편지 봉투가 있었다. 아파트 우편함에서 발견하자마자 곧바로 모서리를 북북 찢어서 열어보니 전남편이 내게 보낸 편지였다. 전남편은 이메일을 보낼 줄 모르기 때문에 아이를 만나는 날을 지정할 때나 전하고 싶은 말이 있을 때는 이렇게 손으로 쓴 편지를 보내왔다. 그는 학력은 낮았지만 글씨는 잘 쓴다. 편지 내용을 이제 완전히 외울 정도로 읽고 또 읽었는데도, 나는 커피 스탠드의 스툴에 앉아서 편지지의 글자를 처음부터 끝까지 다시 읽고 있었다.

편지를 손에 든 채로 문득 고개를 들었을 때, 마침 그 사람이 내 시야의 왼편에서 걸어왔다. 얼마 전 쇼핑센터에서 봤을 때하고는 전혀 다른 표정이었다. 피곤해 보이지도 않고, 힘이 없어 보이지도 않았다. 상체를 꼿꼿이 세우고 그냥 걷는 데만 집중하듯이 걷고 있었다. 순간, 내가 왜 그런 행동을 했는지 솔직히 잘 모르겠다. 나는 스툴에서 내려와 황급히 가게 밖으로 뛰쳐나가 그 사람 뒤를 쫓아갔다.

가게에 있을 때는 잘 몰랐는데 그녀가 걷는 속도는 꽤나 빨랐다. 그 사람은 역 계단을 내려가 로터리를 건너 상점가 쪽으로 걸어갔다. 그리고 약국에 들러 반창고와 솜, 선크림을 사더니 이번에는 편의점에 들어가서 석 장짜리 식빵과 과일 젤리를 샀다. 비닐봉지는 원래 잘 받지 않는 편인지 손에 든 토트백에 구매한 물건을 차곡차곡 채워갔다. 금세 물건으로 가득 찬 가방은 점점 둥글게 부풀어간다.

소매 없는 검은 원피스에서 드러난 팔이 매우 가늘었다. 요양보호사로 일하다 보면 근육 때문에 팔이 점점 굵어지기 마련인데. 쇼핑센터에서 보았을 때처럼 머리를 포니테일로 묶지 않아서, 어깨뼈 언저리까지 자란 머리카락이 바람에 하늘하늘 살랑거렸다.

상점가 안쪽은 낮에도 어둡다. 그녀가 어디로 가려는 건지 알 수 없었지만 종종걸음으로 가까이 다가가 그녀의 등을 살포시 손바닥으로 건드렸다. 가까이서 본 그녀는 나와 키가 별반 차이가 안 났다. 아무튼 그녀는 깜짝 놀란 얼굴로 나를 쳐다보았다.

"선배랑은……."

꼭 외국인이 느닷없이 말을 걸어와서 놀라기라도 한 듯한 표정이다.

"이젠 아무것도 아니에요?"

물컵에 먹물이 한 방울 떨어질 때처럼 그녀의 얼굴에 당황한 표정이 서서히 퍼져간다.

"저는 가이토랑 같은 직장에서 일하고 있어요. 저…… 가이토의 옛날 여자 친구 맞죠?"

곤혹과 공포로 가득 차 있던 표정이 가이토라는 익숙한 이름을 듣자마자 조금씩 풀렸다. 꾸벅하고 작게 끄덕인 얼굴의 뺨에 희미한 주근깨가 흩어져 있었다. 가이토의 입술과 혀가 이 주근깨도 스쳤을 테지.

"이제는…… 완전히 아무 사이도 아닙니다."

나는 무슨 말이 하고 싶어서, 뭘 듣고 싶어서 이 사람 뒤를 따라온 걸까.

"전 이제 곧 이사를 가니까…… 이 마을에서도 사라질 거고…… 저기, 가이토의?"

나는 고개를 끄덕였다. '그래요? 그렇다면 안심해주세요'라고 말하는 느낌의 표정으로 그녀가 내게 살짝 미소를 짓는다.

그 사실을 선배도 알고 있나요?라고 물어보려고 했지만, 선배는 모를 것 같다는 기분이 들었다. 만약 선배가 알았다면 내게 낙담한 얼굴을 보였을 것이다. 내가 이런저런 생각에 빠져 있는 사이, 그녀는 머리를 숙이고는 조금 전과 같은 속도로 상점가 안쪽으로 걸어갔다. 낮에도 어두운 상점가의 암흑에 마치 동화된 듯이 그녀가 입은 검은 원피스가 작아지더니 머지않아 더는 모습이 보이지 않았다.

　이날 우연히 일어난 사건에 완전히 지쳐버린 나는 나도 모르게 저녁이 될 때까지 방에서 잠에 푹 빠졌다가 깼다. 커튼을 열어놓은 상태였기 때문에 창밖이 오렌지색에서 감색으로 변해가는 모습을 침대에 누운 채로 지켜보았다. 오늘따라 집안일과 공부 등 살아가는 데 필요한 자질구레한 잡일에 손도 대지 않고 있었는데, 이미 뼛속까지 완전히 지쳐서 도저히 일어날 수가 없었다. 누운 채로 천장을 바라보며 전남편이 보낸 편지를 생각하다가 상점가에서 우연히 만난 선배의 전 여자 친구를 생각했다. 그리고 또 선배를 생각했다. 꼬리에 꼬리를 잇는 생각에 빠지다 보니, 어느새 또 진흙탕에 빠져드는 것처럼 깊이 잠들어버렸다.

　정신을 차려보니 부엌 쪽에서 덜그럭거리는 소리가 들려왔다.

　나도 모르게 꿈결에 엄마, 라고 불렀다가 눈을 뜬 것 같다. 방은 이미 어두웠고, 싱크대 위의 작은 흰 조명만 켜져 있었고, 그 속에서 선배가 자욱한 수증기에 휩싸여 있었다. 뭔가를 데치고 있었는지 양손으로 냄비를 잡아 그 안의 내용물을 채반에 쏟아내는 중이었다. 냄비 안의 물이 흘러내리자 뜨거운 물 때문에 싱크대에서 퉁 하는 소리가 났다. 가만히 일어나 부엌에 있는 선배에게 다가갔다.

"아이고, 깜짝이야."

뒤에서 그의 등을 껴안자 선배가 진심으로 놀란 소리를 냈다. 그녀가 이 마을에서 사라진다는 사실을 아직 모르는 선배가 왠지 너무 불쌍했다. 선배가 뒤돌아 내 몸을 꼭 껴안았다.

선배의 큼직한 품 안에 내 몸이 쏙 들어간다.

"감자샐러드를 만들려고 감자를 삶고 있었어. 미안해, 내 맘대로 집에 들어와서."

아니, 라고 말하는 대신 고개만 옆으로 저었다. 싱크대에 놓인 은색 채반에는 표면의 껍질이 군데군데 갈라져 벗겨진 감자가 뒹굴고 있었다.

불쌍하다고 생각한 것은 선배의 일만은 아니었다.

전남편의 편지에는 곧 재혼하게 됐으니, 앞으로는 아이를 만날 필요가 없다고 쓰여 있었다. 꽤 정중하게 쓴 그 문장에 내가 심하게 상처 입었다는 사실을 깨닫고는 깜짝 놀랐다. 전남편을 좋아하지도, 내 아이를 사랑스럽다고 생각하지도 않는데, 여태껏 남편과 자식을 버린 사람은 나였다고 믿어왔던 나 자신이 불쌍했다. 내 쪽에서 버렸다고 생각했는데 결국 버림받은 건 나였다.

"요전에 말이야, 하타나카가 말했던 대학 진학을 좀 진지하게 생각해봤어. 앞으로 계획을 세워보려고. 우리 대학에 같이 가자. 나 혼자면 도중에 반드시 포기하고 말 거야."

선배가 말하는 꿈은 물에 빠진 사람이 필사적으로 붙잡으려는 동아줄과도 같다는 느낌이 들었다. 그건 나도 마찬가지였다. 지금보다 더 낮은 곳으로 떠내려가지 않기 위해 붙잡는, 매우 약해서 끊어지기 쉬운 생명 줄이었다.

"……전 여자 친구한테도 그렇게 말했나요? 같이 대학 가자고?"

선배는 오늘 만난 그녀와 똑같은 표정을 지었다. 마치 외국인이 갑자기 말을 걸었을 때 놀라서 짓는 표정 말이다. 지금까지 살아오면서 아직 숱한 사람으로부터 악의를 경험해보지 못한 사람의 얼굴이다.

"하타나카와 같이 가고 싶어."

지금 당장 선배에게 심하게 상처를 줄 수 있는 단어를 내 안에서 찾으려고 했다.

하지만 아무리 찾아봐도 그런 단어가 나오지 않는다는 사실에 나는 또다시 놀라고 말았다.

8월의 밤샘 근무는 왠지 다카시마 씨와 겹치는 날이 많았다.

"한 바퀴 둘러보고 올게요."

내 얼굴을 쳐다보지도 않고 그렇게 한마디 하며 방을 나가려고 하는 다카시마 씨의 태도는 여전했다. 최소한의 말만 할 뿐, 내 얼굴을 보려 하지도 않는다. 그런 태도에도 나는 이미 익숙해지기 시작했다.

잠시 후, 탁탁탁탁 뛰어오는 발소리가 들려왔고 다카시마 씨가 울 것 같은 표정으로 탁자 위에 손을 대며 외쳤다.

"오타 씨의 상태가 이상해요, 숨 쉬기가 힘든 것 같아요."

오타 씨는 98세의 할아버지로, 이제 몇 주 혹은 반년 정도면 죽음을 맞이할 것으로 예상되는 터미널기(期)의 입소자였다. 그래서 우리 시설에서는 요양보호사나 간호사나 모두가 특별히 오타 씨에게 주의를 기울이고 있었다.

공황 상태에 빠진 다카시마 씨는 갑자기 서가 안에 있는 간호기록을 찾으려고 했다. 나는 침착해, 라고 말하면서 다카시마 씨의 팔을 잡았다.

"일단 구급차가 먼저야. 그러고 나서 간호 주임을, 그다음은 가족에게 연락해."

그렇게 말하고 서둘러 오타 씨의 방으로 갔다. 침대에 누운 오타 씨는 허덕이며 힘들게 숨을 쥐어짜는 듯한 호흡을 반복하고 있었다. 나 역시 입소자를 병간호한 경험이 많은 것도 아니었고, 다카시마 씨도 아마 이런 경험은 처음일 것이다.

"연락했어?"

오타 씨의 침대 옆으로 다가온 다카시마 씨는 핏기가 사라진 표정으로 고개를 끄덕였다.

힘들어 보이던 호흡이 조금씩 누그러진다. 하지만 우리가 어떤 생각을 미처 할 겨를도 없이 갑자기 오타 씨의 얼굴에 희미하게 떠오르던 살아 있는 인간의 기미가 서서히 꺼져가고 있었다. 복도 안쪽에서 많은 사람들의 발소리와 구급차의 이동 침대가 가까이 다가오는 소리가 들려왔다.

"만약 오타 씨가 이곳에서 마지막 순간을 맞이하신다면 우리가 잘 지켜봐드리자."

흑흑 흐느끼는 다카시마 씨가 고개를 끄덕였다. 우리는 오타 씨의 손을 잡았다.

잿불 같은 생명의 오타 씨를 태운 구급차가 멀어져가고, 그 사이렌 소리 못지않게 다카시마 씨의 울음소리도 더욱 커져갔다.

다음 날 미팅에서, 오타 씨가 실려 간 병원에서 사망한 사실을 알았다.

"병실을 둘러볼 때 용태 변화를 더 빨리 알아차렸어야 하지 않았을까요? 병원이 아니라 이 시설에서 임종을 지켜봐 달라는 가족분의 희망 사항이 있었는데."

이 시설에서 내가 특히 불편해하는 간호 주임이 다카시마 씨와 내게 다가와 말했다.

"제가…… 좀 더 일찍, 알아차렸다면…… 오타 씨는."

거기까지 말하고 다카시마 씨는 또 목이 메고 말았다.

"시스템이 제대로 안 잡혀 있기 때문은 아닐까요?"

갑자기 큰 소리로 말한 나에게 모두의 시선이 집중되었다.

"우리 시설은 간호사가 없는 밤이 너무 많잖아요? 우리 같은 신입한테는 너무 부담될 수밖에 없거든요. 갑자기 어제 같은 일이 또 생기면요? 대체로 이곳 시설은 간호사가 너무 편하게 일하는 것 같지 않나요? 무슨 일이 있을 때마다 이건 요양보호사의 책임이야, 라는 말만 나오면 신입인 우리도 몸이 버티기 힘들다고요……."

간호 주임은 노려보듯이 나를 쳐다보았다. 탁자 건너편에 앉아 있던 선배도 뭔가 말하고 싶은 듯이 눈짓을 한다. 무거운 침묵이 방 안을 가득 채우고 있었다.

"어머, 우리 간호사들도 한정된 인원수로 입소자의 몸 상태를 열심히 관리하고 있다고요. 만약 우리에게 더 부담을 주면……."

입을 연 간호 주임의 목소리는 점점 감정적이 되어갔다. 나를 노려볼 듯이 보는 그 시선을 일부러 부자연스럽게 피했다. 더더욱 무거워진 침묵. 험악한 분위기를 가위로 싹둑 자르듯이 원장이 강한 어조로 말했다.

"지금 어느 쪽에 더 책임이 있다는 말이 아니잖아요. 세심하게 돌봐드리고 싶은 건 양쪽 다 마찬가지라고 생각해요."

가운데서 균형을 잡으려는 천칭 같은 원장의 말이 귀를 스쳐 지나간다.

"……밤샘 근무 시의 긴급 연락망 체제를 지급(至急)으로 연결될 수 있게 확실히 손봐야겠네요. ……이 이상 퇴직자가 늘면 안 되니까……."

마지막 말이 원장의 진짜 속마음일 것이다. 8월에 들어서 요양보호사 두 명이 또 사직했다. 강한 책임감을 느끼고 요양보호사가 된 사람일수록 즉시 소진되어 현장을 떠나갔다. 인재 부족이라고는 해도 결국 새로운 요양보호사는 또다시 들어온다. 하지만 일을 대하는 열정은 곧바로 현장에 잡아먹혀서 자신까지도 무너뜨린다. 현장 문제는 아무것도 해결되지 않은 채로 말이다.

어느새 미팅이 끝났는지 정신을 차려보니 다들 자리에서 일어나기 시작했다. 누가 어깨를 쳐서 돌아보니 파일을 안은 선배가 옆에 서 있었다.

"하타나카, 너무 악당 역을 자처할 필요는 없어. 그냥 보통으로 말하라니까."

둘만 있을 때의 말투가 아닌, 직장 선배로서 하는 말투였다.

"안 그러면 대화가 안 통하잖아요?"

"너 정말 귀엽지가 않구나."

선배가 툭 하고 파일로 머리를 때리고는 회의실을 나갔다.

저 등을 껴안고 싶은 충동을 느끼는 동시에 마음속에서 안녕, 이라고 중얼거렸다.

"하, 하타나카 씨, 괜찮다면 이거 드실래요?"

오타 씨의 일이 있었던 그날 이후로 다카시마 씨와 함께 처음 서는 밤샘 근무였다.

간호기록 노트를 펼쳐서 보고 있던 내가 고개를 들자, 그녀는 마들렌처럼 생긴 과자를 담은 작은 봉지를 내밀었다.

"이거, 수제야?"

다카시마 씨가 빨개진 얼굴로 고개를 끄덕인다. 손으로 하나 집어 입에 넣었다. 바닐라에센스나 브랜디의 향도 나지 않는 갈색 덩어리를 천천히 음미하고는 페트병에 든 녹차를 마시며 꿀꺽 삼켰다.

"우아…… 혹시 남자 친구 생겼나?"

놀리듯이 말하자 다카시마 씨는 부정도 하지 않고 헤헤, 하는 이상한 웃음소리를 냈다.

"전문학교 시절 동창인데요……."

물어보지도 않았는데 다카시마 씨는 자기 남자 친구 이야기를 먼저 꺼낸다. 그 사건 이후로 그녀도 선배처럼 나와의 거리를 좁히기 위한 노력을 시작한 것이다.

"근데 요양보호사 커플끼리는 잘되지가 않아. 쉬는 날도 서로 잘 안 맞잖아. 결혼하려고 해도 둘이서 버는 박봉으로는……. 요양보호사 말고 다른 직업의 남자 친구를 찾아봐. 근데 다카시마 씨한테는 어려울지도 모르겠네, 소개팅에 나가봤자…….”

노트를 편 채로 말을 계속 이어나가는데, 다카시마 씨가 벌떡 일어났다. 고개를 푹 숙인 얼굴에 어느새 눈가가 빨개져 있었다.

“이 마들렌, 남자 친구한테 줬어? 솔직히 말하면 별로 맛이 없네. 좀 더 연습하고 나서 남자 친구한테 만들어주는 게 좋겠어. 내가 제과점 딸이라서 입이 높거든. 이런 디저트 종류에는 좀 일가견이 있단 말이지.”

“돌아보고 올게요.”

내 얼굴을 보지도 않고 말하면서 다카시마 씨는 방을 나갔다. 저러고는 화장실이나 어두운 복도 한구석에 가서 울 테지. 탁자에는 다카시마 씨가 내게 건네준 과자 봉지가 그대로 있었다. 아까 먹은 마들렌처럼 생긴 과자를 다시 하나 집어 입안에 넣었다. 좀 달지만 나쁘진 않네. 가정용 오븐에서 만든 거라면 충분히 잘 만들었어.

“어린이 런치 세트와 크림소다, 그리고 커피도.”

그렇게 주문하고 재떨이를 끌어당겨 담배에 불을 붙였다. 연기를 내뿜자 아이가 눈을 깜박거린다.

내 앞에 앉은 아이는 얼마 전에 만났을 때보다도 부쩍 몸이 자란 것처럼 보였다. 매일 노인들만 상대하는 탓에 아이의 젊음과 생명력의 기세가 내 눈을 자극했다.

검버섯도 주름도 없는 피부가 눈부셨다.

아이는 어린이 런치 세트인 볶음밥을 숟가락으로 떠서 입에 가져간다. 저번에 만났을 때는 질질 흘리면서 먹더니 오늘은 밥알을 전혀 흘리지 않았다. 혼자서도 할 수 있는 일이 늘어가는 게 성장이라면, 반대로 할 수 없는 일이 늘어가는 게 노화라는 생각이 문득 들었다. 이 아이에게는 내 손으로 직접 만든 요리를 먹여본 적이 없다. 다만, 자연스레 뿜어져 나오는 모유만 먹였을 뿐. 그것도 이 아이의 몸을 만드는 데 보탬은 되었으려나.

전남편이 보낸 편지에는 친가에서 아이를 데리고 나와 재혼할 여자가 사는 이웃 동네로 이사 가서 살 거라고 했다. 놀이공원에서 셋이 함께 찍은 사진도 동봉했다. 쭈그리고 앉은 그 여자에게 안긴 아이는 웃는 얼굴이었지만, 가장 긴장한 표정으로 찍힌 사람은 전남편이었다. 새 아내는 인상이 강하지만 상냥해 보이는 사람이었다. 전남편보다도 일곱 살 연상으로, 이혼한 경험이 있었다. 자식은 없고, 직업은 미용사였다. 만약 전남편에게 무슨 일이 생겨도 아내의 직업이 미용사라면 이 아이는 어떻게든 먹고살 수 있을 것이다.

"이거."

아이가 작은 젤리를 내밀었다.

"뭔데?"

"집을 수가 없어."

투구풍뎅이의 먹이 같은, 작은 컵에 든 젤리다. 언젠가 선배에게 준 도시락에 부족한 반찬을 채우려고 대신 이런 젤리를 넣은 적이 있었다. 담배를 손가락에 끼운 채 힘을 주면서 컵의 뚜껑을 따서 아이에게 건넸다. 그러자 아이는 고마워요, 라고 말하고는 젤리 컵을 입으로 가져갔다.

"기억해두렴."

그 말에 아이는 약간 긴장한 표정으로 내 얼굴을 본다.

"네 외할아버지는…… 아직 돌아가시지는 않았지만 솜씨가 아주 좋은 케이크 장인이란다. 그러니까 너도 나중에 케이크를 만드는 사람이 되렴. 참, 어른이 되면 술에는 주의할 것. 알겠니?"

알아들었을 리 만무한데도 내 말의 기세에 눌렸는지, 아이는 고개를 끄덕인다.

"어른이 돼서 케이크 가게를 열면 나를 위해서 만들어줘. 내가 좋아하는 건 사바랭이라는 케이크야. 자, 따라서 말해 봐."

"사라, 바, 앙."

"틀렸어. 사바랭!"

"사라, 방?"

"아니라니까." 나는 그렇게 말하다가 웃어버렸다. 덩달아 아이도 따라 웃는다.

"사바랭."

"사바, 랭."

"그래."

말의 울림이 재미있는지 사바랭, 사바랭, 하고 아이가 재미있어하며 곧잘 입으로 반복한다. 하지만 조만간 곧 잊어버리겠지. 오늘 본 내 얼굴도. 내가 한 말도 전부.

"잘 지내."

하얀 여름빛이 넘치는 주차장에서 전남편은 그렇게 말하며 눈이 부신 듯한 얼굴로 나를 쳐다보았다.

"이거, 당신한테 주는 거래."

그는 내게 작은 봉투를 내밀고는 그럼 갈게, 라고 인사하며 차에 몸을 실었다.

아이한테는 나를 만나는 게 오늘이 마지막이라는 말은 아직 안 했다고 했다. 뒷좌석에 어린이용 안전띠로 묶인 듯이 앉아 있던 아이가 나를 바라보고 있었다. 나는 마침 열려 있는 차창 안으로 얼굴을 쑥 내밀고는 아이에게 "바이바이"라고 말했다. 그러자 늘 그랬듯이 아이가 얼굴을 찡그리더니,

울면서 사바랭, 이라고 말한다.

"그래, 사바랭."

머리카락을 마구 흐트러뜨리며 쓰다듬어준 다음, 그럼 잘
가, 라고 인사하며 차에서 떨어졌다. 아이가 준 작은 봉투를
오른손에 든 채, 차가 주차장을 빠져나가 국도를 달리는 차
들 속으로 뒤섞여 사라지는 모습을 계속 지켜보았다.

이삿짐을 싼 골판지상자를 쌓아놓은 아파트에서 그 조그
만 봉투를 열었다.

조명은 켜지 않은 채 접힌 종이를 펼쳤다. 창문으로 들어
온 가로등 불빛에 반사되어 하얀 종이는 어둠 속에서도 빛이
났다.

커다란 동그라미 속에 점으로 그린 두 개의 눈. 그 아래 입
은 하늘을 향해 크게 호를 그리고 있다.

그 밑으로 뻗은 손과 발. 그림 밑에는 '마마'라고, 겨우 판
독할 수 있는 글자가 쓰여 있었다. 이 그림 속 여자는 새엄마
를 말하는 걸까? 아니면······.

찰칵찰칵하고 열쇠를 돌리는 소리가 난다. 나는 지금의
내 얼굴을 보이고 싶지 않아서 허둥지둥 골판지상자 뒤로
숨었다.

무엇이 들었는지 묵직한 흰 비닐봉지를 두 손에 든 선배가
방으로 들어온다. 털썩, 부엌에 비닐봉지를 내려놓고는 이쪽

으로 걸어왔고, 곧 나를 발견하더니 웅크리고 앉아 내 뺨을
부여잡았다. 아, 이러면 그의 손가락이 젖어버릴 텐데.

"아무 데도 가지 마."

"그건 내가 할 대사야." 그렇게 말하며 선배는 웃었다.

내가 조금 더 이 마을에 있어도 괜찮은 걸까?

아, 귀찮기만 한 이 남자는 대체 나를 어디로 데려가주려
는 걸까?

갈피를 못 잡는 홍채

베란다에 나가서 두 사람분의 세탁물을 거두어들였다. 이 지역 특유의 바람에 하루 종일 노출되어 바짝 마른 수건과 속옷을 거실 바닥에 내던지자, 베이지색 카펫 위에 순식간에 작은 동산이 하나 만들어졌다. 아파트 앞에는 주민을 위한 주차장이 있고, 그 앞에는 높은 고층 건물이 없어서 2층에 있는 이 베란다에서도 해 질 녘의 석양 아래로 쭉 뻗은 산맥이 보인다. 여기서 약 한 시간쯤 동쪽으로 차를 몰면 바다가 나오지만, 이곳에서는 바다의 분위기를 느끼기가 힘들다. 바람이 심하게 부는 날에만 은은한 소금 향이 섞인 공기를 느낄 수 있을 정도다. 실제로 이곳에 오고 나서 바다라는 존재를 가까이서 느낀 적도, 가본 적도 없었다.

내가 나고 자란 마을에서 근무하던 노인요양시설에서는

지근거리에 있는 후지산이 마치 연극무대의 배경 그림처럼
존재했다. 그 산은 늘 그 자리에 있었다. 고향 집에서는 비록
산이 보이지는 않았지만, 나는 항상 후지산이 어느 방향에
있는지 의식하며 살았던 것 같다. 내게 후지산은 말하자면
자석의 N극과도 같은 것이다. 내가 지금 어디에 있는지를 확
인할 때는 후지산이 어느 방향에 있는지를 천천히 생각하면
되었다.

그 마을을 떠나와 어느덧 2년 반이라는 시간이 훌쩍 지나
있었다.

나는 이 마을로 와서 미야자와의 아파트에서 같이 살면서
제일 먼저 운전면허를 땄다. 부모님이 교통사고로 돌아가셨
기 때문에 솔직히 운전면허를 따는 데는 거부감이 있었지만,
이 마을에서는 차가 없으면 생활도 일도 불가능했다. 이전처
럼 노인요양시설에서 일하고 싶었지만, 그 소망을 이루기는
힘들었다.

이 마을에는 예상보다 훨씬 더 많은 요양보호사가 있었지
만 노인요양시설의 수는 턱없이 부족했고, 요양서비스를 필
요로 하는 노인의 상당수는 대부분 자택에서 방문요양서비
스를 받고 있었다.

그래서 일자리를 찾는 데 제법 시간이 걸렸지만, 재가(在
家) 노인에게 요양보호사를 파견하는 회사에 간신히 취직이

되어 낮에만 일하게 되었다. 복사기를 파는 회사에서 영업직으로 근무하는 미야자와 생활 리듬이 맞게 된 것은 함께 살기 시작한 두 사람에게는 그래도 좋은 일이었을 것이다. 그러나 실상은 그렇지 않았다. 영업을 하는 미야자와는 야근이나 접대 때문에 매일 늦게 귀가했고, 내가 먼저 잠자리에 들고 나서 날짜가 다음 날로 넘어간 뒤에야 집에 들어올 때가 더 많았다.

홀로 밤을 보낼 때 머릿속에 떠오르는 생각은 후지산도, 함께 살았던 가이토도 아닌, 바로 내가 나고 자란 고향 집이었다. 할아버지와 같이 살던 내 집. 오래되고 낡아빠져서 동네 아이들 사이에서는 '요괴 하우스'로 불렸던 그 집. 집 평수보다 더 넓은 정원과 빨갛게 녹슨 문짝. 마치 단기 여행이라도 나서듯 달랑 열쇠만 잠그고 몸만 뛰쳐나온 그 집. 그 집에는 여전히 가구와 대부분의 옷이 아직 고스란히 남아 있다.

부모님과 할아버지의 위패만큼은 내 곁에 두고 싶어서, 부드러운 새 수건에 위패를 둘둘 말아 트렁크 한구석에 넣고 지금 사는 이 집에까지 가지고 왔다.

이런 내 행동이 결과적으로 좋은 일이었는지 아닌지는 잘 모르겠다. 이 집에 이사 온 날, 나는 가장 먼저 위패를 꺼내 방에 들인 스툴 위에 올려놓았다.

해가 길어졌다고는 하지만, 황혼은 아주 찰나에 끝나버린다. 태양이 몸을 낮추면 하늘은 검게 물들고, 이 지역 특유의 예리한 냉기가 발밑에서 스멀스멀 기어 올라온다. 멍하니 하늘을 바라보고 있던 나는 입에서 나오는 숨이 하얗게 변하는 걸 깨닫고, 서둘러 방 안으로 들어간다. 직업상 감기에 걸려서도 안 되고 타인에게 옮겨서도 안 되기 때문이다. 베란다 문을 닫자 형광등 불빛이 방 안과 나를 비춘다. 나는 유리창으로 다가가 하아, 하고 크게 한숨을 내쉬었다. 뿌옇게 흐려진 유리에 손가락을 대고 뭔가 그림을 그리고 싶었지만, 뭘 그려야 할지 전혀 생각이 안 떠올라 그냥 동그라미만 가득 그렸다. 큰 동그라미와 작은 동그라미를 가득히. 그것은 마치 어릴 적 내가 할아버지와 마셨던 사이다의 거품처럼도 보였다.

"그럼, 갔다 올게."

내 귓가에 대고 말하는 소리. 이내 현관문을 닫는 소리가 울린다. 그리고 열쇠로 잠그고 문손잡이를 여러 번 돌리면서 제대로 잠긴 걸 확인하는 소리. 복도를 걸어가는, 바닥을 살짝 질질 끄는 듯한 발소리. 나는 이불 속에 누운 채 그 소리를 전부 듣고 있다.

내가 미야자와를 만났을 때, 그는 신주쿠에 회사를 둔 디자이너였다. 내가 졸업한 전문학교의 입학 안내 팸플릿 제작을 미야자와의 회사가 맡게 되면서, 인터뷰이로서 억지로 지면에 등장하게 된 나는 그때 그를 처음 만났다. 그리고 머지않아 난 미야자와와 몸을 섞게 되었고, 그 만남이 여러 차례 되풀이되면서 결국 그와 헤어지려야 헤어질 수 없는 사이가 되었다. 미야자와와 연락이 끊긴 후 미야자와의 회사에 나를 데려간 사람은 가이토였다. 한 번은 헤어졌지만, 그 후로도 나는 페이스북에서 미야자와의 동향을 알아내어 연락하기 시작했다. 미야자와는 경영이 힘들어진 회사를 미련 없이 정리한 후에 도쿄에서 멀리 떨어진 이 마을에서 새 일자리를 구해 일하고 있었다.

현재 미야자와는 더는 내가 그를 처음 만났을 때의 모습이 아니다. 머리는 가지런히 짧게 커트를 했고 매일 양복 차림으로 출근했다. 그를 처음 만났을 시절의, 직장에 소속감이 없는 사람만이 가진 그 여유로운 분위기, 즉 일할 때도 왠지 놀면서 즐기는 듯한 스스럼없고 친근한 그만의 분위기는 완전히 표백되어 아주 딴사람으로 변한 것만 같았다. 그렇다고 변한 그를 싫어한 적은 없다. 나는 지금도 미야자와를 좋아하고, 그와 함께 살 수 있어서 기쁘다. 다만 우리 둘 사이에는 내 고향 집에서 내 안에 일었던 예전의 그런 열광 같은 감정만 없을 뿐이다.

머리맡의 시계를 보고서야 예상보다 훨씬 더 오래 시간을 멍하니 보내버린 걸 깨달은 나는 서둘러 온기가 가득한 이불에서 빠져나온다. 파자마 홑겹 차림으로 미닫이문을 열고 거실로 나오자, 금세 몸이 냉랭하게 식을 만큼 실내 온도가 낮다. 미처 난방을 켤 겨를도 없이 그는 급하게 집을 나선 모양이다. 우리는 벌써 몇 달이나 같이 아침밥도 먹지 못했다. 그만큼 미야자와는 바쁜 회사 일에 쫓기고 있었다.

나는 세수를 하고, 토스트와 수프로 아침을 간단히 때운 다음, 화장을 대충 한 후에 유니폼으로 갈아입고 집을 나선다. 머리를 포니테일로 묶어서인지 오늘따라 날카롭게 부는 바람이 맨살이 드러난 목덜미를 차갑게 식힌다.

경차로 현도(県道)를 달린다. 이 마을 역시 내가 살았던 동네와 별반 다르지 않다. 역 앞에 허울뿐인 상점가는 있지만, 활기가 있다고는 말하기 힘들었다. 조금 더 달리면 큰 쇼핑센터가 나오는데 그곳에 가면 뭐든지 다 살 수가 있다. 그러고 보면 고향 마을과 이 마을의 차이점은 무얼까? 실은 나도 잘 모르겠다. 마치 얇은 종이를 위에 대고 따라 그린 것처럼 두 곳은 매우 닮았다. 단지 이곳에 후지산만 없을 뿐이다.

회사에는 딱 10분 전에 도착했다. 상사와 동료들과 짧은 미팅을 끝내고, 오늘 일정을 확인한다. 나는 현재 집 두 군데를 담당하고 있는데 월수금은 미요시 씨, 화목은 우메다 씨 집을 찾아간다. 노인요양시설에서 일할 때는 하루 일정이 규칙적으로 정해져 있어서 그에 따라 일만 하면 됐다. 그러나 방문요양서비스는 재가 노인 집에 직접 찾아가서 일대일로 목욕과 식사를 보조하고, 때로는 쇼핑이나 취사, 세탁 같은 가사까지 도맡아 해야 한다. 요양보호사 겸 가사 도우미인 셈이었다. 노인요양시설의 일과 비교하면 개인 맞춤형 요양 서비스에 더 가까웠다.

이 마을에서 처음 일을 시작할 무렵엔 낯선 노인분의 집에 들어가서 요양서비스를 한다는 게 조금 적응하기가 힘들었다. 고객과의 거리가 가까워진 만큼 신경 써야 할 일도 많다. 더구나 밀실 안이어서 나 혼자 모든 책임을 져야만 한다. 그래도 노인분과 같이 있는 시간은 짧은 편이었고, 조금씩 이 일에도 익숙해져갔다.

오늘은 독거노인인 우메다 씨 집을 찾아가는 날이다. 나는 쇼핑센터에 가서 지난주에 부탁받은 물건을 산 후, 외곽에 있는 우메다 씨 집으로 향했다. 아담한 2층짜리 가옥. 지붕 색깔이나 베란다의 형태를 보면 꽤 오래된 집처럼 보이는데, 이곳에서 우메다 씨는 혼자 살고 있다.

집 열쇠는 예전에 미리 받아놓았기 때문에 나는 열쇠로 문을 열고 집 안으로 들어가면서 "안녕하세요?"라고 인사했다. 약간 곰팡내가 배어 있는, 우메다 씨 집 특유의 냄새가 난다. 우메다 씨의 집만이 아니다. 재가 노인 방문요양서비스 일을 시작하고 나서 나는 원래 집마다 풍기는 냄새가 제각각 다르다는 사실을 알게 됐다. 그렇다면 나와 미야자와가 사는 그 아파트에도 어떤 특유의 냄새가 배어 있을 텐데, 매일 집에 돌아가서 냄새를 맡아봐도 나는 알기가 어려웠다. 내가 사는 집의 냄새를 본인이 아닌 타인만이 알 수 있다는 사실이 조금 무서웠다.

어둑어둑한 복도에는 우메다 씨를 위해서 손잡이가 설치되어 있다. 복도를 지나자, 우메다 씨가 햇빛이 잘 드는 거실의 일인용 소파에 앉아 있었다. 여든한 살의 할아버지지만, 다소 귀가 어두운 것만 빼면 머리는 맑았다. 머리카락은 백발이라기보다는 은색에 더 가까웠고, 쓸데없는 군살이 전혀 없는 몸이었다. 언제나 옷차림도 단정해서, 오늘 입은 감색 스웨터에는 보푸라기도 전혀 일지 않고 깔끔했다. 2년 전에 뇌경색에 걸리면서 좌반신이 불편해진 탓에 요리나 빨래 같은 집안일은 못 하지만, 말도 어눌하지 않고 또렷한 편이었다.

부인은 3년 전에 암으로 세상을 떠났고, 결혼한 외아들 가족은 도쿄에서 살고 있다. 방문요양서비스를 신청한 사람이 바로 그 아들이어서, 비용 지불도 일체의 상담도 그 아들과 진행하고 있다. 우메다 씨는 무릎 위에 붉은 타탄체크 담요를 덮고, 눈부신 듯 눈을 가늘게 뜨고 있다. 우메다 씨 앞에 있는 작은 탁자에는 엷은 분홍빛 시클라멘 화분이 놓여 있었

다. 우메다 씨처럼 햇빛을 잘 받아 아래를 향해 피어난 꽃잎
이 빛나고 있다.

"오늘도 건강해 보이시네요."

그렇게 말을 걸자, 우메다 씨는 살짝 고개를 끄덕였다. 처
음에 그를 보았을 때는 혹시 기분이 나쁘거나 몸 상태가 안
좋은 걸까 하는 생각도 했지만, 실은 그렇지 않았다. 그냥 말
수가 극도로 적을 뿐이었다. 혈압과 체온을 재고, 안색을 살
펴보니 오늘도 이상은 없다.

"우메다 씨에게 부탁받은 전통 과자, 잊지 않고 사 왔어
요."

내가 손에 든 하얀 비닐봉지를 일부러 들어 올려 보이자,
우메다 씨의 오른쪽 뺨이 살짝 움직였다. 왠지 그 모습은 미
소를 지은 것처럼도 보였다.

나는 곧바로 부엌으로 들어가 점심을 준비하기 시작했다.
오랜 습관으로 아버지는 아침을 안 드십니다, 라고 우메다
씨의 아들이 말했기 때문에, 부탁받지 않은 일을 내가 할 수
는 없다. 생활에 개입하는 범위는 요양서비스 의뢰인에 의해
서 결정되므로, 내 마음대로 할 수는 없는 것이다.

잘게 썬 소시지와 채소를 가득 넣은 스튜가 약한 불에서
끓는 동안, 세탁기를 돌리고 방 청소를 시작했다. 우메다 씨
가 잠을 자는 1층만이 아니라 2층 방도 청소해달라는 부탁

을 받은 상황이었다. 무거운 청소기를 들고 가파른 계단을 올라간다. 2층에는 우메다 씨의 아들이 쓰던 3평짜리 넓이의 방이 하나, 그리고 옷장과 골판지상자를 보관하는, 옷방처럼 쓰는 2.5평 정도의 방이 있을 뿐이지만, 내가 일주일에 두 번씩 청소하는 덕분에 오늘도 딱히 더러운 부분은 없었다.

2.5평밖에 안 되는 작은 방에는 청소기가 들어갈 공간조차 없어서, 환기를 위해 창문을 열고, 작은 빗자루와 먼지떨이로 살짝 덮인 먼지만 쓸어 담았다.

3평짜리 아들 방에는 공부용 책상과 의자, 그리고 싱글 침대, 책장이 있었다. 벽에는 이름을 알 수 없는 밴드의 포스터가 붙어 있고, 책상에는 무슨 피규어가 놓여 있었다.

책장에는 고등학교 교과서와 대학교 이름이 적힌 빨간색 표지의 입시 문제집이 그대로 꽂혀 있다. 이 방의 침대는 커버를 씌워놓았고, 시트도 깔린 채로 있다. 실은 고객에게 부탁받은 대로 일주일에 한 번씩 시트와 침대 커버를 교체하고 있다. 도쿄에 있는 아들은 이제 중학생이 되는 자식을 둔 사십대 중반의 가장이었지만, 이 방은 현재도 고등학생 소년이 생활하는 것처럼 유지되는 중이다.

2층 청소를 다 끝내고, 이번에는 1층 방으로 청소기를 들고 이동했다. 1층에는 부엌, 욕실, 화장실, 거실 그리고 우메다 씨의 침실, 그 안쪽에 불단이 있는 일본식 다다미방이 있다. 나는 가능한 한 모든 방을 꼼꼼하게 청소했다. 매번 올 때마다 청소를 반복하는 만큼 딱히 때가 탄 곳도 없었지만, 그럼에도 시간을 들여 모든 곳을 깨끗하게 청소했다.

스튜의 간을 보고 나서 소금을 아주 조금만 넣었다. 세탁기가 다 돌아갔는지 알람 소리가 울렸다. 나는 욕실 옆에 있는 세탁기로 가서 세탁이 막 끝난 옷을 플라스틱 바구니에 담아 마당의 빨래 건조대에 널었다. 이 집의 마당은 별로 넓지가 않아서 빨래 건조대만으로도 공간을 상당히 차지했다. 그래도 잘만 하면 마당 한구석에 아담한 화단 정도는 만들 수 있을 것 같았다.

우메다 씨는 자주 꽃을 사다 달라고 내게 부탁한다. 부인의 불단에 올리는 꽃이지만, '꽃을' 사다 달라고 부탁하지 않고, '수선화' '글라디올러스' '코스모스', 이런 식으로 구체적인 꽃 이름을 특정하며 사다 달라고 하는 것이다. 거실에 놔둔 시클라멘도 우메다 씨의 부탁으로 사 온 것이다. 무슨 계절에 무슨 꽃이 피는지 잘 알 정도로 꽃에 대해 해박했다.

나는 양손으로 수건을 여러 번 탁탁 털면서 나보다 키가 큰 건조대에 널었다. 오늘은 역시 기온이 꽤 낮은지, 해는 떴어도 빨래를 널다 보니 어느새 손가락 끝이 빨갛게 부어서 욱신거렸다.

순식간에 오전 10시가 되었다. 아침을 먹지 않는 우메다 씨에게 아침 겸 점심을 미리 차려준다.

조금 전에 끓여둔 스튜와 부드럽게 지은 밥. 그리고 찻잔에 따라 식힌 반차(番茶, 일본 녹차)를 쟁반에 한데 담아 거실 탁자 위에 두었다.

나는 우메다 씨의 몸을 잡고 일인용 소파에서 일으켜 세웠다. 걸음을 뗄 때마다 옆에서 몸을 잡아주면서 뒤로 빼놓은 의자에 앉힌다.

"식사하세요."

나는 우메다 씨 옆에 앉았다. 우메다 씨는 잘게 썬 채소를 간호용 스푼으로 입으로 가져가고, 그때마다 주름진 입술 주변이 원을 그리듯이 움직이면서 음식을 씹는다. 우메다 씨는 가리는 음식도 없고 식욕도 꾸준했다. 정말 나로서는 대하기 편한 고객인 셈이다. 시간은 걸렸지만 밥을 남김없이 다 먹었고 차도 다 마셨다. 조금 쉬고 나서 우메다 씨를 일인용 소파로 다시 옮겨서 앉힌다. 그릇을 치운 후에는 저녁 식사를 준비하기 전까지 재활훈련을 겸해서 집 근처를 산책하기로 하루 일정이 짜여 있다.

우메다 씨를 화장실에 보내고 나서 외출용 옷을 골랐다. 일단 기온이 떨어진 오늘은 오버코트를 입히고 머플러를 감은 다음 니트 모자를 씌웠다.

"귀마개도 할까요?"라고 물어보자 우메다 씨는 고개를 옆으로 저었다. 옷을 갈아입는 걸 돕는 동안에도 우메다 씨는 아무 말도 하지 않고 그냥 내가 하는 대로 따를 뿐이다. 그래도 나는 계속해서 끊임없이 말을 걸려고 한다.

"현관의 보조 의자에 앉을까요?"

"신발 끈을 맬게요."

이것은 요양보호사로서 해야 하는 기본적인 행동이다. 말을 걸어도 아무 반응이 없는 상황엔 이미 익숙해졌다. 하지만 우메다 씨에게 나 혼자만 계속 떠들다 보면, 그 소리가 우메다 씨의 몸과 이 집 속으로 쏙 빨려 들어갈 것만 같은 기분도 든다.

현관문을 열고 밖으로 나왔다. 나도 유니폼 위에 다운재킷을 걸쳤다. 아직 해가 하늘 높이 떠 있어서 오늘 아침에 느꼈던 매서운 추위가 누그러져 한결 포근해졌지만, 그래도 그늘로 들어가는 순간에는 몸이 덜덜 떨리는 냉랭함이 덮쳐왔다. 그래서 오늘은 평소보다 산책을 일찍 끝내자고 생각했다. 우메다 씨의 집이 있는 주택가를 빠져나와 작은 다리를 건너 어린이집 근처까지 갔다가 돌아오는 길이 평소의 산책 코스다.

지팡이를 짚으면 느리긴 해도 우메다 씨는 천천히 걸을 수가 있다. 이 길은 차들이 좀처럼 통행하지 않는 거리다. 걷는 동안 탁탁, 하고 우메다 씨의 지팡이가 아스팔트 위를 짚는 소리가 울린다.

참새처럼 보이는 작은 새가 두 마리, 나와 우메다 씨 앞에 내려와 앉았다.

쭈우잇— 쭈우잇— 쭈이, 쭈이, 쭈이.

참 특이한 울음소리를 내는 새들이 계속 지저귄다.

"저건 참새가 아니네요. 무슨 새일까요?"

"거, 검은머리쑥새." 우메다 씨가 가래 끓는 목소리로 말했다.

오늘 처음으로 들어보는 우메다 씨의 목소리였다.

"검은머리쑥새요?"

"그래요."

우메다 씨가 발걸음을 멈추려다가 갑자기 몸이 한 번 앞뒤로 크게 휘청거리는 바람에, 나는 급히 우메다 씨의 허리 부근에 손을 둘렀다.

"갈대밭, 속에, 있어요, 갈대 줄기의, 껍질을 벗겨서, 그 속의 벌레를 먹어요."

우메다 씨는 말을 딱딱 끊으면서도 작은 목소리로 중얼거리듯 말했다.

"잘 아시네요, 우메다 씨."

내가 말하면서 그의 얼굴을 올려다보자, 우메다 씨의 오른쪽 뺨의 근육이 느슨해진다.

우메다 씨가 검은머리쑥새 한 쌍을 바라보았지만, 새들은 어느새 이곳이 질렸다는 듯 어디론가 후드득 날아가버렸다. 우리는 다시 산책하기 시작했다. 우메다 씨와 산책하다 보면 옛날에 우리 할아버지와 함께 자주 거닐던 산책 길을 떠올리게 된다. 어린 시절, 일요일이면 고향 집에서 깊은 산속으로 이어진 길을 둘이서 자주 걸었다. 가이토도 가기 싫어하는 나를 억지로 차에 태워 호수로 데려갔다. 이곳으로 떠나온 후로, 나는 한 번도 미야자와와 산책을 하러 가거나 먼 곳에 외출 나가본 적이 없다.

시간은 걸렸지만, 천천히 다리를 건너 어린이집 앞에 도착했다. 우메다 씨는 언제나 어린이집 앞마당에서 뛰어노는 아이들을 보기를 고대하는데, 오늘은 시간대가 조금 이른 탓인지, 아니면 날이 추워서인지 앞마당에는 사람 하나 없었다. 실컷 놀던 중에 아이들이 홀연히 그 자취를 감춘 것처럼 모래밭에는 작은 동산이 만들어진 채로 색색의 삽과 양동이만 내버려져 있었다. 우메다 씨는 초록색 울타리를 오른손으로 붙잡고, 아무도 없는 텅 빈 앞마당을 한동안 멍하니 바라보았다. 이 어린이집까지 걸어오는 데 한 20분 정도 걸렸을까.

"잠깐 쉴까요?"

어린이집 앞에는 고양이 이마만 한 크기의 아주 작은 공원이 있는데, 그곳에는 벤치가 놓여 있었다. 그러나 내 제안에 우메다 씨는 고개를 가로저었다.

"그럼, 우리 집에 돌아갈까요?"

내 말을 들은 우메다 씨는 뭐가 이상한지 얼굴을 찡그리며 소리 내어 웃었다.

"아아, 우리 집, 에요. 내 집에, 네, 돌아갑시다."

우메다 씨는 웃으면서 마치 흥얼거리듯이 그렇게 말하고 는 지팡이를 반걸음 정도 앞에서 짚어가면서 여기까지 온 길 을 다시 천천히 되돌아가기 시작한다. 우메다 씨의 웃음이 내게도 전염된 것 같았다. 우리는 함께 킥킥 웃으면서 올 때 보다 더 바람이 세차진 길을 돌아갔다.

내 일은 늦어도 오후 6시까지는 다 끝나기 때문에, 퇴근 후 에는 차로 슈퍼마켓에 들러 저녁 장을 보는 것이 매일의 습 관이었다. 미야자와는 집에 와서 내가 만든 저녁밥을 먹을 때도 있고 안 먹을 때도 있었다. 아침에 "오늘 집에 와서 저 녁 먹을 거예요?"라고 물으면 "먹을게"라고 대답해도, 다음 날 아침에 일어나보면 어젯밤에 랩을 씌워놓은 그릇에 손도 안 댔을 때가 많았다. 그래서 그 후로는 아예 그에게 미리 물 어볼 생각은 하지도 않고, 무조건 저녁밥을 2인분 만들기로 정했다. 만약 음식이 남으면 다음 날 도시락으로 싸 갔다.

장을 봐 온 고기와 채소로 간단한 반찬을 만들었다. 요리 는 원래 잘 못하지만, 그래도 이 마을에 와서 재가 노인 방문요양서비스 일을 시작하면서부터는 고객의 집에서 요리해야 하는 기회가 늘었다. 나는 요리책을 사고 인터넷에서 요리법을 검색해가며 요리를 배웠다. 아주 맛있지는 않지만, 그럭저럭 먹을 수 있을 정도의 간단한 요리라면 만들 수 있게 되었다. 냄비에 된장을 풀고 있을 때, 라인(LINE) 수신 알람이 울렸다. 미야자와였다.

'히나. 나 이제 퇴근할 거야. 뭐 사 갈 거 있어?'

무심코 시계를 보니 아직 저녁 8시 전이다. 미야자와가 귀가하기 전에 이처럼 라인이나 메시지를 보내는 일은 좀처럼 없는 일이었다.

'수고했어요. 필요한 건 아무것도 없어요. 운전 조심하세요.'

그렇게 답장은 했지만, 혹시 회사에서 무슨 일이 있었던 건 아닐까 걱정도 앞섰다. 10분도 채 지나기 전에 아파트 앞 주차장에 차를 주차하는 소리가 들렸다. 복도를 걷는 발소리는 평소에 질질 끄는 게 아닌, 종종걸음으로 달려오는 것 같았다. 곧 문이 열리며 미야자와가 큰 소리로 다녀왔어, 라고 외치는 소리가 들렸다. 그런 톤의 목소리조차 아주 오랜만에 들은 것 같았다.

"어서 와요. 오늘 퇴근이 빨랐네요."

"일을 땄어!" 미야자와가 초등학생처럼 말했다.

"네?"

"거래, 드디어 땄다고. 엄청나게 큰 건이야."

이렇게 빛이 나는 미야자와의 얼굴은 처음 봤다. 축하해요, 라고 말하려는 나를 그가 꼭 껴안았다. 코트도 벗지 않고, 입은 그대로였다. 미야자와의 뺨은 차갑고, 몸에서 겨울의 바깥 날씨 냄새가 났다. 미야자와는 아무 말도 하지 않고 내 목덜미에 얼굴을 파묻었다. 혹시 울고 있는 건가, 하고 생각했지만 그렇지는 않은 것 같았다. 나도 미야자와의 등을 팔로 감았다. 한동안 그런 자세로 둘이 같이 서 있다가, 미야자와가 드디어 내게서 몸을 뗐다.

"이럴 줄 알았으면 더 맛있는 음식을 만들었을 텐데. 오늘은 너무 대충 만들었거든요. 당신이 집에서 저녁을 먹을지 어떨지 잘 몰라서."

나의 이 말이 어쩌면 조금 투정하는 투로 들릴지도 모르겠다고 생각했다.

"맥주만 있으면 돼."

미야자와는 그렇게 말하더니, 싱크대에서 대충 손을 씻고는 코트만 벗고, 냉장고에서 캔 맥주를 두 개 꺼냈다. 내가 유리잔을 탁자에 놓자 그가 맥주를 따른다.

"축하해요."

내가 말하자, 미야자와는 유리잔에 따른 맥주를 단숨에 들이켰다.

내가 맥주를 마시려고 하자, 그 손을 미야자와가 붙잡아 유리잔을 탁자에 내려놓게 했다.

그렇게 손목을 잡은 채로 내게 진한 키스를 한다. 아직 맥주를 마시지 않은 내 입속으로 그의 혀가 들어와 쌉쌀한 맥주 맛을 남긴다. 우리는 그대로 소파에 쓰러졌고, 다급한 손길로 하의만 얼른 벗은 채 키스를 했다. 그리고 미야자와의 몸이 내 안으로 서서히 들어왔다.

나는 그를 순순히 받아들이고 만다. 그만큼 우리의 몸은 서로에게 너무 익숙해졌다.

이 아파트는 내가 예전에 살았던 산속의 그 집이 아니라서 벽의 두께도 얇다. 그래서 나는 내 입을 손으로 틀어막는다. 이제는 그 시절처럼 그냥 두 다리를 크게 벌리기만 하지 않고, 발뒤꿈치를 미야자와의 엉덩이에 올려서 그가 더욱 깊숙이 들어올 수 있게 하는 방법도 터득했다. 예전보다 좀 더 깊이, 되도록 오래 내 안에 머무르길 바랐다. 그러나 미야자와가 금방이라도 절정에 이를 것만 같아서 나는 허리를 뒤로 빼버렸다. 그러자 그는 내 허리를 붙잡더니 더 깊이 안쪽으로 들어왔다. 눈앞에서 그의 넥타이가 흔들린다. 그 넥타이의 끝자락을 손으로 부여잡은 채로 내가 절정에 이르자, 곧이어 미야자와도 뒤따랐다.

170

나는 미야자와와 섹스를 하면서 처음으로 그 행위가 엄청난 쾌감을 준다는 사실을 깨달았지만, 지금은 그것에도 이미 익숙해졌다. 엉덩이 살을 그대로 노출한 미야자와가 유리잔에 든 맥주를 고개를 젖혀 단숨에 들이켠다. 아무 말도 섞지 않는 두 사람을 새하얀 불빛이 계속 비추고 있다.

오늘은 일을 쉬는 날이다. 아침에 눈을 뜨자 은은한 커피 향이 풍겼다.

옆에서 자고 있을 미야자와가 안 보여서 방 밖으로 나가보니 미야자와가 부엌에 서 있었다. 그런 모습을 보는 건 이 마을에 와서 처음이었다.

일주일에 딱 한 번뿐인 쉬는 날도 미야자와는 일하러 나가는 경우가 많았다. 아직 처리해야 할 일이 남아서, 거래처와 문제가 생겨서. 이런저런 이유로 미야자와는 평일과 마찬가지로 회사로 향했다. 일을 쉴 수 있는 날이 와도 그 전날에 동료나 상사, 영업 거래처 사람들과 술을 마시고 올 때가 많았다. 쉬는 날도 결국 온종일 이불 속에서 잠만 자는 날이 더 많았다. 나는 일에 지쳐 있는 미야자와를 깨우지 않고 그냥 혼자 부엌 식탁에서 공부를 하곤 했다.

"굿 모닝!"

내 기척을 눈치챘는지 미야자와가 뒤돌며 말했다. 손에 든 프라이팬 속에는 스크램블드에그가 있었다.

"구, 굿 모닝!"

"오늘은 하루 종일 쉴 수 있으니까 우리 같이 시간을 보내자."

그렇게 말하면서 미야자와는 머그잔에 담은 커피를 내게 건넸다. 미야자와의 손바닥이 내 머리로 향한다.

"잠버릇이 대단하다니까. 오늘은 멀리 외출해보자."

그는 웃으면서 말했다.

"바다에 안 가볼래?"

아침밥을 다 먹을 때 즈음 미야자와가 말했다.

그렇게 해서 미야자와는 우리 집에서 바다까지 차를 몰았다. 마을을 빠져나와 한동안 전원이 양쪽으로 넓게 펼쳐진 좁은 길을 계속 달렸다.

"내가 바다를 보는 건 이번이 처음일지도 몰라."

차 안에서 내가 말하자, 미야자와는 깜짝 놀라 목소리를 높였다.

"정말? 참, 히나가 살던 곳에는 바다가 없지."

"어렸을 때 부모님이랑 같이 간 적이 있긴 한데, 기억이 잘 안 나요."

"그럼 오늘 처음으로 진짜 바다를 보는 셈이군. 그건 굉장한 일인데."

미야자와에게 그런 말을 듣고 나자, 내 안에 두려움에 가까운 감정이 생겨났다.

전원을 빠져나가자 하얀 콘크리트 방파제가 보이기 시작했다. 내비게이션에 따르면 바다가 이제 곧 근방에 나타날 터였다. 그러나 방파제 때문에 바다의 모습은 가도 가도 좀처럼 우리 시야에 나타나지 않았다.

작년 11월 방파제가 여기에 생긴 사실을 뉴스를 보고 알았는데 직장에서도 꽤 화젯거리가 되기도 했다.

넓은 주차장 맞은편으로 방파제가 쭉 이어지고 있었다.

"걸어볼까?"

미야자와는 주차장에 차를 세웠고, 우리는 차 밖으로 나갔다.

바다에서 불어오는 바람이 내 귓가에서 소용돌이치며 금속음을 울린다. 파도 소리도 들리지만, 저 앞에 있는 방파제가 우리의 시야를 차단하고 있었다. 가까이서 보니, 내 상상보다 훨씬 더 낮고 길이도 짧았다.

"높이가 이토록 낮았다니……."

하얀색 계단을 올라가면서 내가 그렇게 말하자, "회사 직원들 말로는 이 일대에 흙을 퍼 와서 지대를 높였다는군" 하고 미야자와가 앞을 계속 응시한 채로 대답했다.

계단 꼭대기까지 올라가니 비로소 바다가 보였다. 지금은 썰물 때인지 저 멀리 모래사장 앞으로 잔잔한 파도가 밀려왔

다가 또다시 멀어져갔다. 호수와는 전혀 달랐다. 건너편 기
슭이 보이지 않았다. 수평선은 쭉 곧게 뻗어 있고, 바다는 좌
우로 끝없이 넓게 퍼져 있다. 나는 오늘 처음으로 보는 바다
에 퍽 놀라게 될 거라고 상상했지만, 비교적 내 안은 아주 고
요했다.

태양은 아직 정상에 이르지 않았고, 대각선 방향에서 우리
두 사람을 비추고 있었다. 푸르른 하늘에는 벌써 봄기운조차
풍기는 듯했고, 날도 그리 춥지 않았다. 주차장에는 여러 대
의 차가 주차돼 있었는데, 지금 여기에는 우리 둘을 빼면 사
람의 흔적이 보이지 않는다. 미야자와가 모래사장으로 이어
지는 계단을 내려가자, 나도 그의 뒤를 따랐다.

모래사장에는 파도와 바람이 신기한 무늬를 새겨놓았다.
쓰레기 하나 떨어져 있지 않아서 그곳은 마치 세밀한 유리
파편을 섞어놓은 듯 모래알이 반짝거렸다.

우리는 그저 말없이 각자 바다 쪽만을 바라보았다.

나는 쭈그리고 앉아 손바닥에 마른 모래알을 올렸다. 내
고향 호수 기슭의 검은흙과는 전혀 다르게 너무 가볍고 깨
끗하며, 손가락 마디 사이로 스르르 흘러내린다. 화장터에서
마지막에 쓸어 담는 섬세한 뼛가루와 비슷하다고 생각했다.

내 앞에 있던 미야자와가 뒤돌아 계단으로 향했기 때문에
나도 그의 뒤를 따라갔다. 계단을 오르다가 투명한 얇은 청

색의 유리 파편을 발견했다. 손으로 집으려다 문득 깨달았다. 하얀 콘크리트 계단의 그림자도 색이 푸르렀다. 하늘의 푸르름이 이곳에까지 물든 걸까? 유리 파편을 집었지만, 망설임 끝에 원래 있던 장소에 그냥 두고 왔다. 집에 가지고 가면 안 될 것 같은 기분이 들었기 때문이다.

계단 꼭대기에 갑자기 강한 바람이 불었다. 내 몸이 불려 날아갈 정도로 강한 바람이었다. 내가 미야자와의 팔을 잡으려고 하자 미야자와가 그 팔로 나를 가까이 끌어당겼다.

"여기밖에 있을 장소가 이제 내게는……."

거기까지 말하고 미야자와는 입을 다물었다. 내게는 있다는 건지, 아니면 없다는 건지. 그 마지막 말을 미야자와는 소리 내어 말하지 않았다. 나는 어디로든 갈 수 있다고 생각했다. 고향 집을 떠나올 때도 그리 큰 용기는 필요하지 않았다. 미야자와와 함께 살 수만 있다면 어디든 좋았고, 그래서 그를 따라 여기까지 온 것이다. 미야자와의 품 안에서 그의 얼굴을 올려다보았다. 처음 그를 만났을 때보다 미야자와는 네 살이나 더 먹었다. 물론 나이를 먹은 건 나 역시 마찬가지다. 그러나 그 세월의 무게감은 미야자와와 내가 전혀 다르다는 느낌도 들었다. 미야자와는 내 곁에 언제까지고 있어줄까? 언제까지고 함께 살아줄까? 결혼이라는 형태가 아니어도 괜찮다. 나는 우리가 같이하는 삶을 가능한 한 오래도록 연장

하고 싶었다.

'앞으로도 쭉 내 곁에 있어줄 거예요?'

이 마을에 온 후로 줄곧 그에게 물어볼까 생각한 내용이지만, 나는 미야자와에게 속마음을 전달한 적이 한 번도 없었다. 바다가 낮게 우는 소리가 들린다. 지금은 이토록 잔잔한 바다가 언젠가는 모든 걸 다 삼켜버리고 사납게 놀치는 바다로 변한다는 사실을 나는 떠올리고 있었다.

현관문을 열자 복도 안쪽 문으로 누군가가 뛰어 들어가는 낌새가 느껴졌다.

"실례합니다"라고 말하면서 나는 구두를 벗고 방으로 들어갔다.

오늘은 미요시 씨의 집을 방문하는 날이다. 내가 아주 조금만 도와주면 거의 일상생활이 가능한 우메다 씨와는 달리, 미요시 씨는 종일 누운 채로 지내는 상태라서 혼자 힘으로 걷거나 식사, 목욕, 옷 갈아입기 등도 전부 불가능했다. 게다가 치매도 앓고 있다. 큰 소리를 지르거나 배회하는 일은 없지만, 이름을 물어도 대답을 못 한다. 이렇게 누워 있게 된 원인은 우메다 씨와 같은 뇌경색 때문이지만, 몸 상태가 급변할 수도 있어서 특별히 신경을 써야 했다. 미요시 씨는 장남 내외와 같이 살고 있는데, 부부 모두 낮에는 일을 해야 해서 어머니를 돌보기가 힘들었다. 며느리가 아르바이트를 마치고 돌아오는 오후 3시까지, 나는 이 집에서 미요시 씨를 병간호한다.

방금 누군가가 뛰어 들어간 방에서 무슨 소리가 들렸다. 나는 일부러 무시하면서 미요시 씨의 기저귀를 갈고 몸을 닦은 다음 재빨리 옷을 갈아입혔다.

베란다에 면한 가장 채광이 좋은 방에 미요시 씨는 누워 있었다. 하지만 이 방에는 학생용 책상이 있고, 그 위에는 무슨 연유에서인지 찍찍 찢어놓은 교과서가 펼친 채로 내던져진 상태였다. 의자 위에는 학생용 가죽 가방이 있었는데, 그 가방에도 흰색 마커로 뭐라고 낙서가 되어 있었다. 나는 그것들을 그냥 못 본 척했다. 방 두 개에 거실 하나, 부엌 하나인 다세대주택의 이 방은 미요시 씨의 방이기도 하고, 또 이 댁 자녀의 방이기도 했다.

미요시 씨의 집을 방문하기 시작할 무렵에는 혹시 학교 행사로 인한 대체 휴일인지 뭔지 때문에 이 아이가 학교를 쉬었나 하고 생각했는데, 시간이 흐르면서 그 속사정을 이해하게 됐다. 이 방의 또 다른 주인인 아이는 학교에 다니지 않는다는 사실을 말이다. 다른 날은 잘 모르겠지만, 적어도 내가 미요시 씨의 집을 찾아갈 때면 항상 학교에 가지 않았다.

내가 일주일에 사흘, 미요시 씨의 병간호를 하는 동안 이

댁의 자녀는 집 안 어딘가에서 숨을 죽인 채 몸을 숨기고 있었다. 방에 있는 짐과 책장 위에 올려둔 소품들을 볼 때 여자 아이라고 생각했다. 물론 나는 그 소녀의 이름조차 모른다. 병간호를 시작하기 전 사전 미팅에서도 아이의 이름은 언급되지 않았다. 어쩌면 아이가 학교에 가지 않는다는 사실조차 미요시 씨 댁 아들 부부는 모를지도 모른다.

나는 누워 있는 미요시 씨의 몸의 방향을 바꾸고, 얼굴에 직사광선이 닿지 않도록 레이스 커튼을 닫았다. 미요시 씨는 계속 꾸벅꾸벅 졸고 있다. 이제 슬슬 점심 준비를 하려고 부엌으로 향했다. 미요시 씨는 입으로 영양분을 섭취하는 일은 가능하다. 식재료는 냉장고 안에 이미 준비되어 있었다.

랩으로 싸놓은 밥. 당근, 시금치, 닭고기. 이 재료들을 이로 씹지 않아도 될 정도로 맛국물에 부드럽게 끓인 후, 원래 형태를 알아볼 수 없을 만큼 믹서기로 분쇄해, 삼키기 쉽도록 녹말가루를 풀어 걸쭉하게 만든다. 즉, 아기 이유식과 비슷한 요리였다. 준비하는 데는 30분도 걸리지 않는다. 그릇에 담은 식사, 차, 식후에 먹을 약을 트레이에 준비해서 미요시 씨 방으로 가져갔다. 나는 침대의 각도를 바꾸고 미요시 씨의 목에 수건을 두른다.

"식사하세요."

그렇게 말하자, 미요시 씨의 보얗게 탁해진 눈동자가 날 쳐다보았다. 스푼으로 조금씩 음식을 떠먹이는데, 식욕은 왕성한 편이어서 그릇은 금방 텅 비었다. 차와 약을 먹인 후, 나는 그 방을 나와 집에서 싸 온 도시락을 이참에 먹어두자고 생각했다. 손을 씻고, 어제 남은 반찬을 담은 도시락 통을 펼쳤다. 그러고 보니 어제도 미야자와는 저녁을 먹지 않았다. 큰 거래를 땄다며 좋아하던 그날 밤으로부터 벌써 일주일이 지났다. 일찍 집에 귀가한 날은 딱 그날 하루뿐이었고, 또다시 미야자와의 귀가 시간은 늦어졌다. 술과 담배 냄새에 잔뜩 찌든 채로 택시를 타고 돌아올 때도 있었다. 바다를 보러 갔던 그날 이후로 우리 사이엔 대화가 거의 없어졌다. 우리는 대체 어디로 향하고 있는 걸까? 나는 떠오르는 잡생각들에 집착하지 않으려고 애를 쓰며 졸릴 때까지 공부에 매달렸다.

미닫이문을 열어놓고 수시로 미요시 씨의 상태를 곁눈질로 살피면서 도시락을 먹기 시작했다. 어느 방에선가 딱딱하고 부딪치는 소리가 들린다. 저 아이는 낮에 뭘 먹을까. 나는 이 집에 올 때마다 궁금해진다. 내가 여기에 있을 때는 부엌 쪽에 오는 것도 불편할 텐데. 나는 보온병에 담아 온 차를 마셨다. 식탁에서는 아이어머니가 이른 아침에 베란다에 널어놓고 간 빨래가 바람에 마구 휘날리는 모습이 보였다.

그러고 보니 아이어머니는 나중에 빨래가 마르면 안에 들여서 개켜달라고 부탁을 남겼다.

오늘은 2월치고는 기온도 꽤 높고, 공기도 건조했다. 빨래가 다 말랐을까, 그런 생각을 하면서 자리에서 일어나 베란다 문을 열었다. 건조대에 널어놓은 두꺼운 목욕 수건을 손으로 만져보니, 아직 조금 더 밖에 널어두는 편이 좋을 것 같았다.

뒤로 돌아서려는데 바로 가까이에 웬 낯선 아이가 서 있어서 나도 모르게 소리를 지를 뻔했다. 몸집이 작은 나보다도 키가 작아서 초등학생이라고 해도 통할 것 같았다. 중학교 1학년쯤 될까. 어깨까지 자란 머리카락은 먹물처럼 까맣고 굵었다. 눈썹 모양이나 두께로 보아서는 미요시 씨를 닮은 것 같았다. 체육 시간에 흔히 입는 검붉은색 운동복을 입고 있었는데, 왠지 모르지만 소매와 바짓부리를 걷어 올린 차림이었다. 쭉 뻗은 팔다리는 놀랄 만큼 왜소해서 가냘팠다. 그런 소녀가 날 가만히 지켜보고 있었다.

"언니."

내가 대답할 겨를도 없이 소녀는 혼자서 말을 계속 이어갔다. 눈동자도 머리카락 색처럼 진한 검은색이었다. 하지만 어두운 동굴 안을 들여다볼 때처럼 눈동자 속에 빛이 없었다.

"도쿄에 가본 적 있어요?"

갑작스러운 질문이었다. 고객의 가족과 대화를 해서는 안 된다는 규정은 없지만, 이 아이를 보살피는 일은 내 업무가 아니다. 어떻게 대답할지 망설이는 나를 소녀가 뚫어지게 쳐다본다.

"도쿄에 가고 싶어요. 언니가 데려다줘요. 운전할 줄 알죠?"

소녀가 입을 열 때마다 내 목에 칼끝을 들이대는 듯한 기분마저 들었다.

나는 일단 심호흡부터 했다.

"그건 내 일이 아니라서 못 해. 난 네 친구도 아니잖니."

"그럼 나랑 친구 해요. 내겐 친구가 한 명도 없거든요."

소녀의 말은 매우 절박한 공기를 품고 있었다.

"내 일의 규칙상, 이 집에서는 널 보살펴줄 수가 없단다."

"보살펴달라는 게 아니에요. 그냥 제 이야기만 들어주라고요."

성가신 문제가 굴러들어왔다고 생각했다. 지금 내 앞에서 일어난 일은 회사 주임에게 상담해야 할 안건이다. 물론 재가 노인 방문요양서비스 업계에서는 직접적인 요양 대상자가 아닌 그 가족 사이에서 문제가 발생하는 경우도 흔한 편이다. 전에 일했던 시설에서도 이런 사건은 드문 일이 아니었다. 그러나 나는 아직 높은 자리에서 일해본 적이 없기에 이런 문제가 생길 때마다 농구공을 패스하듯이 나보다 더 높은 자리에 있는 분에게 그냥 패스해버렸다.

소녀가 내게 말을 걸어오자마자 즉각 '문제'라고 판단해버린 나 자신을 깨닫고 마음속 어딘가가 삐걱거렸다.

"대답은 안 해도 돼요. 내 말을 듣기만 해줘요."

이야기를 듣기만 하는 정도라면……. 아, 아니야, 왜 내가 이런 생각을 하는 거지?

어쩌면 나 역시 이 소녀처럼 친구라는 존재가 없기 때문일지도 모른다. 병간호를 위해서 내 도움의 손길을 찾는 사람은 있지만, 나 자신의 이야기를 들어줄 사람은 없다. 아니, 그렇다고 해서 이 소녀에게 내 이야기를 할 생각은 전혀 없다. 내가 이 소녀의 이야기를 들어보고 싶은 이유는 나 역시 이 방 안에서 싫고 우울한 기분과 긴장감을 잠시라도 잊을 수 있는 무언가를 찾고 있었기 때문이다.

"대답은 해줄 수가 없어."

"그러니까 들어주기만 해도 된다고요. 할머니를 돌보기만 하면 언니도 지루하잖아요."

마치 나한테 투정을 부리고 있는 것 같다. 직업으로서 일을 하는 의미의 진지함이나 그 일을 통해 돈을 버는 무게감을 이 아이는 전혀 알지 못하고 있다. 진짜로 이 아이에 대해서 상사에게 상담해야 할지 말지 내 마음은 흔들리고 있었다.

"난 아미리(愛美璃)라고 해요. 사랑 애(愛) 자에 아름다울 미(美), 그리고 유리에서 리(璃) 자를 따왔죠. 참 이상한 이름이죠? 이게 발단이었어요. 초등학교 5학년 때쯤부터 괴롭힘을 당하기 시작하더니, 중학교에 들어간 후에도 계속 되풀이 되고 있죠. 그래서 학교에 가기 싫어요. 제가 학교에 안 가는 건 엄마만 아세요. 아직 아빠 몰라요. 엄마가 말을 안 했거든요."

당혹해하는 나를 전혀 신경 쓰지 않고 아미리는 말을 계속 이어갔다.

"언니는 도쿄에 간 적이 있어요?"

질문의 형태를 취하면 나는 대답을 해야 한다. 그러나 나는 고민을 하면서 그냥 가만히 있었다. 어릴 때 도쿄에 가본 적은 있겠지만, 기억에는 없다. 최근에 기억나는 건 가이토가 나를 차에 태우고 미야자와의 회사를 찾아갔던 날이다.

"도쿄에 가고 싶어요. 이 동네가 너무 싫단 말이에요."

"정말 싫어." 아미리는 계속해서 말했다.

"여기엔 아무것도 없잖아요."

그러고는 팔을 뻗어 탁자 모서리를 손가락으로 만지작거렸다.

도쿄에는 미야자와의 아내가 있겠지. 처음 미야자와를 만났을 때 나를 인터뷰했던 사람이 미야자와의 아내였다. 부부가 같이 살다가 지금은 아니라고, 언젠가 내 고향 집에서 미야자와가 말한 적이 있다. 하지만 나는 그에게 두 사람이 이혼했는지는 차마 묻지 못했다. 가이토와 도쿄에 갔을 때 도쿄 상공을 마치 돔처럼 뒤덮고 있던 잿빛 안개가 생각났다.

그 더러운 안개 속에서 그의 아내는 뭘 하고 있을까?

옆방에서 미요시 씨의 앓는 소리가 들려왔다. 나는 서둘러 자리에서 일어나 방으로 갔다. 미요시 씨는 몸을 옆으로 돌리고 내게 무슨 말인가를 중얼거렸다. 나는 미요시 씨의 등을 어루만지면서 빨대가 달린 컵으로 물을 마시게 했다. 미요시 씨는 절반쯤 잠든 상태였지만 입술에 빨대를 대자마자 그 물을 기세 좋게 빨아 마시고는 깊이 숨을 내쉬었다. 다행히 열은 없는 것 같았고, 나는 잠깐 옆에서 상태를 지켜보기로 했다. 다시 잠들기 시작한 미요시 씨의 발밑의 이불을 들추어서 기저귀를 갈았다. 어느새 기저귀에는 대변이 넘칠 정도로 가득 차 있었다. 아마도 조금 전에 앓는 소리를 냈던 이유는 배변하면서 끙 하고 힘을 줬을 때 낸 소리였던 모양이다.

"언니가 하는 일, 난 절대 하고 싶지 않네요."

뒤를 돌아보니 어느새 방 입구에 아미리가 서 있었다.

"할머니가 빨리 죽어버렸으면 좋겠어."

이런 말을 전에 들어본 적이 없는 건 아니다. 고향 마을의 시설에서 일할 때도 가족의 면전에 대놓고 그런 증오의 말을 쏟아내는 사람을 몇 번이나 본 적이 있다. 나 역시 이 일을 하면서 그런 생각을 안 해본 것은 아니다. 하지만 요양보호사라는 직업에 종사하는 시간이 길어질수록, 그 누구에게도 생의 마무리를 결정할 권리는 없다는 사실을 깨달았다. 병간호를 받는 미요시 씨 자신에게도 그럴 권리는 없다. 내 직업은 누군가의 죽음을 지켜보며 거두는 것이 아니라, 죽음에까지 이르는 시간 동안 옆에 살짝 다가서서 그들과 함께하는 것이다. 아미리만이 아니라 많은 사람이 이 직업을 별로 좋아하지 않는다는 것도 잘 안다. 그러나 내가 할 수 있는 일은 이것밖에 없다. 이 직업으로 먹고살 수밖에 없다. 늙어서 죽음을 향해 걸어가는 사람을 보살피는 일. 그 일을 통해 나는 나 자신의 생을 유지하고 있다. 언제 끝날지 나 자신도 전혀 알지 못하는 생을.

"사람은 언젠가 죽잖아요. 근데 왜 태어나는 거죠?"

아미리의 순진한 질문에 대꾸할 수 있는 정답을 나는 가지고 있지 않았다.

일을 마치고, 쇼핑센터의 주차장에 세워놓은 차에 막 올라타려고 할 때였다.

바로 눈앞을 낯익은 차 한 대가 지나쳤다. 그 차 몸통에 큼지막하게 박아놓은 미야자와의 회사 이름이 눈에 들어왔다. 내가 차를 주차한 장소보다 건물 입구에 더 가까운 곳에서 차는 멈췄다. 차 문이 열리고, 미야자와가 나오는 것이 보였다. 다른 문으로 또 한 사람이 밖으로 나왔다.

갈색 머리카락이 한들한들 살랑거린다. 낯익은 얼굴이다.

몇 년 전에 나를 인터뷰했던 미야자와의 아내였다. 나는 차 안에서 그들을 계속 지켜보았다. 미야자와가 인상을 쓰고 걷기 시작하자, 그 뒤를 아내가 따라간다. 어째서 저 여자가 지금 여기에 있는 거지?

쇼핑센터로 걸어가는 두 사람을 눈으로 좇으며 거대한 건물 안으로 그 두 사람이 빨려 들어가듯이 사라지는 모습을 끝까지 지켜보고 난 후에야 나는 차의 시동을 걸었다. 내 숨이 거칠어지고 있음을 전혀 깨닫지 못하는 척하면서.

방에 불을 켜고 싶지 않았다. 부엌 바닥에 장을 보고 온 식재료 봉지를 내려놓고 욕실로 향했다. 비누 거품을 내어 최대한 꼼꼼하게 시간을 들여 손을 씻었다. 고개를 들자 흐트러진 앞머리가 볼에 닿았다. 컴컴한 거울에 비친 내 눈만이 둔한 빛을 발하고 있었다. 우리가 바다를 보러 갔을 때 미야자와를 보고 제법 나이를 먹었다고 생각했는데 그건 나도 마찬가지였다. 이 마을에 오기 전 미야자와와 함께 살 수 있다며 기뻐하던 나는 이제 어디에도 존재하지 않았다. 나의 어딘가가 질금질금 곪아서, 얇은 가죽 한 장을 두른 그 안쪽에서 걸쭉한 액체가 지금이라도 터질 것만 같다.

이 마을에도, 미야자와에게도, 그와 함께하는 섹스에도, 현재 생활에도 내 마음은 더는 움직이지 않는다는 사실을 훨씬 오래전부터 알고 있었다. 미야자와와 함께 있지만 외롭다는 생각을 몇 번이나 했으면서도, 그럼에도 현재 생활을 나태하게 유지하는 길을 나는 선택했다. 일부러 모른 체하면서 매일의 삶을 계속 붙들고 있었다.

"이곳이 싫어.""정말 싫어.""여긴 아무것도 없단 말이야."

그래서 아미리가 나를 대신해 그 말을 해준 것 같은 기분이 들었다.

미야자와의 귀가 시간은 앞으로도 계속 늦어질 거라는 생각이 들었고, 실제로도 그랬다.

미야자와가 회사를 무단결근하고 있다는 전화가 걸려온 건 그로부터 일주일이 지나서였다. 사흘 전부터 미야자와는 집에 돌아오지 않은 상태였다. 나는 이불 속에서 미야자와가 돌아오기를 기다리며, 잠이 들 것 같다가도 아주 희미한 소리만 나도 눈을 번쩍 떴다. 그러나 현관문이 열리는 일은 없었다. 얕은 꿈속에서 후지산은 몇 번이고 나타났다. "오늘 내 꿈에 후지산이 나왔어"라고 이야기를 나눌 수 있는 미야자와는 내 옆에 없었다. 그런 대화를 나눌 수 있는 미야자와는 더는 아니었지만. 이 낯선 마을에서, 나는 언제나 혼자였다.

주택가를 나와 다리를 건너서 어린이집까지, 우메다 씨와 평소에 가는 익숙한 길을 산책하고 있었다.

이날 산책은 점심 전이었기 때문에 어린이집 정원에는 색색의 모자를 쓴 유아들이 소리를 높이며 뛰어놀고 있었다. 우메다 씨는 원래 아이들을 좋아하는지, 내가 옆에서 말을 안 걸면 언제까지고 계속 그 풍경을 보고 있으려 했다. 나는 선 채로 우메다 씨의 몸을 잘 잡아주면서 정원을 보는 둥 마는 둥 구경하고 있었다. 아이들은 마치 잠시라도 멈추면 큰일 날 것처럼 한시도 쉬지 않고 뛰고, 놀고, 또 뛰고 놀았다.

그들의 흥미는 계속해서 다른 대상으로 옮겨 갔고, 정원에 존재하는 온갖 사물을 만지고, 쓰다듬고, 소리를 지르고, 마치 개미가 서로에게 교신하듯 옆에 있는 아이에게 불분명한 말을 걸다가 가끔 싸우기도 했다. 두려워하지 않고 다른 아이와 서로 몸을 부딪쳤다. 그런 행동에 전혀 두려움이 없는 것처럼 말이다.

"저 아이들도 언젠가 다들……."

우메다 씨는 한쪽 뺨을 찡긋 올리면서 웃더니, 갑자기 울타리에 이마를 박았다. 얼굴이 조금 홍조를 띤 것처럼도 보였다. 열이라도 있는 걸까? 이마를 만지려고 손을 뻗으려는데, 우메다 씨의 몸에서 힘이 스르르 빠지면서 갑자기 앞으로 푹 고부라지며 쓰러졌다.

내가 휴대전화로 구급차를 부르는 사이 이미 우메다 씨의 생명은 끊어져 있었다.

도쿄에서 한달음에 병원으로 달려온 우메다 씨의 아들은 영안실에 누워 있는 우메다 씨의 얼굴을 보자마자 큰 소리로 꺼이꺼이 울었다. 그리고 내 얼굴을 확인하고는, "언젠간 저도 그 집으로 돌아갈 생각이었어요"라고 말하고 다시 울기 시작했다.

"아아, 우리 집, 에요. 내 집에, 네, 돌아갑시다."

언젠가 내게 이런 말을 한 적이 있는 우메다 씨의 음색과 너무 똑같았다. '나도 내 집으로 돌아갈까?' 이런 생각을 하기 시작한 건 우메다 씨의 아들이 그때 꺼낸 그 말 때문인지도 모르겠다.

미야자와는 우메다 씨의 장례식이 끝나고 보름쯤 지난 어느 날 밤에 아파트로 돌아왔다. 그때까지는 내가 보낸 문자에도 라인에도 답장을 주지 않았다. 돌아온 미야자와의 모습은 이미 양복 차림도 아니었으며, 머리도 많이 자라서 우리가 처음 만났을 때 풍겼던 도쿄 사람의 분위기가 다시 났다.

"다시 한번, 새 출발 해보고 싶어."

미야자와는 그렇게 말하고는 내게 머리를 숙이고, 탁자 위에 아파트 열쇠를 살며시 내려놓았다.

그 말이 나와의 관계를 말하는 건지, 아니면 도쿄에서 하게 될 일인지, 아니면 헤어진 아내를 말하는 건지, 미야자와는 끝까지 제대로 말하지 않았다. 그러나 그 말이 우리 관계가 아니라는 것만은 잘 알았다. 미야자와에게도 거부당한 이 마을을 나는 조금만 동정했다. 내 마음은 놀라울 만큼 고요했고, 어째서 이토록 내 마음이 차갑게 식어버렸는지 스스로도 신기했다. 이 아파트는 결국 미야자와의 집이 되지 못했다. 그건 내게도 마찬가지였다. 내 집도 이곳이 아니었던 것이다.

우메다 씨가 돌아가신 후에도 나는 미요시 씨의 집을 계속 방문하고 있었다. 내가 미요시 씨의 집을 찾아가는 날, 아미리는 항상 집에 있었다. 아미리에 관해서는 결국 상사한테 보고하지 않았다.

아미리는 내 앞에 모습을 드러내는 날도 있었고, 반대로 아예 나타나지 않을 때도 있었다. 아미리는 매번 나한테 자기가 하고 싶은 말만 쏟아내다가 다세대주택인 이 집의 어딘가로 곧 사라져버린다. 여전히 학교는 안 가는 것 같았는데, 그 사실을 아미리의 부모에게 전달하는 것은 내 업무가 아니다. 미요시 씨의 집을 마지막으로 찾아가던 날, 나는 아미리에게 처음으로 말을 걸었다.

"내가 이 집에 오는 건 오늘이 마지막이란다."

그러자 아미리의 눈가에 순식간에 눈물이 고이더니, 결국 넘쳐흐른 눈물이 가냘픈 턱을 지나 바닥으로 떨어졌다. 그날, 아미리는 미요시 씨를 병간호하는 내내 내 옆에 엉겨 붙었다.

평소 미요시 씨의 기저귀를 갈 때만큼은 절대 접근하지 않던 아미리가 내 팔을 잡고 말했다.

"언니, 도쿄에 데려가줘요. 날 안 데려가면 할머니 목을 졸라서 죽일 거예요. 아니면 내가 자살할 거야. 여기서 뛰어내릴 거라고요."

아미리는 꽉 잡은 내 팔을 더욱 세게 힘을 줘서 잡았다.

"무슨 바보 같은 말이야?"

그러다가 나는 문득 생각했다. 고향 마을로 돌아가기 전에 한 번쯤 도쿄에 가보는 것도 괜찮지 않을까 하고. 미야자와가 돌아간 도쿄의 거리를, 이곳을 떠나기 전에 봐두고 싶었다. 끝매듭을 짓기 위해서가 아닌, 미련 비슷한 감정이 아직 내게 남아 있다는 사실에 스스로도 놀랐다.

"나랑 같이 간다고 부모님께 말씀드리면 나도 생각해볼게."

나는 그런 제안을 하며 다음 주 일요일에 아미리를 도쿄에 데려가겠다고 약속했다.

아미리가 부모님에게 어떻게 말했는지는 모르지만, 약속날 아침 일찍, 아미리는 정한 장소에 늦지 않게 도착했다. 아미리에게 휴대전화를 주면서 집에 전화를 걸어보라고 요구했다. 아미리가 아무 표정이 없는 얼굴로 휴대전화를 내게 넘겼다. 전화를 받은 아미리 엄마의 목소리는 언뜻 아직 자고 있는 듯 들렸다. 그래도 아미리는 나와의 약속을 지킨 셈이다. 나는 아미리의 엄마에게 오늘 밤이 되기 전까지는 반드시 집에 데려다주겠다고 말하고 전화를 끊었다.

고속도로를 타고 네 시간 정도 달리면 도쿄에 도착할 거라고 예상했다. 왕복 여덟 시간. 느긋하게는 보낼 수 없지만, 아미리가 가장 가고 싶어 했던 시부야에서만 시간을 보낸다면 어떻게든 가능하겠지. 나는 차에 시동을 걸었다.

"밭밖에 없네."

"완전 시골이잖아?"

아미리는 차창 밖을 흐르는 경치를 보면서 혼자 계속 중얼거렸다. 오늘은 평소의 운동복 차림이 아니라 미니스커트를 입고 왔다. 물론 세련되지는 않았지만, 나름의 멋 부림일 것이다. 혼자 중얼거리던 아이가 갑자기 조용해졌다고 생각한 순간, 아미리는 입을 벌린 채로 자고 있었다. 자고 있는 아이를 옆에 두고 나는 계속 차를 달렸다. 짙은 푸른빛의 하늘이 점점 칙칙한 색으로 변해간다. 저 하늘 아래가 미야자와가 살고 있는 곳이겠구나.

미야자와와 잠자리를 같이하면서부터 내 몸의 어딘가에 새로운 문이 열리는 기분이 들었다. 미야자와가 도쿄로 돌아가고, 가이토와 살고 있을 때도 내 마음은 미야자와에게로

가 있었다. 끊어진 연락도 내가 먼저 미야자와에게 하기 시작하면서 그에 대한 마음은 더욱더 커져만 갔다. 미야자와도 나와 같은 마음일 거라 믿었다.

그러나 이 마을의 생활에 적응하는 데 필사적이다 보니, 하루하루 무엇을 느끼고 무슨 생각을 하고 있는지, 나는 미야자와에게 말하려 하지 않았다. 미야자와도 내게 물어보지 않았다. 나도 미야자와가 언젠가는 말해줄 그 단어를 기다리고 있던 것뿐이었다. 마치 다람쥐 굴 같은 방 안에서 함께 살고 있으면서도, 우리는 서로 등을 맞대고 서서 다른 방향을 바라보고 있었다.

그래도 몸을 섞을 때마다 쾌락만을 탐하는 건 능수능란해졌다. 마음은 어딘가 먼 곳에 내버려둔 채로 말이다.

미야자와가 언제부터 아내와 다시 연락을 취하고 만나고 있었는지도 모를 만큼 내 마음은 미야자와로부터 멀어져 있었다. 방파제를 보러 갔을 때도 이미 알고 있었을 것이다. 미야자와가 저 바다를 보면서 내게 말하고 싶었던 게 무엇인지를 말이다. 파도는 조용히 먼 바다에서 찾아와 우리의 생활을 떠내려보냈다. 냉정하게 미야자와와의 지난날들을 더듬어가며 생각할 정도로 내 머리는 이미 차분한 상태였다. 그러나 핸들을 붙잡은 채로, 어째서 눈앞의 시야가 자꾸 흐려져가는지 나는 알 수가 없었다.

헤매면서도, 시부야 거리에 도착한 후로는 줄곧 아미리를 따라다녔다. 게다가 이토록 많은 사람을 본 것은 태어나서 처음이었다. 그것은 아미리도 마찬가지였다. 처음은 패션 몰이 있는 빌딩 속에서 미아가 되지 않으려고 아미리 뒤만 쫓아다녔는데, 나중에 돌아갈 무렵에는 아미리가 내 팔을 붙잡고 놓아주지 않았다. 오르막길 중간에 있는 패밀리 레스토랑에서 점심을 먹을 때는 우리 모두 말 한마디도 못 할 만큼 완전히 지쳐버렸다. 식사 중에 아미리가 자리에서 일어나 화장실로 향했다. 제법 시간이 흘렀는데 아미리가 화장실에서 나오지 않았다. 드디어 자리로 돌아온 아미리에게 물었다.

"혹시 배탈이라도 났니? 괜찮아?"

그러자 아미리는 생리가 온 것 같다며 울 것 같은 표정으로 중얼거렸다.

나도 생리 용품을 가지고 있지 않아서 일단 식당을 나가 행인에게 약국이 어디 있는지를 물었다. 역 앞의 편의점에서 화장실을 빌린 아미리는 이젠 집에 돌아가고 싶다고만 말하고는 마치 고양이가 애교를 부리듯 작은 이마를 내 팔에 비볐다.

돌아가기에는 아직 시간이 일렀기 때문에 도쿄 거리를 조금만 더 달려보자고 제안했다. 그러자 아미리는 께느른하게 고개를 살짝 끄덕인다. 뒷좌석에 있던 담요를 아미리에게 덮어주고, 나는 도쿄의 어딘가를 향해 달렸다. 건널목을 걷는 사람들의 얼굴을 보면서 미야자와와 덩치나 키가 비슷한 사람만 보이면 그 얼굴을 가만히 응시했다. 하지만 이 인파 속에서 미야자와를 만나기란 천문학적인 확률일 것이다.

미야자와의 회사가 있던 도청 옆을 지났다. 회사가 있던 장소까지 걸어서 가도 되겠지만 아미리만 차에서 기다리게 하는 것도, 그렇다고 같이 데려가기도 좀 불안했다.

도청은 예전에 처음 봤을 때와 마찬가지로 마치 페이퍼 크래프트처럼 현실감이 없었다. 다리 밑을 보니 한 노숙자 노인이 걷고 있었다. 골판지상자를 지붕처럼 둥글게 겹쳐 쌓았는데, 비를 피하기 위해선지 그 위에 파란 시트를 씌워놓았다. 3월이 되었다고는 하지만, 저 노인은 어떤 겨울을 보냈을까? 문득 고향 마을의 노인요양시설 개인실에서 세심한 병간호를 받는 노인들을 떠올렸다.

마지막으로 내가 봐두고 싶었던 건 도쿄타워였다. 빌딩 사이로 살짝 엿보이는 저것인가 하고 고민하는 사이, 서서히 그 전체 모습이 시야에 들어왔다.

꽤 이른 오후였기 때문에 아직 타워에 조명은 켜지지 않았다.

그때 옆에서 자고 있던 아미리가 갑자기 입을 열었다.

"언니, 난 아이돌이 되고 싶었어요."

과거형으로 말하는 아미리의 꿈을 그때 처음 알았다.

"하지만 이젠 무리란 걸 깨달았어요. 도쿄에는 귀엽게 생긴 사람이 너무 많네요."

그렇게 말하면서 눈가를 문질렀다.

"아이돌이 되면 다시는 학교에서 괴롭힘을 안 당할 거라고 생각했거든요."

빨간 신호에 차가 걸리자, 나는 왼손을 뻗어 아미리의 머리를 쓰다듬어주었다. 지금 아미리의 모습은 도쿄로 오는 길에 사고 싶은 게 너무 많다며 막 들떠서 수다를 떨던 그 아이가 아니었다.

"어머, 저길 봐, 도쿄타워야."

내가 말해도 아미리는 흥미가 없다는 듯 고개만 끄덕일 뿐이었다. 상상한 것보다 그리 높지는 않았다. 하지만 왠지 내게는 도쿄타워가 후지산처럼 보였다. 저것은 아마 도쿄의 자석일 것이다. 연어가 태어난 강으로 되돌아가듯 미야자와도 그렇게 도쿄로 돌아간 것뿐이다.

집에 도착한 시각은 거의 저녁 8시가 다 되어서였다. 아미리가 사는 다세대주택의 입구에서 차를 세웠다. 안전띠를 풀던 아미리가 작은 소리로 말했다.

"감사했습니다."

처음으로 아미리의 입에서 아주 공손한 말을 들었다.

"잘 가"라고 내가 말하자, 아미리는 차 밖으로 나갔다.

"또 도쿄에 갈 거니?" 아미리가 고개를 옆으로 흔들었다. 이미 질린 듯한 표정이었다.

"도쿄보다도 먼저……." 아미리가 몸을 비비 꼰다.

그러고는 미니스커트 아래로 곧게 뻗은 다리를 꼬면서 다시 말했다.

"내일은 일단 학교에 가보려고요."

나는 고개만 끄덕이고는 차에 시동을 걸었다. 모퉁이를 꺾을 때 아미리의 집 쪽을 돌아보았지만, 이미 아미리의 모습은 없었다.

회사에서 인수인계를 마치고, 미야자와와 살던 아파트를 정리하며 이삿짐을 보낼 준비를 다 끝냈을 무렵에는 이미 3월의 끝자락에 다다라 있었다. 내가 나고 자란 고향 마을로 차를 달렸다.

마치 연극무대의 배경 그림처럼 보이는 후지산의 전체 모습이 서서히 보이기 시작할 즈음에는 벌써 늦은 오후가 되어 있었다. 사는 곳이 바뀌어도 내가 하는 일은 변하지 않는다. 죽음에 다가서는 사람들을 보살피고, 그 대가로 돈을 받아 내가 살아갈 양식을 얻는다. 그것 말고는 내가 할 수 있는 일은 없다.

역 앞의 큰길을 벗어나 외딴길을 10분쯤 달리다 소방서의 모퉁이를 돌아 차 한 대 겨우 통과할 수 있는 비좁은 비포장 산길을 올라간다. 양쪽 길가에서 뻗어 나온 나뭇가지와 나뭇잎들이 기세 좋게 차 앞 유리를 때린다.

산속은 이미 봄기운이 물씬했다. 말라 있던 나뭇가지와 이파리는 수분과 흙 속의 영양분과 햇살을 탐욕스럽게 흡수하며 원하는 방향으로 뻗어가려고 한다.

내가 할아버지와 살았던 집이 서서히 보이기 시작했다. 당장이라도 썩어서 쓰러질 것만 같은 목조 단층집. 내가 이 집을 나갔을 때보다 더 황폐해져서, 무성해진 잡초 더미에 파묻힌 모습이 마치 산속의 풍경과 다름없었다. 벽면에 여러 개의 덩굴이 달라붙어 있었다. 차를 세우고 내려서 자세히 보니, 정원에는 이름 모를 잡초가 완전히 자랄 대로 자란 채 메말라버렸고 곳곳에서 새로운 새싹이 얼굴을 내밀고 있었다. 나는 내 키만큼이나 자란 풀들을 헤치면서 간신히 현관까지 도착했다. 열쇠를 꽂고, 힘들게 문을 열었다. 불이 켜져 있지 않은 방 안은 칠흑같이 어두웠다.

다녀왔습니다, 하고 소리 내어 말해보지만, 내가 병간호하는 노인들에게 말을 걸 때처럼 이 인사말도 집 안 어딘가로 빨려 들어갔다. 뒤돌아보자, 구름 사이로 숨어 있던 태양이

얼굴을 내밀고 나를 비추었다. 심하게 황폐해진 정원이 황금
빛으로 빛나고 있었다.

"정원의 풀을."

"내가 베어줄까?"

"그러니까, 내가 풀을 베게 해주면 안 될까?"

그렇게 말하던 미야자와는 이제 없다.

나는 시간을 들여 정원을 말끔하게 다듬기로 마음먹었다.
오직 나 혼자의 힘으로 말이다. 하늘에서 내리쬐는 태양 빛
이 온몸에 흡수되어 내 안에서 어떤 힘으로 변해가는 기분이
들었다. 지금 이 순간 나는 막대한 자유를 느끼고 있었다. 비
록 하나의 사랑은 끝나버렸지만.

석류의 표지

쇼핑센터 안의 푸드 코트는 수요일 해 질 녘에 가까운 시간대임에도 마치 주말처럼 많은 손님으로 북적였다. 여기서 파는 음식은 가격이 저렴한데, 딱히 맛이 있지도 없지도 않은 데다가 냉동식품을 익히거나 단시간에 간단히 조리해서 내놓는 요리가 대부분이었다. 그래서 편의점에서 파는 음식과 별반 다르지 않다. 당분이나 기름기가 너무 많고, 맛도 강하다. 나도 별로 먹고 싶지 않은 음식들인데, 하물며 자식이 있다면 더 먹이고 싶지 않을 것이다. 그러나 바로 옆 탁자도 그렇고, 안쪽으로 이어진 눈에 띄는 탁자에 앉은 손님들을 보면 어린 아기나 유아를 데려온 엄마가 대부분이었다. 여기서 저녁 식사까지 해결하려는 생각인 걸까? 아무리 간단한 식사라도 이토록 먼지 많은 장소가 아니라 집에서 손수 만든 음식을 아이에게 먹이고 싶다고 생각하는 건, 아직 내가 자식도 없고 육아 경험도 없어서일까?

내 앞에 있는 히토미도 아마 나랑 생각이 다르지 않을 것이다. 히토미는 지금 울부짖는 아이의 입에 숟가락으로 볶음밥을 나르는 엄마에게서 시선을 떼지 못하고 있다. 커피가 든 머그잔을 두 손으로 잡고 팔꿈치를 세운 자세로 옆 탁자를 보는 히토미의 미간에 주름이 살짝 잡혀 있다.

히토미가 내 시선을 알아차렸는지 내 쪽을 쳐다보았다.

"언제까지 이런 곳에 있을 작정이야?"

"글쎄……."

지금 여기서 잘 차려입은 옷이라면 보풀이 달린 후리스와 크록스, 아니면 체형을 가려주는 에이라인 원피스에 사보(바닥이 나무로 된 구두), 니트 모자 정도다. 그런 만큼 이 푸드 코트에서 히토미의 존재는 확실히 제일 띌 수밖에 없다.

실제로 히토미가 커피를 들고 이 탁자로 돌아올 때, 캐시미어 롱 코트를 입고 하이힐 발뒤꿈치를 또각또각 울리면서 걸어오는 그녀의 모습을 힐끔힐끔 눈으로 좇는 여자들도 많았다.

"우리 회사 다시 열 수 있게 됐단 말이야. 우리 아빠가 손을 써서 빚도 깨끗하게 처리했어. 일도 다시 들어오기 시작했고, 직원도 새로 고용했어. 이제 정말 당신만 돌아오면 돼."

히토미는 설탕도 우유도 들어 있지 않은 커피를 티스푼으로 마구 휘저었다. 히토미가 이 마을에 온 것은 오늘이 세 번째다.

4년 전, 나는 도쿄에서 여기로 왔다. 이 마을에 온 사실을 숨길 생각도 없었고, 실종된 것처럼 보이기도 싫어서 페이스북에 사실대로 썼다. 그걸 보고 가장 먼저 찾아온 사람은 별거 중인 아내 히토미였다. 히토미는 내게 '왜 일부러 생활의 거점을 이 마을로 옮겼으며, 또 디자인이 아닌 복사기 영업을 하고 있는지'를 계속해서 물었다.

"도쿄를 벗어나서 지금까지 전혀 해본 적이 없는 일을 하고 싶었어."

매우 솔직하게 내 감정을 전달했다고 생각했는데, 히토미는 이런 나를 전혀 이해하지 못하고 있다.

"내가 싫어진 거야?"

나는 아무 말도 안 하고 그냥 가만히 있었다. 누군가를 싫어하는 강력한 감정을 가질 만큼 누군가를 좋아해본 적도 없는 것이다.

나를 알지 못하는 사람들만 있는 장소에서 살아보고 싶었다.

어쩌면 히나가 사는 후지산이 보이는 그 마을도 좋았겠지만, 히나만이 아니라 노인요양복지전문학교를 취재하면서 만난 가이토를 비롯해 학생들과 졸업생들, 선생님들이 다 같이 모여 사는 작은 동네다. 워낙 작은 곳인 만큼 어딘가에서 얼굴을 마주할지도 모른다. 우연히라도 히나와 만나고 싶지는 않았다.

이 마을에 오고 나서 한참 후에 히나가 나를 찾아온 건 정말 예상 밖의 일이었다. 내 아파트에 히나가 들어와 같이 살기 시작한 것은 즉시 히토미에게 전해졌다. 히토미, 아니면 히토미의 부모님이 탐정을 고용해 내 사생활을 철저하게 뒷조사했을 것이다.

"젊은 여자가 그렇게 좋아? 이런 시골에서 언제까지 그렇게 살아갈 작정이야?"

요리조리 질문을 피해 도망치는 나 때문에 히토미의 목소리가 점점 커진다.

우리와 가까운 탁자에서, 졸고 있는 아기를 품에 안은 엄마가 흘끗 우리를 쳐다보았다. 우리의 대화를 단 한 마디도 놓치지 않고 전부 듣고야 말겠다는 듯이 쫑긋 세운 귀를 우리 쪽으로 향한다.

히토미에게 대꾸할 말이 없었다. 이런 나의 태도가 지금까지 인생을 살아오면서 얼마나 많은 사람에게 상처를 주었을까 하는 생각이 들면서도, 내가 변하는 일은 절대 없을 거라는 사실만은 잘 알고 있다. 에어컨이 너무 세고, 공기의 질까지 나쁜 푸드 코트의 딱딱한 플라스틱 의자에 앉아, 그러고 보니 히나를 처음 만났던 그 마을의 푸드 코트에도 여기와 완전히 똑같은 공기가 흘렀었던 기억을 떠올린다. 이완된 이런 풍경이 이 나라에 얼마나 많을까? 확실히 히토미의 말처럼 내가 향할 곳은 꼭 여기가 아니어도 괜찮았을지 모른다. 그러나 나는 되도록 도쿄에서 떨어진 곳에 가보고 싶었다.

나는 미나토 구(區)에서 태어나 자랐다. 조부모와 외조부모도 도쿄에서 나고 자란 사람들이다. 그래서 어릴 때는 일본에는 도쿄 같은 곳만 있다고 믿었다. 아니, 어릴 적만이 아니라 꽤 성장했을 때까지도 그렇게 믿었다.

아버지는 미용성형외과 의사다. 어머니는 결혼 전에도, 결혼 후에도 일을 한 적이 없다. 나는 외동아들로 형제가 없다. 아버지의 병원은 도쿄뿐만이 아니라 홋카이도, 도호쿠, 간사이, 규슈 지역의 여러 도시에도 많았다. 그래서 매일 비행기를 타고 전국을 바쁘게 돌아다녀야 했다. 어머니는 분명 전업주부였지만 집에 가만히 있을 때가 별로 없었다. 내가 조금 철이 들기 시작할 무렵에는 우리 집에 미후네 씨라는 가사 도우미가 와서 나를 돌봐주었다.

유치원에 다닐 무렵, 아침은 미후네 씨가 만든 밥을 먹고 등원하고, 점심은 미후네 씨가 싸준 도시락을 먹고, 저녁도 미후네 씨의 보살핌 아래 밥을 먹었다. 그날 유치원에서 있었던 일을 이야기하면 들어주는 사람도 엄마가 아닌 미후네 씨였다. 목욕은 나 혼자서도 했지만, 침대에서 내가 잠들 때까지 옆에서 그림책을 읽어준 이도 미후네 씨였다.

내가 잘 시간이 되어도 엄마는 집에 돌아오지 않을 때가 더 많았다. 미후네 씨는 내가 잠든 걸 확인하면 방을 나갔는데, 나는 일부러 잠든 척할 때도 많았다. 미후네 씨의 발소리가 멀어지면 침대에서 나와 창가로 다가갔다. 닫아놓은 커튼 사이로 머리를 들이밀고는 창밖의 세상을 구경했다. 집 주변에 높은 다세대주택이나 빌딩이 없었기 때문에, 내 방에서 도쿄타워의 절반이 보였다. 오렌지색 설탕공예품 같은 도쿄타워의 불빛이 좋았다. 왠지 그 불빛 근처에 엄마가 있을 것만 같았다.

엄마는 어린 내가 봐도 참 예쁜 사람이었다. 빨간 입술, 빨간 매니큐어, 몸에 꼭 끼는 스커트 아래로 날씬하게 뻗은 다리, 핀힐, 향수, 어깨까지 내려오는 길이의 웨이브 머리. 꼭 바비 인형을 빼닮은 모습이었다. 아침에 엄마와 얼굴을 마주하는 일은 거의 없었지만, 가끔은 아침 식탁에 앉아 있을 때도 있었다. 그런 날의 엄마는 관자놀이를 지그시 누르며 매우 불쾌한 심기를 드러냈는데, 숨을 뱉을 때마다 희미한 술 냄새를 풍기곤 했다. 푹신푹신한 인형과 화려한 색채의 그림책, 좋은 향기가 나는 담요, 새하얀 유치원 교복의 동구래깃. 그 시절, 엄마는 내가 살던 달콤하고 안전한 세계와는 정반대인 세상에서 살고 있었다.

그런 엄마와 도쿄타워의 불빛은 어딘가 닮아 있었다. 언젠가 사라져버리진 않을까, 그런 걱정을 하게 만드는 점도 비슷했다. 한동안 그 불빛을 보고 있으면 마음이 점점 차분해져서 다시 침대로 돌아갔다. 차가운 발이 이불 속에서 따뜻하게 데워지면 자연스레 졸음이 찾아왔다. 잠에 빠지기 직전에는 항상 집 안 어딘가에서 아버지와 미후네 씨가 도란도란 이야기를 나누는 소리가 들려오는 것 같았다.

미후네 씨는 우리 엄마보다도 꽤 연상이었지만, 정확한 나이는 잘 모르겠다. 그건 엄마도 그랬다.

엄마는 실제 나이보다 퍽 젊어 보였는데, 아버지가 정기적으로 엄마의 얼굴에 시술을 했기 때문이다. 그건 미후네 씨도 마찬가지였다. 그래서 엄마와 미후네 씨는 어딘가 얼굴이 비슷했다.

내가 고등학생 때, 한밤중에 술에 취해 돌아온 아버지가 내게 한 말이 있다. 엄마는 그날 밤도 어디론가 외출해서 집에 없었다. 아버지가 복도와 거실에 차례로 벗어놓은 상의와 양말을 미후네 씨가 아버지 뒤를 따라가며 하나씩 줍고 있었다.

"내가 메스를 들면 매번 내가 처음 좋아했던 여자의 얼굴이 되어버린단 말이야. 그만큼 첫사랑이었던 여자는 인상에 깊이 남는 법이지. 넌 지금 좋아하는 여자가 있냐?"

아버지는 술 냄새를 풍기는 숨을 내쉬면서 몸을 비틀거리며 내게 물었다.

"없어요."

"너 아직도 동정이냐?"

그 말은 맞았지만, 그냥 가만히 있었다.

흠, 하고 아버지는 골똘히 생각에 빠진 표정이었다.

"네가 창피를 안 당하게, 내가 어떻게든 해보마."

그 말의 의미를 확실하게 알게 된 것은 그다음 주말이었다. 아버지의 지시대로 어느 호텔 방을 찾아갔다. 당시 내 나이는 열여섯 살이었고, 이제 일주일 후면 여름방학이 끝날 시기였다. 아직 완전히 날이 저물지 않은 시간대였지만 창문에는 실크 블라인드가 내려져 있었고, 침대 옆에 간접조명만이 켜져 있었다. 침대에는 내 또래로 보이는 한 여자애가 캐미솔 차림으로 베개에 머리를 기댄 채 나를 바라보고 있었다. 여자애의 얼굴은 엄마와 미후네 씨랑 어딘지 닮아 보였다.

내가 문 앞에서 내내 서 있기만 하자, 여자애는 침대 위에 무릎을 꿇고 캐미솔과 속옷을 훌렁 벗었다. 부푼 가슴과 얇은 허리가 기묘하게 느껴졌다. 눈앞의 소녀가 나와 비슷한 또래라면, 너무 풍만한 가슴과 큰 엉덩이에 비해서 허리만 아주 가냘팠다. 혹시 아버지가 몸에도 메스를 댄 걸까? 인간의 몸에 본래 있어야 할 불균형을 예쁘게 보정한 듯한 균형이 더더욱 인공적으로 느껴졌다.

"언제라도 하세요."

그렇게 말하고, 소녀는 양다리를 벌렸다. 나는 어느 순간에 옷을 벗어야 할지조차 몰랐기 때문에, 일단 그 자리에서 옷과 신발을 벗어 바닥에 내려놓았다. 침대로 다가간 내 몸은 지금부터 일어날 일에 대한 공포로 떨고 있었다. 이윽고 나는 소녀의 몸을 덮쳤다. 키스도 하지 않고, 마치 사과를 씹듯이 소녀의 가슴에 이를 세웠다. 아파, 라고 소녀가 소리를 지르더니 내 얼굴을 보며 웃었다. 어둠 속에서, 그녀가 나랑 나이대가 별반 다르지 않을 거라고 처음에 느꼈던 인상이 사라졌다.

소녀가 아니다. 이 여자는 나보다 훨씬 더 연상일 거라는 생각이 들었다.

아버지가 그녀의 얼굴과 몸매를 건드렸다면 어딘가에 그 흔적이 남아 있으리라. 그녀의 몸을 만지면서 찾아보았지만 어디에도 그 흔적은 보이지 않았다. 활짝 벌린 양다리 사이에 보이는 그곳만이 마치 커다란 상처처럼 빨갰다. 얼굴을 가까이 대고, 그곳을 가만히 응시했다. 언젠가 할머니의 정원에서 보았던, 곧 터질 것만 같던 석류 열매처럼 빨간 무언가가 거기에 있었다.

내 생애 최초의 섹스가 성공했다고는 말하기 힘들다. 나는 어찌해야 좋을지 몰라 당황했고, 시간이 걸렸다. 그래도 그녀는 인내심을 가지고 나를 기다려주었고, 마치 내가 커다란 기쁨을 안겨준 것처럼 교성을 질렀다. 지금 생각해보면 그것마저 아버지가 그녀에게 따로 부탁했는지도 모르겠다.

그 후로도 그녀와는 호텔에서 수차례 만났다. 두 번째 만남 이후로는 그녀가 날짜와 시간을 지정했다. 곧 2학기가 시작되었기 때문에, 나는 학교가 끝나면 교복을 입은 채로 호텔의 고층 룸에 가서 그녀와 잤다.

그런 그녀와 연락이 끊어진 것은 본격적인 겨울이 찾아오기 전의 일이었다. 어느 날, 나는 역의 플랫폼에서 멍하니 전철을 기다리고 있었다. 플랫폼 건너편에 큼지막한 화장품 광고판이 걸려 있었고, 확대된 그 얼굴이 바로 호텔의 그녀인 걸 깨달았을 때 플랫폼에 전철이 막 들어와 내 시야를 가렸다.

그날 이후로 TV와 잡지, 광고에서 그녀의 얼굴을 자주 볼 수 있었다. 나와 또래인 여고생 탤런트로 알려졌지만 나는 그럴 리가 없다고 생각했다. 그녀의 얼굴은 내가 만났던 당시보다도 더 어려 보였다. 그녀의 얼굴이 수시로 TV에 등장했으며, 주간지에 사진집이 안 보이는 날도 없었다. 반 친구들 중에도 팬이 있어서, 방과 후에 수영복 차림의 사진을 보면서 흥분해서 떠들기도 했다.

"젖가슴이 엄청나네." 동급생 한 명이 흥분하면서 말했을 때,"그거 가짜야"라고 나도 모르게 말한 적이 있었다.

"그럴 리 없잖아."

그 친구는 화를 내려다가 웃어넘겼지만, 사실 그럴 리는 있는 것이다. 아버지는 그녀만이 아니라 당신이 수술한 탤런트나 여배우가 TV에 나오면, "어, 저건 보수를 해야겠는걸" "콧날을 좀 더 높게 해도 됐는데"라고 혼잣말을 하곤 했다.

연예계의 속사정을 듣고 있는 것만 같고, 딱히 들어서 기분 좋은 이야기도 아니었다. 내가 지금 누리는 윤택한 생활이 아버지가 그런 일을 해서 유지되고 있다고는 별로 생각하고 싶지 않았다.

그녀와 자고 나서, 대학에 진학할 때까지 나는 세 명의 여자애와 잤다. 확실히 아버지의 말처럼 그녀와 미리 섹스를 해본 경험이 도움이 되었는지도 모르겠다. 섹스 후에 팔베개를 해줄 정도의 여유를, 나는 처음 사귄 여자 친구와 잤을 때부터 누릴 수 있었다.

나는 대학 입학시험을 보지 않고 진학할 수 있었기에 딱히 입시 지옥을 겪는 고생도 없었다. 고3이 되어도 변함없이 반 친구들과 놀면서 새 여자 친구가 생기면 섹스를 했다.

내가 처음 같이 잔 그녀가 소속사인 예능 프로덕션이 있는 빌딩 옥상에서 뛰어내렸다는 뉴스가 나온 것은 새해 초, 도쿄 날씨가 최고로 추웠던 날이었다. 한밤중에 내린 눈비가 녹아버리는 바람에 다음 날 아침에는 노면이 아주 꽁꽁 얼었다.

내가 다니는 고등학교 정문 앞은 완만한 비탈길이어서, 대부분의 학생이 신고 온 가죽 구두가 미끄러지지 않도록 살얼음판을 걷듯 조심조심하면서 걷고 있었다. 학생들이 살짝살짝 발걸음을 떼면서도 공통으로 올린 화젯거리는 그날 아침에 터진 그녀의 사망 소식이었다.

이틀 후에 발매된 주간지에는 길 위에 쓰러져 있는 그녀의 모습이 실려 있었다. 나는 보고 싶지 않았지만, 학교에 누군가가 가지고 온 그 잡지는 수업 시간에 학생들 사이에서 돌고 돌다가 결국 나한테까지 넘어오고 말았다. 나는 받자마자 즉시 덮고 바로 옆자리 친구에게 넘겨주려고 했지만, 나도 모르게 접어놓은 페이지에 시선이 가고 말았다. 사진이 흑백이라서 자세히 알 수는 없지만, 길 위에 쓰러져서 엎드려 누워 있는 그녀의 머리는 으깨져, 그 깨진 부위에서 신체 일부와 검게 보이는 액체 같은 것이 흘러내리고 있었다.

그것을 본 나는 속에서 신물이 올라와 황급히 잡지를 덮고 옆자리로 던져버렸다. 그 광경은 마치 높은 곳에서 도로를 향해 과일을 던져서 으깬 것처럼도 보였다.

식욕이 완전히 사라져버려서 오후가 되어도 아무것도 먹

고 싶지 않았다. 나는 옥상으로 이어진 계단에 앉아 멍하니 점심시간을 보내고 있었다. 뇌리에 떠오르는 장면은 매우 풍만했던 그녀의 가슴도 아니었고 엄마와 미후네 씨를 닮은 얼굴도 아닌, 그녀와 보낸 첫날밤에 목격했던 다리 사이의 균열이었다. 그녀는 죽으면서 다리 사이의 균열이 아닌 새로운 균열을 수많은 대중에게 보여준 셈이다. 어쩌면 그녀는 높은 빌딩에서 뛰어내림으로써 본인 다리 사이의 균열이 아닌, 다른 부위의 새로운 균열을 만들고 싶었던 건 아닐까?

아래층에서 학생들이 왁자지껄 내지르는 소리가 들려온다.

이미 그녀는 찢겨 있었으니까, 그리고 그녀는 일하기 위해서(살기 위해서) 자신의 얼굴과 몸을 찢었으니까, 억지로 새로운 상처를 만들 필요는 없지 않았을까? 하지만 그렇게 할 수밖에 없었던 이유가 그녀에게는 있었던 셈이다. 나는 평생 알 수 없는 그 이유가.

그날 이후로 그녀의 이름이 어디선가 들려올 때마다 나는 이 불가해한 세상에 겁을 먹고 잠들기 전에 아주 조금 울었다.

그녀가 죽고 나서 한동안은 그녀의 이름을 듣지 않는 날이 없었다.

연상의 배우와 불륜 중이었다, 임신한 상태였다, 일이 잘 풀리지 않아서였다 등등. 많은 사람이 본인이 이유를 제일 잘 아는 척하면서 그녀가 죽은 이유를 잘도 떠들어댔다. 그들의 얼굴을 보고 있으면 바로 그날 느꼈던 구역질이 또다시 올라왔다. 그것이 내 인간다움의 마지막 분기점이었는지도 모르겠다. 이제 그녀가 존재하지 않게 된 데 대해 나의 내면에서 태어난 감정은 분노나 슬픔, 그런 단색의 것이 아니다. 하지만 사람들 대부분은 뚜렷하고 선명한 색과 강한 언어로 이 세상을 해석하려고 든다. 그것이 공포스러웠다.

그리고 그녀의 시체 사진을 많은 자가 욕망하는 이 세상에 나는 떨었다. 나를 둘러싼 이 세상의 잔혹함과 불가해함이 깊어질수록, 나는 이 세상으로부터 살짝 거리를 두게 되었다. 그 사건이 일어나고 나서 누가 나를 소개할 때마다 '포커페이스'라는 표현이 내내 따라다니기 시작했다.

모두가 진학하니까 나도 대학에 진학했을 뿐이고, 공부하고 싶은 전공이 따로 있던 것도 아니었다. 게다가 아버지처럼 의사가 되기에는 머리가 부족했다. 대학에서 미술을 따로 배운 것은 아니었고, 재학 중에 친구의 부탁으로 이벤트 광고 전단을 컴퓨터로 처음 만들어본 것이 계기가 되었다.

내가 만든 작품에 누군가가 가격을 매기고 그 대가를 내게 지불하는, 그 이해하기 쉬운 시스템이 유쾌했다.

같은 학부였던 히토미와 사귀기 시작한 것은 대학교 3학년 무렵으로, 다들 취업 활동을 시작할 즈음에는 우리 둘이서 회사를 차리자는 계획이 조금씩 정해져갔다. 히토미도 나와 마찬가지로 같은 학원 사립 유치원부터 시작해 대학교까지 일찌감치 진학이 결정된, 니혼바시에 있는 오래된 문구 회사의 외동딸이었다. 양가 부모들도 내가 회사를 차리고 히토미와 나중에 결혼할 것을 의심하지 않았고, 나 스스로 결정하기 이전부터 이미 모든 일이 일사천리로 결정된 것이나 마찬가지였다.

히토미만이 아니라 내가 사귀었던 여자의 어디가 좋았는지를 물어보면 나는 제대로 대답하지 못했다. 어찌어찌하다 보니 그렇게 되었더라는 식의 내 태도가 종종 많은 사람을 불쾌하게 만든다는 것도 알고 있다. 히토미와 사귀기 전의 일이지만, 이런 내 성격 탓에 두 여자가 싸운 적도 있었다. 그러나 내 앞에서 여자들이 서로 욕을 퍼부으며 싸우든 말든(대개는 이럴 때 두 여성이 날 탓하지 않고 서로를 탓하는 게 이상했다), 대체 뭣 때문에 이토록 정색하며 화내는 걸까? 하고 나는 멍하니 생각할 뿐이었다.

내가 사장이자 디자이너를, 히토미가 부사장이자 작가 일을 하고, 그 외의 직원을 포함해 열 명 안팎으로 운영하는 작은 회사였지만, 경기가 좋을 때 탄력을 받기도 했고 또 학창 시절의 친구들 인맥도 있어서 일이 끊긴 적은 단 한 번도 없었다. 가장 큰 수입원은 아버지의 병원 광고였다. 이 광고 수입은 나중에 경영이 위태로워지는 날까지 회사를 지탱해준

버팀목이 되었다.

아직 대학 재학 중일 때부터 히토미와 나는 히토미 부모님 소유의 아파트에서 동거를 시작했다. 히토미도 외동딸이다. 내 성격상 누군가와 같이 살더라도 하루 중에 꼭 나 혼자만 지내는 시간이 필요했다. 만약 그러지 못하면 숨을 쉴 수가 없었다. 그 사실을 굳이 말로 꺼내지 않아도, 히토미는 감각적으로 눈치채고 나를 이해해주는 편안함이 있었다. 안 그래도 회사에서 온종일 서로 얼굴을 마주할 때가 많기 때문에 우리는 각자 혼자 있는 시간을 반드시 사수해야만 했다. 결혼을 해도 나는 히토미와의 사이에 일정한 거리를 유지하고 있었다. 우리 두 사람의 위치 관계는 마치 태양과 달 같았다.

일이 끝나고 한집에 돌아와도 우리는 각자의 방에서 혼자만의 시간을 보내면서 피로를 회복했다. 그러지 않으면 서로를 또다시 마주하기가 힘들었다.

나는 히토미에게 이른바 아내로서의 역할을 굳이 요구하지 않았다. 히토미 부모님 부탁으로 이틀에 한 번 우리 집을 방문하는 가사 도우미의 역할도 컸지만, 아내가 집안일을 전혀 하지 않더라도 불만이 없었을 것이다. 히토미가 술 냄새를 풍기며 한밤중에 귀가해도, 난 화내거나 불쾌해한 적이 없다. 결혼하기 전부터 히토미에게는 다른 남자가 있었고,

히토미만큼은 아니더라도 나 역시 비슷한 상황이었다. 일 때문에 만난 사람과 남녀 관계로 빠져도 서로를 탓하지 않았다. 일이 점점 늘어감에 따라 나는 공동경영자로서의 히토미를 완전히 신뢰하고 있었다.

대부분의 남자는 여자가 늘 자신을 걱정해주는 끈적끈적한 모성 같은 것도 요구하겠지만, 나는 그런 걸 전혀 필요로 하지 않았다. 미후네 씨는 가사와 육아에 관해서는 정말 프로 중의 프로였다. 미후네 씨는 애정을 가지고 날 대했지만, 어느 선을 넘어서는 일은 없었다. 엄마는 처음부터 정숙한 아내와 온화한 어머니라는 역할을 포기하고 아름다운 외모를 유지하며 향락을 탐하는 것을 최우선으로 생각하는 사람이었다. 혈연관계가 전부도 아니고, 그 두 사람만이 내 여성관에 강한 영향을 주었다고는 단정할 수 없지만, 내가 여성에게 요구하는 주형(鑄型)의 원형을 이 두 사람이 만들었다는 사실만은 분명하다.

일에서도 결혼 생활에서도 큰 문제는 일어나지 않았고, 잔잔한 상태가 계속되고 있었다. 그런 생활이 앞으로도 쭉 이어질 거라고 생각했다.

그러나 처음에 어두운 그늘을 보인 것은 히토미의 집이었다. 팔리지 않는 부동산과 빚에 시달리던 히토미 아버지가 운영하는 회사가 갑자기 존속이 위태로워졌다. 내 아버지가 여러 명의 환자에게 고소당한 것도 비슷한 시기였다. 고액의 재판비용과 동 업종 타사와의 심한 경쟁으로 수입도 대폭 감소하게 되었다. 양가 부모님의 위태로운 경제 사정은 우리 부부의 회사에도 큰 타격을 주었다.

그 이전에 회사에 들어오는 일 자체가 점점 격감해갔다. 예전에는 일이 너무 많아서 대체 이 건은 언제쯤 끝날까 하는 스트레스가 많았다면, 지금은 반대로 이 일이 끝나버리면 다음은 없을지도 모른다는 두려움이 생겼다. 그래도 우리는 회사를 어떻게든 살리고 싶었다. 우리 손으로 직접 세운 회사에서밖에 일한 경험이 없는데, 이제 와서 머리를 숙이고 남 밑에 들어가 익숙지 못한 월급쟁이 생활을 할 용기가 없었다.

나는 대학 동창의 인맥에 기대며 간신히 일을 구했고, 직원 수도 줄였다. 결국 회사 사무실을 신주쿠 외곽에 있는 잡거빌딩으로 옮기면서까지 회사를 살리고 싶었다. 우리 부부에게는 이 회사가 우리 둘의 자식이나 마찬가지인 존재일지도 몰랐다.

우리는 그때까지 살고 있던 아파트에서 나와 나카노의 사무실 옆에 있는 방 두 개짜리 다세대주택으로 이사했다. 나도 히토미도 이토록 좁고 낡은 방에서 살아본 적이 없다. 심지어 각방을 쓸 수도 없었다.

이 다세대주택에는 어린아이가 있는 세대가 많아서 밤만 되면 벽 너머로 아기 울음소리가 들릴 때도 있었다.

"설마 바로 옆집에서 들려오는 거야?"

히토미가 그 소리를 듣고 웃었다. 아직 그때만 해도 우리에게는 얄팍하게 지은 벽에 분개하기보다 오히려 그 상황을 재미있어할 여유가 있었다.

하지만 1년이 지나고 2년이 지나도록 일은 전혀 늘지 않았고, 오히려 전년도보다 떨어질 뿐이었다. 아버지 병원도 대폭적인 경비 삭감을 단행하면서 이전처럼 큰 액수의 발주는 불가능해졌다. 0의 수가 두세 개밖에 안 되는 아주 소액의 저렴한 단가 수주까지도 간신히 그러모았다.

그런데 참 신기하게도, 이제 이 회사는 더는 가망이 없다고 포기할 때쯤이면 마치 누군가가 구원의 손길을 내밀듯이 수주가 들어오고는 했다. 솔직히 기뻐해야 할 상황인데도, 나는 서서히 짜증을 느끼고 있었다.

바닥에 발이 닿지 않는 풀장에 빠져서 허우적거리는데 좀처럼 몸이 수면 아래로 가라앉을 기미가 보이지 않는 그런 답답한 나날이 계속됐다. 매번 비슷한 내용의 일을 반복하는 것에도 싫증이 났고, 문득 이 모든 것을 전부 제로 상태로 돌려버리고 싶은 마음이 솟아나고 있었다.

솔직히 나는 태어나서 단 한 번도 돈이 궁했던 적이 없다. 돈이 없는 생활을 실감나게 상상할 수도 없다. 그래도 현재 내 인생에서 서서히 돈이 줄고 있는 건 사실이었다. 돈이 없는 현실은 살던 장소뿐만이 아니라 나와 히토미의 생활 패턴까지도 조금씩 바꾸어갔다. 1년에 최소한 두 번은 떠나던 해외여행도 갈 수 없게 되었고, 쇼핑과 클럽을 탐닉하던 히토미가 집에 있는 시간이 늘어났다. 히토미가 요리에 빠지면서 명품 가방 대신 조리 도구가 늘어갔다. 주말은 히토미가 만든 음식을 먹고, 빌려 온 DVD를 보았다.

그것이 그 시절의 우리에게 어울리는 생활이었다. 히토미는 의외로 그런 생활에 만족하는 것처럼 보였다. 숨이 막힐 것 같은 건 바로 나였다. 회사에서도 집에서도 히토미와 얼굴을 마주해야 하는 사실이 견디기가 힘들었다. 어렸을 때 엄마는 늘 집에 없었다. 미후네 씨는 나랑은 피가 통하지 않는 타인이었다. 히토미는 피의 연관성은 없지만, 아내인 히토미의 존재는 엄마나 미후네 씨보다도 더욱 무겁게 나를 짓누르고 있었다. 그런 히토미와 비좁은 공간인 이 다세대주택의 방 안에 갇혀 있다.

일이 끝나면 집에 바로 가지 않고, 일하면서 만난 여자 스타일리스트의 집을 자주 찾아간 적도 있다. 히토미는 즉각 그녀의 주소를 알아내더니 쳐들어와서는 호통을 쳤다. 대체 왜 이런 짓까지 하면서 나라는 사람에게 집착하는 걸까? 제발 아내가 나와 일정한 거리를 유지해주기를 바라는 마음뿐이었다.

히토미가 이해해줄 거라고는 생각하지 않았지만, 히토미에게 그런 솔직한 마음을 전하자 히토미는 "아이를 갖고 싶어, 가족이 되고 싶어"라고 울면서 말했다.

내 자식이라니, 그런 존재는 내게 공포에 불과했다. 내 DNA를 물려받은 생물을 이 세상에 남기고 싶지 않았다. 만약 딸이 태어난다면, 그 아이는 사춘기가 되어 분명 고층 빌딩에서 뛰어내리겠지, 왠지 모르지만 그런 생각이 들었다. 이 세상 어딘가에는 분명 살아가는 기쁨이 콸콸 솟아나는 균열이 있을 것이다. 하지만 내게는 보이지도 않고, 그걸 가질 수도 없다. 또 찾아내려는 용기도 없었다.

아이를 갖고 싶어, 가족이 되고 싶어, 라고 내게 고하는 히토미가 인간으로서 성숙해지고 있다고도 생각했다. 그런 히토미와 마주하는 것이 무서웠다. 그래도 나는 히토미와 헤어지자는 결심을 하지 않은 채 눈앞에 닥친 작은 일들을 하나씩 처리해나갔다. 어딘가로 도망치고 싶은 마음을 품은 채로 일상에 파묻혔다. 내 마음 상태는 어쩌면 절망에 꽤 가까울지도 몰랐다. 이곳은 내 인생의 밑바닥이었고, 삶 자체도 지겨웠다. 뭘 보아도, 누구를 만나도 내 마음의 온도는 계속 낮은 상태였다. 아마 죽을 때까지 그럴 것 같다는 생각이 들었다.

그 마을에서 히나를 만나기 전까지는.

지방 도시에 사는 젊은 요양보호사와 이야기를 나누다니, 히나가 졸업한 노인요양복지전문학교의 입학 안내 팸플릿을 제작하는 수주를 받지 않았다면 평생 내 인생에서 일어날 리가 없는 일이었다. 본래 서로 섞일 일이 없는 두 갈래의 물줄기나 마찬가지였기 때문이다. 작가로서 같이 인터뷰를 하러 간 히토미는, "취미는 있어요?" "좋아하는 TV 프로그램은 뭐예요?" "여행은 안 가나요?" 하며 졸업생에게 연신 질문을 퍼붓고 있었다. 노련하게 짜증을 감추고 있었겠지만, 그녀의 얼굴에는 '대체 이 친구는 무슨 즐거움으로 인생을 살고 있지?'라고 똑똑히 쓰여 있었다. 오래 걸린 인터뷰 촬영을 마친 뒤 이들이 자주 간다는 쇼핑센터에 직원 모두가 함께 들렀다.

거기서 가볍게 휴식을 취한 다음 도쿄로 돌아갈 예정이었다. 도쿄 곳곳에 있는 카페가 그곳에도 있었다. 히토미가 카페라테를 한 모금 마신 뒤, 입술 위에 묻은 우유 거품을 냅킨으로 닦으면서 말했다.

"요양보호사라니, 난 절대 못 할 것 같아."

나는 고개를 끄덕이지는 않았지만, 그 말은 히토미만이 아니라 나를 비롯한, 그날 인터뷰 촬영을 함께한 직원 모두의 의견이기도 했다.

요양보호사로 일하는 히나와 그 동료에게 직접 들은 것은 아니지만, 선생님을 인터뷰하던 중에 요양보호사의 연 수입을 알아보았다. 히토미는 그 금액을 듣고 노트에 메모했다. 노트를 비스듬히 들고 있어서 선생님에게는 보이지 않았지만, 히토미는 그 금액 옆에다 '절대로 무리!'라고 한마디 적고는 빙빙 동그라미를 치면서, 옆에 앉은 내게만 보이게끔 노트를 살짝 기울였다. 확실히 그 숫자는 당시 히토미와 내가 살던 다세대주택과 회사 사무실의 임대료 1년 치 정도에 해당하는 금액이었다.

요양보호사의 업무는 이야기를 들으면 들을수록 참 가혹했다. 결코 깨끗한 일도 아니었다. 그런 직업에 나보다 훨씬 젊은 사람이 종사하고 있다는 점도, 그 직업을 얻고 싶어 하는 젊은이가 존재한다는 사실도 솔직히 나로서는 이해되지 않았다.

"왜 요양보호사가 되고 싶었어요?"

이 질문에 가이토라는 요양보호사는 다음과 같이 대답했다.

"이 마을에서 살아가려면 일이 필요한데, 어쨌든 먹고살 직업은 되니까요."

너희가 대체 뭘 알아? 당장이라도 우리에게 덤빌 것만 같은, 그 순간의 가이토의 눈빛을 잊을 수가 없다. 그에게는 아마도 나와 히토미, 카메라맨이나 미용 담당 직원 모두가 도쿄에서 온 경박한 인간들로 보였을 테니까. 그 눈빛의 의미도 지금은 충분히 이해가 간다. 실제로도 그러니까.

이 세상에는 태어날 때부터 행운을 타고난(돈이라고 표현해도 좋다) 사람과 그렇지 못한 사람이 있는데, 나와 히토미는 전자에 해당한다는 사실에 가이토가 짜증을 감추지 않았을 뿐이다.

'만약 회사가 망하면 어떡하지?' 그 무렵 이런 생각이 늘 머릿속에서 떠나질 않았는데, 솔직히 한편으로는 '그래, 망하면 망하는 거지. 내 인생은 어떻게든 되겠지'라는 확신 같은 것이 있었다. 이미 아버지는 의사를 그만두었고, 예전만큼 위세가 좋지 않았다. 이제는 늙어버린 엄마와 함께 요양보호서비스를 제공하는 아타미의 다세대주택에서 노후를 보내고 있다. 지금의 엄마는 더는 내가 어렸을 때의 그 모습이 아니었다. 강한 향수를 뿌리지도, 하이힐을 신지도 않았다.

내가 대학에 들어가고 회사를 세우고 일을 계속하는 사이에 은발의 품위 있는 노부인으로 변신해 있었다. 젊을 때는 하고 싶은 것 실컷 다 즐기더니, 늙어서는 시치미 뗀 얼굴로 늙은 아버지 옆에 헌신적으로 붙어 있었다.

히토미의 집은 다시 경제적인 기반을 되찾아 장인어른이 아직 현역에서 회사를 꾸려나가고 있었다. 언젠가는 히토미에게 당신의 회사를 물려주고 싶다는 말을 나도 들은 적이 있다. 장인의 히토미에 대한 애정은 한도가 없었다. 만약 내 회사가 정말로 어떻게 손쓸 방도도 없게 된다면, 솔직히 히토미의 아버지가 어떻게든 해주시겠지, 하는 기대감이 없는 것도 아니다.

회사가 망해도 우리가 노숙자가 될 일은 없다. 나와 히토미에게는 경제적으로 안정된 부모라는 큰 안전망이 있으니까. 하지만 히나와 가이토에게 그런 것은 존재하지 않는다. 처음부터 몸을 낮추고, 땅바닥에 닿지 않도록 아슬아슬하게 날아가는 삶의 방식밖에 없다.

그날, 나는 그 현실을 내 눈으로 직접 목격했다.

운전은 카메라맨이 해주었기 때문에, 돌아오는 차 안에서 나와 히토미는 왜건의 맨 뒷자리에 나란히 앉아서 갔다. 어딘가에서 사고가 일어났는지, 도로가 정체하기 시작했다. 그래도 우리는 차를 타기만 하면 언제든 도쿄로 돌아갈 수 있다. 해 질 녘, 여기저기서 떠오르는 후미등의 빨간 빛을 보고 있자니 차 안의 후텁지근한 공기에 숨이 막힐 듯해서 차창을 아주 조금만 열었다.

"그 친구들은 평생 그 마을을 벗어나지 않겠지. 그곳에서 태어나 그곳에서 죽는 거야. 어떻게 그런 일이 가능하지? 만약 나라면 머리가 돌아버렸을 거야."

가시 돋친 말투와는 상반되게, 히토미는 갑자기 자기 손바닥을 살포시 내 손바닥에 얹었다. 그 따뜻함이 왠지 오싹해서 나는 손을 뺐다. 히토미가 놀란 얼굴로 나를 쳐다보았다. 어두운 차 안에서 히토미의 얼굴은 몹시 나이가 들어 보였다. 나와 히토미는 너무 오랜 시간을 함께한 것이 아닐까? 구두 뒷면을 차닥차닥 달라붙게 하는 열을 품은 아스팔트처럼 내게 달라붙는 히토미와 거리를 두고 싶다. 도쿄에 도착할 때까지, 나는 오직 그 생각만 하고 있었다.

내 가슴에는 오늘 촬영을 막 끝낸 히나의 얼굴과 그 배경으로 보이던 후지산이 있었다. 후지산이 그토록 가까이에 있는데도, 히나를 비롯한 그곳 사람들은 아무도 놀란 표정을 보이지 않았다. 아무리 그 산이 웅장하고 경탄할 만한 풍경을 보이더라도, 매일 보면 그냥 당연하게 느껴지는 걸까?

나는 후지산을 한 번만 더 혼자서 보고 싶었다. 오늘은 가지 못했지만, 수해 속에도 들어가보고 싶었다.

문득 빌딩에서 뛰어내린 그녀가 생각이 났다. 당시 여러 추측이 오갔지만 결국 그녀가 왜 죽었는지는 알아내지 못했다. 어쩌면 그녀 자신도 몰랐던 것은 아닐까? 만약 내가 수해에 가면 목을 매고 말지도 모른다. 그만큼 지루함과 권태가 나를 계속해서 침식하고 있었다.

입학 안내 팸플릿이 납품되기까지 학교 선생님들에게 교

정쇄와 사진을 몇 차례 더 확인받을 필요가 있었다. 나는 혼자서 그 마을로 향했다. 히토미도 오고 싶어 했지만, 그녀는 해야 할 다른 작업이 있었다.

학교에 가기 전에 나는 수해로 차를 몰았다. 차를 세우고 원생림 속을 걸었다. 내가 자살을 하는 데 가장 어울리는 적절한 장소를 찾고 싶었다. 만약 지금 그곳을 찾아낸다면 마음이 안정될지도 모른다. 뒤를 돌아보며 내 차의 위치를 확인하면서 나는 앞으로 걸어갔다. 숨이 막힐 듯한 습기와 아주 높이 자란 나무들이 만들어내는 짙은 그림자가 몸의 심지를 물들인다.

빌딩에서 뛰어내린 그녀를 생각한다. 그녀가 수 밀리미터 앞으로 발을 내디딘 그 순간을.

문득 정신을 차려보니, 바로 내 앞에 있는 굵은 나뭇가지에 썩어가는 까만 줄 하나가 매달려 있었다. 줄의 끝은 동그란 고리 형태로 만들어서 묶어놓은 상태였다. 이 자리에서 누군가가 죽었단 말인가? 의외로 간단한 일이구나, 하고 생각했다. 그래, 지금 당장 이 줄을 써도 된다. 그런데도 그날 내가 그 줄에 목을 매지 않은 것은 히나를 한 번 더 만나고 싶었기 때문인지도 모른다.

그날 밤, 히나를 집까지 바래다주면서 히나의 집과 완전히 황폐해진 정원을 본 나는 아직 살아갈 수 있을지도 모른다는 생각을 했다. 이곳의 풀을 다 베고 나서 목매어도 늦지는 않 겠지. 내가 그때까지 사귄 여자는 나와 나이가 비슷한 또래 아니면 연상밖에 없었다. 히나처럼 나보다 일곱 살이나 연하 인 여자와 사귄 적은 없다. 태어난 곳도, 성장과정도, 가치관 도 다 달랐다. 대화가 통할 리 없다고도 생각했다. 하지만 대 화가 통하는지 아닌지 그런 문제는 나와 히나 사이에는 전혀 의미가 없는 일이었다.

나는 일부러 시간을 내어 히나의 집에 가서 풀을 베고, 그 녀와 잤다.

풀은 베어도 끝이 없었다. 다음에 또 히나의 집에 갈 무렵 이면 전에 깎은 분량만큼 풀은 또 금세 자라 있었다. 히나의 집에서 히나를 품었다. 히나의 집에는 내 집에는 없는 불단 이 있는데, 거기에는 히나의 부모님과 조부의 영정 사진이 있었다. 불단의 문은 언제나 열려 있었기 때문에, 이제 이 세 상에 없는 사람들이 히나와 나의 관계를 지켜보고 있는 듯해 서 마음이 편치 않았다. 히나가 매일 선향을 피우고 있어서 집 안에는 백단향 같은 냄새로 가득했다. 갈색 찻장, 둥근 밥 상, 브라운관 TV, 지금까지 살아온 내 일상에는 존재하지 않 았던 물건투성이였다. 그런데도 이 집 안에 있다 보면 파도 가 일던 마음이 묘하게 차분해졌다.

정원은 완전히 폐허가 되어가고 있었고, 집 안 어디에도 최신식 물건은 보이지 않았다. 어쩌면 이 집에서 최신식은 유일하게 히나뿐이라고 말해도 될 정도였다.

나는 거의 2주 간격으로 히나의 집을 찾았다.

히나의 몸은 작았고, 그 몸을 감싼 피부는 물을 머금은 듯했으며, 마치 양서류 같은 아기의 몸을 연상시켰다. 히나의 몸에 나를 가라앉힐 때 정복욕 같은 감정이 끓어오를 때가 있었다. 히토미에게도, 지금까지 사귄 다른 여자들에게도 그런 감정을 느껴본 적은 없다. 그것은 내가 히나의 쾌락을 완전히 조절하고 있다는 가학적인 마음이기도 했다.

히나를 품을 때마다 그녀가 지르는 교성, 휘어지는 허리, 한숨의 열기가 변해간다. 나는 정신이 나간 듯이 그 상황에 푹 빠진 척하면서도, 그녀의 모습을 어딘가에서 냉철하게 관찰하고 있었다. 히나의 양다리 사이에도 붉은빛의 균열이 있다. 나는 그걸 응시하면서 여기에도 갈라진 새빨간 석류가 있다고 생각했다.

히나와의 동침이 내 안에서 어떤 화학변화를 일으켰는지는 알 수 없다. 오히려 섹스만이 아니라, 정원의 풀베기나 히나 집에 머무르는 시간이 내게 끼친 영향이 더 컸을지도 모른다. 나는 내 안에 지금까지 느껴본 적이 없는 힘이 채워지는 걸 느끼고 있었다. 인공호흡을 받고 다시 소생한 사람이 된 기분이었다. 막혔던 피가 내 몸을 돌면서 구석구석까지 따뜻한 피가 흐르고 있다는 실감이 났다. 히나의 집을 떠나 도쿄로 돌아갈 때는, 경험해본 적도 없으면서 마치 소중한 개를 억지로 버릴 때 이런 심정이 들지 않을까 하는 생각을 한 적도 있었다. 일 때문에 지방에 출장을 갔다가 도쿄로 돌아올 때는 도쿄가 점점 가까워질수록 기쁨에 가까운 감정이 스멀스멀 몸을 채워갔는데.

다음에 또 언제 히나의 집에 갈 수 있을까, 다른 일을 하는 순간에도 오직 그 생각만이 머릿속을 차지했다. 정원의 풀을 베고, 히나를 만지고, 히나와 몸을 섞을 때 다시 수해에 가려는 생각은 사라지고 없었다. 내 안에 있는 정확히 설명하기 어려운 애매모호한 무언가를 히나의 집과 정원, 그리고 히나가 처음으로 받아준 것만 같았다.

꼭 가야 할 용건이 없는데도 수시로 히나의 마을로 향하는 내 행동을 히토미가 의심하기 시작했고, 그녀는 눈치를 채자마자 계속 나를 추궁했다. 히토미가 내게 집착하고 있다는 생각이 들 만큼 숨이 막혔다. 그래서 나는 히나의 집을 찾지 않는 날에도 항상 집에 늦게 돌아갔다. 집에 가는 도중에 비탈길에서 집에 켜진 불빛을 볼 때면 마음이 더 우울하게 가라앉았다.

"그 애한테는 엄연히 남자 친구도 있잖아. 그 애들은 결혼해서 그 마을에서 바라던 미래를 살아갈 거야. 당신의 무료

함을 달래기 위해 그 애의 인생을 망쳐버릴 셈이야?"

히토미는 똑같은 말을 여러 번 되풀이했다.

"심심풀이가 아니야."

"그럼 대체 뭔데? 당신, 나랑 이혼하고 그 여자랑 새로 가정을 꾸릴 거야?"

"그것도 아니야."

"나랑 헤어지면 아빠는 경제적으로 절대 도와주지 않을 거야. 결국 우리 회사도 살아남지 못할 거라고. 당신, 그래도 괜찮아?"

"……"

벽에 걸린 시계에서 째깍거리는 소리만이 울리고 있었고, 우리 대화는 전혀 서로 섞이지 못한 채로 있다. 어느 집에선가 아기 우는 소리가 들려왔다.

"난 지금 회사도 당신과의 관계도, 약간 거리를 두고 싶어."

내 말이 끝나자마자 히토미가 갑자기 벌떡 일어서는 바람에 탁자 위의 유리컵이 쓰러지며 흘러넘쳤다. 물이라고 생각했는데, 실은 컵 속에는 화이트와인이 들어 있었다. 내게로 다가오는 히토미의 몸에서도 술 냄새가 풍겼다.

"나는 당신과 쭉 함께 있고 싶어. 당신의 아이를 가지고 싶다고. 회사도 결혼 생활도 망치고 싶은 마음은 없어. 그 여자

230

한테 가지 마. 다신 그 여잘 만나지 마."

히토미가 내 팔을 붙잡고 외치듯이 말했다. 마치 과일이 터지듯이 히토미의 안에서 뛰쳐나온 선명한 감정을 어떻게 대해야 할지, 나는 어찌할 바를 몰라서 마냥 서 있을 뿐이었다.

"회사도 부부 관계도 한 번은 제로 상태로 되돌리고 싶어."

히토미가 내 뺨을 때렸다. 하지만 어루만진 게 아닐까 싶을 정도로 약한 힘이었다.

실제로도 어디까지 거슬러 올라가서 제로 상태로 되돌리고 싶은 건지 나도 알지 못했다.

그것이 히토미와의 관계인지, 회사를 막 세웠을 무렵인지, 아니면 내가 이 세상에 태어난 그 자체인 건지. 히토미는 그다음 날 친정으로 가버렸다. 회사가 앞으로 몇 달도 못 버틸 거라는 사실은 히토미와 대화를 나누기 이전부터 이미 잘 알고 있었다. 이때는 번잡한 일에 쫓겨 히나 집에 갈 시간을 좀처럼 낼 수가 없었다.

가이토에게서 전화가 걸려온 것은 그 무렵이었다.

"히나를 다시 만나지 않을 거면 확실하게 끝내주세요."

가이토의 말을 들으면서, 그가 사는 세상은 참 논리정연하다고 생각했다. 내가 쭉 마음에 걸렸던, 히나 집의 정원의 풀도 가이토라면 나보다 훨씬 더 잘 관리할 것 같았다. 그렇다고 히나와 더는 만나지 말라는 부탁을 순수하게 받아들인 것은 아니었다.

내가 하고 싶은 일은 히나 집에 가서 정원의 풀을 베고, 히나와 몸을 섞는 것뿐이다. 나의 그런 이기적인 욕심에 히나를 말려들게 한 것이다. 히토미의 말대로 히나와 결혼할 생각은 없다. 히나가 지금보다도 더 내게 가까이 다가온다면, 나는 분명 히나와 멀어지고 싶다는 생각을 하게 될 것이다. 그것만큼은 확실히 잘 알고 있다. 이런 나를 이해하기 힘들다는 것도 잘 알지만, 어쩔 수 없이 그게 바로 나다. 어디까지나 나는 그런 사람인 것이다.

어느 날 문득 머리에 떠오른 것은, 히토미에게 말한 "제로 상태로 되돌리고 싶다"는 말이었다. 히토미와는 계속 별거 상태였다. 아무도 나를 알아보지 못하는 곳에서 살아보고 싶었다. 그래, 제로 상태로 돌아가자.

나는 부모님이 남겨주신 다세대주택에서 반쯤은 은둔형 외톨이 같은 생활을 보내고 있었다. 한동안 사는 데 곤란하지는 않겠지만, 이대로 일하지 않으면 몇 년 후에는 저축한 돈도 바닥을 보일 것이 명백했다. 그래서 도쿄에서 떨어진 마을에서 일자리를 찾았다. 일은 바로 찾을 수 있었다.

반년 후, 나는 지금까지 해본 적이 없는 일을 하고 있었다. 그러나 아무리 시간이 흘러도 복사기 영업엔 전혀 적응을 못했을뿐더러 영업실적 또한 형편없었다.

상사에게 혼이 나는 경험조차 태어나 처음으로 겪는 일이었다. 물론 기쁘다고는 생각하지 않았지만, 나 자신의 가치를 정확하게 재고 있는 것 같아서 신선했다. 나는 이 마을에서는 복사기 하나 제대로 팔지도 못하는 무능한 남자인 것이다.

회사에서 지급받은 경차를 타고 마을 안을 달렸다. 해안가의 전원 지대를 달릴 때도 있었다. 복사기 하나 못 팔고, 경차를 운전하는 출세도 못 하는 한심한 영업직 사원.

그것이 정확한 나라고 생각했다. 미용성형외과 의사인 아버지에게서 태어난 것, 대학 재학 중에 회사를 세워 디자인 일을 한 것, 돈에 궁해본 적이 없다는 점까지. 나란 사람을 여러 겹으로 감싸고 있던 부드러운 막을 모두 헐고 싶었다.

문자를 몇 차례 주고받다가 결국 히나가 이 마을로 나를 찾아왔다. 호적상 나는 여전히 기혼자였고, 히토미도 아직 호적에 남아 있는 상태였다. 호적을 언제 빼든 그런 건 아무 상관이 없었다.

히나의 고향에서 그녀와 만나던 무렵의 나와 현재의 나는 많이 다르다. 옛날의 내 모습을 좇아서 이곳까지 온 거라면 그녀는 곧 실망해서 돌아갈 거라고 생각했다. 애초에 가이토와의 관계는 어떻게 되었는지도 궁금했지만 굳이 물어보지 않았고, 히나 역시 내게 히토미에 대해서 물어보는 일은 없었다.

내 예상과는 달리, 히나는 이 마을에서의 삶에 즉시 적응했다. 이곳에서 일자리를 찾아서는 자기 기반을 곧바로 구축한 것이다. 그 씩씩함에 나는 솔직히 놀랐다. 그러나 생각해 보면 히나의 고향이나 이 마을이나 큰 차이도 없고, 정말로 비슷했다. 아마도 이런 분위기의 마을은 일본 도처에 많아서, 히나는 어디를 가든 이런 식으로 생활할 수 있을 것이다.

히나의 고향 집에 머무르면서 얻을 수 있었던 안정감도, 히나와 몸을 섞을 때의 열광도 이미 우리 사이에서 사라지고 없었다. 그런데도 나는 히나와 같이 살았다. 히나는 나를 위해서 밥을 짓고, 빨래를 하고, 두 사람이 사는 작은 집을 청소했다. 히나가 이곳으로 오는 걸 나는 거부조차 하지 않았으면서, 우리가 함께 있는 시간이 늘어날수록 싫증이 났다.

나는 정말 어쩔 수 없는 인간이라고, 경차를 운전하면서 생각했다. 내 영역을 침범당하는 것에 왜 이토록 혐오감을 느끼는 걸까.

히나와 방파제를 보러 갔던 휴일을 떠올린다.

바다와 육지를 차단하듯이 만들어진 거대한 구조물. 콘크리트로 된 하얀 계단을 올라가야 겨우 바다가 보였다. 저 멀리 물마루가 빛나는 바다를 보면서 알게 된 사실이 하나 있다.

어째서 나는 이 바다가 보고 싶었던 걸까? 어쩌면 내 안에도 저 바다의 파도처럼 나와 타인을 갈기갈기 찢어서 갈라놓는 무언가가 있는 것이다. 나는 아무와도 마음을 깊이 통하고 싶지 않다. 타인에게 나 자신을 이해받고 싶지도 않다. 누군가에 대해서 쉽사리 잘 아는 척하고 싶지도 않다. 그렇다, 나는 누군가와 마음을 서로 통하면서 살아갈 수 있는 인간이 아니다. 나 자신도 그 사실을 훨씬 이전부터 어렴풋이 눈치 챘을 것이다. 나 혼자의 세상에서만 나는 살아갈 수 있다. 나를 이해해주는 사람은 오직 나밖에 없는 것이다.

"여기밖에 있을 장소가 이제 내게는……."

그날, 히나에게 말한 '여기'는 히나의 고향도, 도쿄도 아니다. 내가 있을 곳은 내 마음속뿐인 것이다. 사람으로서 도저히 어쩔 수 없는 결함을 가지고 있다는 사실을 자각했으니 이제 나는 홀로 살아가야 한다. 그 결함에 누군가를 말려들게 해서는 안 된다. 히토미가 언젠가 말한 것처럼 히나에게는 미래가 있다. 그녀에겐 내가 도저히 갖지 못할, 인간으로서의 강인함이 있다. 나 같은 놈을 신경 쓸 시간 따윈 없을 터다.

히토미는 몇 번이나 여기를 찾아와서 내게 도쿄로 돌아오라고 말했다.

"이곳은 당신이 있을 곳이 아니잖아."

히토미는 내 얼굴을 볼 때마다 말했다. 히토미와는 항상
같은 장소에서 만났다. 쇼핑센터 안에 있는 푸드 코트. 이 마
을에서는 약속 장소로서 여기만 한 곳이 없기 때문이었다.
나는 가만히 있었고, 히토미 혼자서만 말할 때가 더 많았다.

"다시는 아이를 가지고 싶다는 말 안 할게. 당신은 자기 자
식을 원하지 않잖아."

푸드 코트 안은 오늘도 변함없이 아이를 데려온 가족이 많
았다. 아이가 우는 소리와 크게 떠드는 소리, 야단치는 엄마
의 목소리가 섞여 큰 잡음처럼 광광 울리고 있다.

"호적은 빼버려도 상관없어. 함께 살지 못해도 난 괜찮아.
다만 옛날처럼 당신과 일을 하고 싶어."

간절히 원하는 투의 목소리로 히토미가 말을 이어간다.

"당신이 진심으로 누군가를 좋아하지 못하는 사람이라는
건 이미 잘 알고 있어. 당신이 날 별로 좋아하지 않는다는 사
실도."

하지만 그래도⋯⋯. 점점 커져가는 히토미의 목소리에 주
변에 있던 젊은 엄마들의 이목이 집중된다. 그런 시선은 아
랑곳하지 않고 히토미는 계속 말했다.

"그 여자한테도 같은 마음이라는 걸 알아. 당신이 상처를
주는 사람은 나 혼자로도 충분하지 않아?"

나는 플라스틱 뚜껑을 덮어놓은 커피에 입을 댔다. 이 뚜

껑 덕분에 커피는 계속해서 뜨거운 온도를 유지할 수 있다. 언제까지고 뜨겁다는 것이 시간의 흐름을 무시하는 듯해서 퍽 부자연스럽게 느껴진다. 뿌리치고 떨쳐내도 히토미는 나와의 관계를 이어나가려 애쓰고 있다. 그런 히토미의 얼굴을 쳐다본다.

"당신은 그 여자를 뭔가 특별하다고 생각할지 모르지만, 당신이 하고 있는 일은 세상에서 볼 때는 그저 단순한 불륜이라고. 간단하게 설명이 된단 말이야."

아이를 달래는 듯한 말투로 히토미가 말한다. 그렇게 직격탄으로 말해버리면 뇌가 흔들리는 느낌이 든다. 그녀가 빌딩에서 뛰어내렸던 그때랑 똑같다. 세상과 단절된 기분이다. '세상'이라는 말. 우리가 처음 만난 시절의 히토미라면 절대 사용하지 않았을 말. 내가 히토미를, 그런 말을 쉽게 쓰는 여자로 만들어버렸단 말인가.

"언제든 좋아. 도쿄로 돌아와. 당신, 자기 발로 돌아오겠다는 말을 차마 꺼내지 못하는 거잖아?"

히토미가 트레이를 들고 일어선다.

"언제까지고 난 도쿄에서 기다리고 있을게."

그 말을 남기고, 히토미는 소란스러운 푸드 코트 안을 또각또각 힐 소리를 내면서 걸어갔고, 점점 그 소리는 멀어졌다. 그런 히토미의 뒷모습을 함부로 쳐다보는 사람들이 있었다.

'이제 충분하잖아'라고 내 안에서 누군가가 말하는 소리가 들려왔다. 아마 그것은 조금 전 히토미가 말한 세상의 소리일지도 몰랐다.

그로부터 보름 후, 나는 몇 번 더 마을로 찾아온 히토미의 차를 타고 결국 도쿄로 돌아갔다.

고속도로를 벗어나 도심에 가까워지는 차 안에서 오렌지 빛으로 빛나는 도쿄타워를 보았다. 유감스럽게도 바로 이곳이야말로 내 고향이다, 하고 진심으로 안도되는 기분은 들지 않았다. 그래도 마음 어딘가에서 이 도시가 나를 받아들이고 있다는 느낌이 들었다. 그런 게 싫어서 이곳을 뛰쳐나갔는데, 도망쳤던 나를 모르는 척 다시 받아주는 무언가가 분명히 존재했다. 그것이 고향이라는 걸까?

다세대주택으로 돌아가서 침대에서 잠들었다. 마치 시간을 되돌리는 듯한 깊고 깊은 잠이었다. 그 후로 히토미는 나와의 거리를 억지로 좁히려 드는 행동은 일절 하지 않았다. 너무 가까이 다가가면 또다시 내가 어디론가 사라져버릴 거라고 생각한 걸까? 가끔 쇼핑백에 식료품을 잔뜩 채워서 내 집을 찾아왔지만, 그냥 문 앞에서 건네만 주고 바로 돌아가곤 했다.

"언젠가는 우리 회사로 돌아오길 바라지만, 당신이 준비가 됐다고 생각할 때 와."

히토미가 말한 준비라는 단어 속에는 히나와의 이별이 포함되어 있음을 나는 알고 있었다.

히나의 고향 마을로 또다시 향한 것은 도쿄에 돌아온 지 보름 후의 일이다.

옛날에 후지산이 보이는 그 마을의 히나 집을 떠날 때, 마치 키우던 개를 억지로 버리는 듯한 심정이 들었던 순간을 떠올렸다. 그때와 똑같은 일을 나는 되풀이하고 있다.

"다시 한번, 새 출발 해보고 싶어."

내가 히나에게 했던 말이다. 그렇게 난 히나를 두 번이나 버린 것이다.

무엇을 다시 새 출발 한다는 거야? 내 인생은 이제 아무래도 상관없었다. 히나는 나란 인간과 함께함으로써 그녀의 인생을 허비하고 말았다. 히나를 앞에 두고 미안하다거나 지난 일을 용서해달라는 말도 머리에 떠올랐지만, 왠지 이 말들의 뉘앙스는 조금씩 다 다른 것 같았다.

어떻게 말하는 게 좋았을까, 어떻게 해야 내 마음이 전해 졌을까, 도쿄를 향해 차를 몰면서 나는 계속 생각했다. 히나는 후지산이 보이는 마을로 돌아갈까?

내게 그런 말을 할 권리는 없지만, 가능하다면 그녀가 고향에서 혼자가 아닌, 누군가와 함께 살기를 바랐다. 나처럼 꼬일 대로 꼬인 마음을 가진 남자가 아니라, 예를 들면 가이토처럼 말도 태도도 망설임이 없는 남자와 말이다. 가이토는 여전히 그 마을에서 히나가 돌아오기를 기다리고 있을까?

고속도로의 주차구역에 들렀다. 시간은 벌써 심야에 가까웠다. 차 문을 열고 나가자, 발밑의 콘크리트 틈새에서 자라난 잡초가 눈에 들어왔다. 히나 집 정원에 자란 잡초를 낫으로 베던 때를 떠올렸다. 베어도 베어도 금방 잘만 자라던 잡초의 기세. 방치해도 쑥쑥 성장하는 강인한 힘. 나는 그게 무서웠다. 휴대전화가 진동한다. 전화를 받자 히토미의 목소리가 들려왔다. 회사 일과 관련된 질문을 히토미가 했고, 나는 대답했다. 그때 어디로 향하는지 대형트럭 여러 대가 굉음을 내며 주차장으로 들어왔고, 그 소음 때문에 히토미의 목소리가 잘 들리지 않았다.

"이제 돌아갈게."

그렇게만 말하고 나는 휴대전화를 끊었다. 운전석에 앉아 안전띠를 매고 시동을 건다. 주차구역을 나가 도로를 달리는 차들의 행렬에 합류했다. 후미등의 불빛을 보다가, 오래전에 본적이 있는 호텔의 그녀와 히나의 균열된 붉은빛을 떠올렸다.

언제까지고 도쿄에서 기다리겠다던 히토미의 말이 귓전을 스쳐 간다.

앞으로 남은 인생에서 내가 여자들을 이길 수 있는 날이

올까?

아, 이건 어리석은 물음이었다. 어차피 처음부터 승부는 정해져 있지 않던가. 문득 까닭 없이 소리 높여 웃고 싶어졌다. 룸미러로 내 얼굴을 확인한다. 왠지 울음이 터질 것 같은 얼굴이 거기에 비치고 있었다.

가만히 손을 보다

비상 출구 표시등만이 초록 불빛으로 반짝이는 복도를 손전등을 들고 혼자서 걷는다.

한 달에 네다섯 번의 빈도로 하는 밤샘 근무에는 이미 익숙해졌지만, 요양보호사로서 계속 일을 해온 내 몸은 서른을 갓 넘겼음에도 벌써 여기저기서 덜거덕거렸다. 한 시간 전, 한밤중에 잠에서 깬 입소자를 화장실로 데려가 배뇨를 시키려고 변기에 앉히는데, 갑자기 허리에 통증이 밀려왔다.

젊을 때부터 체력만큼은 자신이 있었는데, 이 일을 시작한 후로 계속 혹사되다 보니 예상보다 훨씬 빠른 속도로 내 몸이 무너져갔다. 평생 먹고살 수 있는 직업이라는 말을 누군가에게서 듣고 막상 요양보호사가 되었건만, 이런 가혹한 노동을 평생 계속하기란 불가능하다는 사실을 깨달은 시기가 스물다섯 살이 되었을 때다. 그때부터 나는 케어매니저가 되기 위한 공부를 시작해 서른이 되기 전에 시험에 합격했다.

그래서 다음 달부터는 다른 시설에서 요양보호사가 아닌 케어매니저로서 일하게 되었다. 특히 앞으로는 지금처럼 입소자의 몸에 직접 접촉하는 일을 안 해도 된다.

오늘은 이 시설에서 마지막으로 밤샘 근무를 하는 날인데, 오랜 기간 일한 만큼 이 시설과 노인분들과 헤어지기 힘든 마음도 드는 한편, 왠지 모르게 후련한 느낌도 들었다.

한밤중에 복도를 걸으면서 아버지를 생각했다.

아버지가 돌아가신 것은 두 달 전이며, 사인은 심장발작이었다. 어머니가 아침부터 아르바이트하러 나간 사이에 집에 홀로 남아 있던 아버지는 갑자기 돌아가셨다. 저녁에 일을 마치고 돌아온 어머니가 아버지를 발견할 때까지, 그렇게 죽은 채로 홀로 장시간 있었던 것이다.

사람은 별안간 죽을 수도 있다. 이유도 없이, 어느 날 아주 갑작스럽게 말이다. 이 직업에 종사하면서 몇 번이나 그런 순간을 체험했음에도, 나는 아버지의 죽음에 충격을 받고 말았다. 왠지 아버지는 언제까지고 영원히 죽지 않을 것 같았기 때문이다. 아버지는 몇 년 전에 수해에서 자살하려다 실패했고, 그 후로는 계속 집에서만 은둔 생활을 해왔다. 이상하게도 그때 나는 아버지가 자살을 실패했기 때문에 죽음 자체에서 멀리 벗어났다고 믿었다. 친가로 돌아가면 언제든 만날 수 있다고 생각했는데, 그런 아버지가 지금은 존재하지 않는다.

장례식에서는 장남으로서 상주가 되어, 관에 들어간 차디찬 아버지의 몸도 만졌다. 화장터에서 뼈도 주웠다. 그런 과정을 일일이 체험하면서도, 살아 있던 아버지의 육체가 이 세상에서 사라진 사실을 머리로는 알지만 왠지 여전히 받아들이지 못하고 있었다.

만약 영혼이라는 것이 있다면, 아버지의 영혼은 아직 이 세상에서 완전히 모습을 감추지는 않았을 거라는 생각이 들 때가 있다. 이 순간에도 어딘가를 방황하고 있지는 않을까?

예를 들면, 아버지가 자살을 시도했던 수해에.

혹은 한밤중에 내가 일하는 시설의 복도에.

나는 유령 같은 건 믿지도 않는다. 직접 본 경험도 없다. 그러나 한밤중에 복도를 걷다 보면, 어떤 기색을 강하게 느끼는 찰나가 있다. 나는 3층에서 4층으로 계단을 오르면서, 불빛이 도달하지 않는 층계참의 짙은 그림자를 가만히 쳐다보고 만다. 그것은 마치 누군가가 웅크리고 앉아 있는 모습과 비슷했다. 이럴 때 나는 무심코 마음속에서 말을 해버리는 것이다.

아버지, 지금 거기에 계세요? 라고.

죽는 순간에 아버지가 어떤 상태였는지 의사는 자세히 설명해주지 않았지만, 왜인지는 몰라도 아버지는 손바닥을 활짝 편 채였고, 숨진 지 반나절 가까이 지난 후에야 발견됐기 때문에 사후경직이 일어났다. 그래서 활짝 펴진 손바닥을 도저히 원래대로 되돌릴 수가 없었다. 병원 영안실에서 천장을 향하고 있는 아버지의 손바닥을 보았다. 손금에 대해선 전혀 아는 바가 없지만, 엄지손가락 근처에 있는 굵은 선이 생명선이라는 것쯤은 나도 알고 있었다.

아버지의 생명선은 꽤 진했고, 길이는 딱히 길지도 짧지도 않았다. 눈에 띈 건 생명선을 포함한 세 개의 굵은 선이었다. 만약 내가 손금을 조금이라도 알았다면 아버지의 인생을 풀이할 수 있었을 텐데, 차갑고 딱딱하게 굳어버린 손을 만지면서 그렇게 생각했다.

이 시설의 4층에는 병간호의 필요성이 높은, 누워서만 지내는 입소자들이 있다.

나는 아직 생을 존속시키고 있는 노인들을 점검한다. 아직 살아 있는지 혹은 죽어 있는지를.

마른 손바닥을 만졌을 때 그곳에 아직 따뜻한 피가 돌고 있으면 살아 있다는 증거가 된다.

힘이 빠져 축 늘어진 손바닥을 손전등으로 비춘다. 아버지와 비슷한 세 개의 굵은 선이 있다. 하지만 각각의 선이 휜 상태나 굵기, 주름의 깊이는 역시 사람마다 미묘한 차이가 난다. 이 노인들의 손금을 읽으면, 삶의 끝을 이런 방에서 홀로 보내게 될 운명이라는 것까지도 알 수 있게 될까?

한 층에 일곱 개 있는 개인 병실의 점검을 마치고, 나는 복도를 걸어가면서 손전등으로 내 손을 비춘다. 만약 내가 내 손금에 새겨진 운명을 알아낸다면, 그 운명을 알고도 이대로 쭉 살고 싶어 할까?

아버지의 장례식 날, 어머니는 의외로 담담한 모습이었다. 내내 손수건으로 눈시울을 닦고는 있었지만 흐트러지거나 그러지는 않았다. 동생도 영안실에서 아버지의 시신을 보고 눈시울만 붉혔을 뿐, 아무도 소리 높여 울지 않았다. 가장 소리 내어 울고 싶었던 건 나였다. 그렇지만 번잡한 장례식의 많은 절차를 내가 도맡아 처리해야 해서 울 시간도 없었다. 정작 나 혼자 있을 때는 울고 싶어도 막상 울려고 하니 눈물이 나오지 않았다.

아무도 목청껏 소리 높여 울어주지 않았던 아버지를 나는 조금 동정했다. 내가 언제 죽을지는 모르지만, 언젠가 그날이 온다면 누군가가 날 위해 꺼이꺼이 울어주길 바랐다.

아무라도 좋다, 단 한 명뿐이라도 좋으니 제발 날 위해 울어주기를.

창문으로 보이는 칠흑 같은 하늘 끝을 마치 칼로 도려낸

듯이 환한 빛이 어둠에 섞이기 시작했다.

벌써 날이 밝아오는 걸까? 조금 아쉬운 기분이 든다. 이대로 쭉 밤이 계속 이어지면 좋을 텐데. 이제 몇 시간 후면 요양보호사로서의 일은 끝이 난다. 그런 생각을 하자 갑자기 몸에 긴장이 풀린 걸까, 조금 전까지 느끼지 못했던 허리 통증이 다시 밀려왔다.

새로운 직장에서 근무하기 전에 한 달간의 휴가를 받았다. 이 일을 시작한 후로 그토록 길게 쉬어본 적이 없다. 그렇다고 장기 여행을 떠날 생각은 없었다. 그러나 이 시기에 내 몸을 쉬게 하지 않으면 조만간 심신이 무너질지도 모른다. 내가 그동안 지켜본 많은 요양보호사들처럼 말이다. 왠지 모르게 그럴 것만 같은 예감이 들었다.

그 아이 유키와 처음 만난 것은 긴 장마가 막 시작될 무렵으로, 국도 변에 있는 패밀리 레스토랑에서 나와 마유미, 유키는 마치 한가족처럼 한 탁자에 앉아 있었다.

유키는 내 동거 상대인 마유미의 자식이다. 남자아이고 아홉 살이었다. 마유미의 전남편과 새엄마와 같이 살고 있었지만, 아무래도 핏줄이 통하지 않은 새엄마와의 관계가 썩 좋지 못해서 지금은 마유미 어머니의 집에서 지내고 있었다. 학교는 갈 때도 있고 안 갈 때도 있어서 마유미의 어머니도

골머리를 앓고 있었다. 일이 바쁘다는 이유로 유키를 당분간 돌봐달라는 어머니의 부탁을 계속 거절해왔던 마유미였지만, 결국 끈질긴 요청에 지고 말았다. 마유미는 근무를 쉬는 날에 유키를 데리고 와서 봐주기로 했고, 그런 이유로 나는 지금 이 모자와 함께하고 있는 중이다.

눈앞에 나란히 앉아 있는 이 모자는 서로 마음이 통하고 있는 것처럼은 보이지 않았다. 메뉴판을 보고도 좀처럼 결정을 못 내리는 유키에게 짜증이 난 마유미가 제멋대로 시켜버린 일본풍 햄버그스테이크 요리. 유키는 고작 두세 입만 먹고는 포크를 내려놓고 말았다. 마유미가 그걸 보고 큰 한숨을 내쉬자, 유키는 당장이라도 혼이 날까 봐 겁먹은 표정을 짓는다. 그러자 마유미는 또다시 신경이 곤두선다. 이런 상황들의 악순환이었다. 나와 마유미는 한가로운 여종업원이 텅 빈 커피 잔에 따라주고 간 커피를 대화도 없이 계속 마시기만 했고, 그러다 보니 어느새 배 속이 더부룩해졌다.

겉치레로 말해도 이 소년은 '귀여운 아이'라고 말하기가 힘들었다. 곰에 올라탄 목각 인형의 긴타로(사카타노 긴토키라는 전설적 영웅의 어릴 적 이름으로, 특히 얼굴이 붉고 살찐 아이를 비유할 때 자주 쓰는 말)처럼 살이 포동포동 쪄서는 볼살은 터질 것만 같고, 찢어진 눈을 가늘게 뜨고 있다. 손도 크림빵처럼 두툼하게 살이 찐 상태였다. 몇 번이나 빨아서인지 물이 다

빠진 녹색 트레이닝복에 햄버그스테이크를 먹다가 국물까지 흘리고 말았다. 조금 전 마유미가 물수건으로 거칠게 닦아냈지만 "얼룩이 남잖아"라고 마유미가 큰 소리로 외치는 바람에, 유키는 그 부분을 손가락으로 잡고는 아까부터 주눅든 시선을 내리깔고 있다.

더군다나 바로 옆 탁자에 앉은 단란한 가족의 웃음소리까지 들려와서 왠지 이 상황이 견디기가 힘들었다.

'지금 나보고 대체 뭘 어쩌라는 겨.' 나는 엉터리 간사이 지방 사투리로 마음속에서 중얼거렸다. 하타나카 마유미라는 여자와 함께 살게 된 지 3년이 지났다. 내가 근무하던 시설의 후배로, 사귀기 시작해서 함께 동거하는 데까지 그리 많은 시간은 걸리지 않았다. 이혼녀라는 사실은 이미 알고 있었고, 아이가 있다는 사실도 익히 알고 있었다. 내 입으로 그 아이를 만나보고 싶다는 말을 한 적도 있다.

그런데도 내 눈앞에 떡하니 마유미가 낳은 아이가 나타나자, 마유미라는 여자가 가진 그림자가 더욱 진해 보이는 것 같았다. 그렇다고 해서 마음이 멀어지는 건 아니지만, 눈앞에 있는 유키에게 내가 모르는 마유미의 시간이 응축되어 있는 것 같아서 그것이 조금 두렵게 느껴졌다.

조금 전 이웃 시(市)에 사는 마유미 어머니가 이 마을로 데려온 유키는 오늘 처음으로 나와 마유미가 사는 아파트에서 자기로 했다. 마유미는 내일 아침 일찍부터 일이 있어서 나더러 역까지 유키를 바래다달라고 부탁했다. 그것 외에 내가 할 일은 아무것도 없다. 단지 역까지 바래다주면 되니까. 마유미는 반복해서 말했다.

"집에 돌아가기 전에 뭔가 입을 만한 옷을 사러 가야겠는 걸. 입을 만한 게 전혀 들어 있지가 않잖아. 속옷도 파자마도 안 들어 있다니, 대체 어떻게 된 거야."

유키가 짊어지고 온 배낭을 연 마유미가 외치듯이 말했다. 마유미가 딱히 화를 내는 것도 아닌데, 유키는 자신이 야단을 맞고 있기라도 한 것처럼 몸이 굳는다. 마유미는 탁자 위의 계산서를 손에 들고 일어났다. 이제 이 패밀리 레스토랑을 나가겠다는 뜻이다. 그러자 유키가 서둘러 배낭을 짊어지고 마유미의 뒤를 쫓아가려고 한다. 유키가 자리에서 일어설 때 아직 앉아 있던 나와 눈이 마주쳤다. 나도 딱히 화난 얼굴이 아니었을 텐데, 유키는 내 얼굴을 보더니 꾸지람이라도 들은 듯이 안쓰러운 표정을 짓는다. 유키 주변의 어른들은 이런 표정에 짜증 나고 화날 것 같다는 느낌이 들었다.

쇼핑센터 안에 있는 유니클로 매장에서 마유미는 플라스틱 장바구니를 한쪽 팔에 끼고 돌아다니면서 그 속에 유키를 위한 속옷과 파자마, 트레이닝복, 바지 등 평상복을 집어넣었다. 역에서 만났을 때도 패밀리 레스토랑에 있었을 때도 미처 눈치를 못 챘는데, 유키가 입은 옷들은 전부 미묘하게 조금씩 사이즈가 작았다. 키도 체중도 나날이 늘 시기임에도 유키의 몸에 맞는 옷을 사주는 어른이 현재 유키 곁에는 없다는 증거일 것이다.

"지금 저 안에 들어가서 이 옷을 입어봐."

마유미의 말을 듣고, 유키는 탈의실에 들어가 옷을 갈아입었다. 전부 유니클로의 새 옷으로 갈아입은 유키는 마유미와 함께 계산대에 줄을 섰다. 계산을 마치자, 직원이 옷에 붙어 있는 가격표를 깔끔하게 가위로 잘라주었다. 뒤에서 본 유키는 스니커즈의 발꿈치를 꺾어 신고 있었는데, 마유미도 어느새 그걸 눈치챘는지 "아, 진짜, 신발도 작잖아" 하고 말하면서 유키의 팔을 잡고 마치 범인을 연행하듯이 신발 가게 쪽으로 데려갔다. 이 쇼핑센터 안에는 뭐든지 다 있다. 온몸에 유니클로 옷을 휘감은 유키를 위층에 있는 신발 가게로 데려가 새 스니커즈를 사주었다. 옷도 신발도 어떤 것이 좋은지, 마유미는 단 한 번도 아이에게 의견을 물어보지 않았다. 유키도 그냥 마유미가 골라준 것을 묵묵히 몸에 두르고 있었다.

나는 운전석에, 마유미는 조수석에 앉고 유키는 뒷좌석에 앉았다. 어느새 완전히 밤이 되어 있었다. 빨간 신호에 걸렸을 때 잠깐 뒤를 돌아보니 유키는 살짝 입을 벌리고 자고 있었다. 깨어 있을 때는 중년 남자처럼 보이는 순간도 있었는데, 잠을 자는 얼굴은 역시 어린아이였다. 이 상황에 대해서 마유미가 내게 무슨 할 말이 있지는 않을까 하고 옆을 보니 어느샌가 마유미까지 정신없이 자고 있었다. 다시 한번 유키의 얼굴을 보니까, 역시 둘은 어딘가 닮았다. 이 두 사람은 모자간이 틀림없구나, 하고 새삼 생각했다.

차가 움직이기 시작한다. 저 길을 오른쪽으로 꺾으면 그녀의 집으로 이어지는 길이 나온다.

아주 잠깐, 생각했을 뿐이다.

옛날, 젊은 시절의 사랑. 그 집을 다니면서 풀을 베었었지.

그녀가 날 좋아했는지 아닌지는 끝까지 알 수가 없었다. 나는 그녀를 좋아했고, 나 나름대로 소중히 대했지만, 결국 차이고 말았다.

히나가 좋아하는 남자를 따라서 이 마을을 나갔기 때문이다. 딱 한 번, 히나와 마지막으로 만나고 나서 1년 후에 취기를 빌려 히나의 휴대전화로 전화를 건 적이 있었다. 그러나 긴 호출음만 반복될 뿐 전화를 받지 않았다. 부재중도 아니고 전화를 못 받는 것도 아닌, 어쩌면 의도적으로 전화를 안받고 있다는 확신이 섰다. 그렇게 끝까지 그녀가 전화를 받는 일은 없었다.

그날 밤, 나는 휴대전화 메모리에서 히나의 전화번호를 삭제했다. 옛날에 내가 사귀었던 여자. 지금은 이미 완전히 잊었다. 그렇게 믿고 있는데도, 한심하게도 하루에 한 번은 히나가 생각났다. 그렇다고 해서 뭘 어쩌자는 것도 아니다. 문득 느껴지는 허리의 약한 통증과도 같은 것이다. 어떤 순간에 그녀가 떠오르는지는 나도 잘 모르겠다. 직장에서 일하다가 손을 씻을 때나 내 차의 문을 열었을 때, 마유미와 밥을 먹을 때, 심할 때는 마유미의 몸 안에 들어가 있을 때조차 문득 히나의 얼굴이 떠오른 적이 있다.

히나는 아마도 뒤따라간 그 남자와 결혼을 했을 테고, 아이를 낳았을지도 모른다. 나는 히나를 쫓아갈 생각도 없고, 지금 어디에 있는지 찾으려는 생각도 없다.

지금 내게는 마유미와의 생활이 있다. 그렇지만 히나와 헤어지고 나서 벌써 몇 년이나 지났는데도 그녀를 떠올릴 때마다 가슴속 깊은 곳이 아프다. 극도로 견디기 힘들 정도의 아픔은 아니지만, 그럼에도 아렴풋이 아파온다.

예를 들면 조금 전에 머물렀던 패밀리 레스토랑에서 일하는 여자 종업원이나 쇼핑센터에서 스친 여자, 지금 옆에 서서 신호가 바뀌기를 기다리는 차 속의 여자를 보면서 혹시 저 여자는 히나가 아닐까 하는 생각을 한 적도 있다.

나의 내면은 얼마나 히나에게 침식당했단 말인가. 그 점이 두렵기도 했다. 그렇기에 일부러 마유미와의 생활을 계속 이어나갔다. 히나와의 기억을, 히나와의 시간을, 마유미와 같이 삶으로써 그 위에 다시 덧칠하고 싶었다. 또다시 빨간 신호에서 차가 멈춘다. 나는 마유미의 얼굴을 유심히 보았다. 피곤에 지친 잠든 얼굴을 보고 있노라면 미안한 마음이 또 터져 나온다. 그런 마음이 오늘처럼 귀찮은 일에 휘말려도 결국 내가 그녀에게 싫다는 말을 꺼내지 못하는 상황을 만드는지도 모르겠다.

아침에 일어나니 거실 쪽에서 TV 소리가 들렸다. 아, 큰일이군, 지각할지도 몰라, 그렇게 걱정하면서 서둘러 일어났는데, 곧바로 다음 달까지 휴가를 받은 사실을 깨닫고는 다시몸을 눕혔다. 옆을 보니 마유미가 이불을 잘 개어서 방 한구석에 정리하고 갔다. 시계를 들어 시간을 보니 벌써 오전 9시를 훌쩍 지나 있었다. 마유미가 TV를 켜둔 채로 나가다니 드문 일이네, 라고 생각하면서 미닫이문을 열었다.

그때 TV를 보는 웬 뚱뚱한 아이의 등이 보여서 소스라치고 말았다.

"안녕하세요?"

유키가 내 얼굴을 올려다보며 인사한다. 아 참, 어제 마유미의 아이가 여기서 잠을 잤지. 처음에 나는 마유미에게 우리와 같은 방에서 재우면 안 되냐고 말했지만, 마유미가 "어떻게 한방에서 자?"라고 말해서, 결국 거실 TV 앞에 손님용 이불을 깔고 유키를 재운 것이다. 유키는 엉성하기는 해도 잤던 이불을 잘 개어놓았다.

"밥 먹었니?"라고 물어보자, 유키는 고개를 옆으로 흔든다. 오늘 마유미는 새벽부터 근무한다.

아마 그녀는 유키가 일어나기 전에 아침밥도 먹지 않고 집을 나갔을 것이다. 냉장고를 열어 햄과 달걀을 꺼내 햄에그를 만들기로 했다. 밥은 한 끼씩 소분하여 냉동해둔 것이 있다. 낫토와 채소 절임 반찬, 된장국은 인스턴트라도 괜찮을 것이다. 전기주전자로 물을 끓이면서 달궈진 프라이팬에 계란과 햄을 구워냈다. 전자레인지에 넣고 돌린 냉동 밥은 한 끼로는 부족할 것 같아서 이미 데워진 밥을 꺼낸 후, 또 하나를 돌린다.

"다 됐어." 유키를 부르자, 아이는 TV를 끄고 부엌으로 왔다.

"먹으렴."

유키는 젓가락을 들고 "잘 먹겠습니다"라고 작은 목소리로 말하고는 곧바로 먹기 시작했다. 유키가 열심히 밥 먹는 모습을 보고 있으니 기분이 좋아졌다. 역시 밥은 한 끼분으로는 부족했다. 두 끼분을 넣었지만, 유키가 먹는 속도로는 좀 부족할 것 같았다.

"밥, 좀 더 먹을래?"라고 아이에게 물어봐도 가만히 있는다.

"부족하지 않니?"라고 물어도, 젓가락을 든 채로 내 얼굴만 빤히 바라볼 뿐이다.

"……형은요?"

아, 지금 나를 신경 쓰고 있구나.

"형은 지금 별로 배가 안 고파서."

아저씨가 아니라 형이라고 부르는 걸 봐서는 유키 나름대로 날 신경 쓰고 있는 것이다. 유키는 아직도 내 얼굴을 쳐다보고 있는데, 내가 한 말이 전혀 믿기지 않는다는 표정이다.

"형은 아침밥을 거의 안 먹거든. 그러니까 괜찮아. 여기에 있는 건 전부 다 유키가 먹어도 돼."

그렇게 말하자 그제야 유키는 안심한 얼굴을 보였다.

밥은 역시 부족할 것 같아서 유키에게는 따로 물어보지 않고, 나는 그냥 또 한 끼분의 냉동 밥을 꺼내 전자레인지로 돌렸다.

마유미는 오후 4시 넘어서 전철에 태워주면 된다고만 말했다. 그 전철을 타고 유키는 마유미의 친가로 돌아갈 것이다. 지금 시각은 오전 10시. 아직 시간이 꽤 많이 남았다. 내가 그릇을 치우고 빨래를 너는 동안 유키는 가만히 TV를 보고 있다. 밖에도 안 나가고, 쭉 이 방 안에서 TV만 보게 하는 것도 좀 그랬다. 그래서 유키에게 물었다.

"어디 가보고 싶은 곳 있니?"

유키는 조금 전 밥 먹을 때도 보인 표정으로 또 가만히 있

256

는다. 이런 행동은 유키가 타인과 대화할 때 보이는 유키만의 박자라는 걸 이해하게 됐다. 즉, 반응이 조금 느리다. 그렇다고 해서 너무 심할 정도로 늦는 것도 아니다. 이 아이는 내가 하는 말을 자기 안에서 완전히 이해할 때까지 걸리는 시간이 타인보다 조금 더 긴 것뿐이다. 나는 이미 이런 식의 느린 박자에는 익숙한데, 자세히 보면 유키의 대화 속도는 요양시설에 있는 노인들과 비슷했다.

"놀러 가고 싶은 곳 있니?"

다시 한번 물어보자, "놀러 가고 싶은 곳?"이라고 내가 한 말을 똑같이 반복한다.

"그래, 동물원이나 천체투영실도 있어. 가려고만 하면 얼마든지 갈 수 있지. 그런 곳에 가보고 싶지 않아?"

유키는 잠시 가만히 내 얼굴을 쳐다보았다.

"천체투영실?"

"응?"

"천체투영실이 뭔데요?"

"뭔지 몰라?"

유키가 고개를 끄덕인다. 이 동네에 사는 아이라면 누구나 부모 손에 끌려가서 한 번쯤은 꼭 가보는 곳인데.

"캄캄한 곳에서 별들을 많이 볼 수 있어. 진짜 별은 아니고 가짜 별이긴 하지만."

설명을 하기는 했지만, 아무래도 썩 좋은 설명은 아니었던 것 같다. 여기서 이러쿵저러쿵 설명만 해봤자 소용이 없으니, 그럴 바엔 차라리 유키를 천체투영실에 데려가는 게 나을 것이다.

"그럼 천체투영실에 갈까?"

내가 그렇게 말하자, 천체투영실이 뭔지도 모르면서 유키는 아주 조금 기쁜 듯이 웃었다.

휴대전화로 투영하는 시간대를 확인해보니, 오후에는 약 40분짜리 투영이 총 세 번 있었다. 오후 3시 반에 끝나는 투영을 보고 나서 역으로 바로 데려가면 딱이라고 생각했다.

오후 1시 넘어서 집을 나가도 시간은 충분히 여유가 있었다. 그때까지 아직 시간은 여유로웠다.

"유키, 숙제 같은 건 없니? 가지고 왔어? 내일 학교 가지?"

나는 그렇게 말하면서, 입구를 연 채로 바닥에 놔둔 유키의 배낭을 손에 들었다. 가방 속을 보아도 괜찮니?라는 의미로 유키의 얼굴을 쳐다보자, 유키는 아무 말 없이 고개만 끄덕인다.

어제 패밀리 레스토랑에서 마유미가 제대로 된 물건이 들어 있지 않다고 말했는데, 실제로 보니 정말로 그랬다. 확실히 변변한 것이 없었다. 작은 돌멩이, 몽당연필 한 자루, 가장자리가 말려 올라간 카드 게임용 카드가 딱 한 장, 마른 나뭇잎, 꾸깃꾸깃하게 뭉쳐진 빵점짜리 시험지. 그 종이를 펼치자 뒷장에 붉은 펜으로 '바보!'라고 큼지막하게 쓰여 있었다. 선생님이라면 이런 말을 쓰지 않을 테니, 이건 분명 또래 아이의 글씨다.

학교에 잘 안 가고 있다는 마유미의 말을 떠올렸다.

그 이유에 대해서는 자세히 듣지 않았지만, 왠지 느낌으로 유키가 왕따가 되어 반 친구들에게 괴롭힘을 당하고 있는 것 같았다. 몸에 맞지 않는 어제의 옷, 사이즈가 안 맞는 신발. 대답할 때도 매우 느린 반응. 친구들에게 욕설을 듣고 있는 유키의 모습을 쉽게 상상할 수 있었다. 왠지 마음이 무거워져서 배낭 지퍼를 조용히 닫았다.

나는 천체투영실이 있는 현립과학관에 어릴 때 가본 적이 있는데, 그 후로도 주변 풍경은 그다지 변한 것이 없었다. 건물만 세월을 거듭하면서 낡아 있었다. 지금은 천체투영실이 아니라 스페이스 시어터라고 부르는 모양이다. 오늘이 일요일이어선지 가족끼리 온 사람들로 붐볐다. 나와 유키는 빈자리를 두 개 발견하고는 나란히 자리에 앉았다. 성인도 여유롭게 앉을 수 있는 의자였지만, 유키가 바로 옆자리에 앉으니 답답한 느낌이 들었다. 실내가 어두워지자마자 투영이 시작되었다.

캄캄한 하늘에 빛나는 먼지 같은 성운이 눈앞에 펼쳐지면서 유성이 여러 개 흘러갔다. 6월에 볼 수 있는 카시오페이아자리와 지금부터 볼 수 있는 여름철 별자리에 대한 해설이 나왔다. 마지막에는 별의 움직임에 맞추어 애니메이션 캐릭터도 등장했다. 투영하는 도중에 옆에 앉은 유키에게 시선을 돌리자, 입을 멍하니 벌린 채로 머리 위에서 펼쳐지는 투영을 열심히 보고 있었다. 지금 이 아이가 즐거워하는지 아닌지는 알 수 없었지만, 어쨌든 질리지 않은 것만은 분명하다. 그 얼굴을 보고 아주 조금 안도했다.

왠지 내 의무를 다했다는 생각도 들었다.

그러나 이런 밤하늘의 별은 군이 천체투영실까지 가서 보지 않아도 호수 근처나 산 정상에 가면 볼 수도 있다. '그러니 유키가 다음에 오면…….'

벌써부터 다음 계획을 짜기 시작하는 나는 대체 어디까지 오지랖이 넓은 사람이란 말인가.

유키에게 "다음에 플랫폼에 들어오는 전철을 타야 해. 네가 내리는 역 이름, 알고 있지?"라고 물었더니, 말은 하지 않고 고개만 끄덕인다. 개찰구 앞으로 간 유키는 목에 건 교통카드 지갑을 기계에 찍고는 플랫폼으로 이어진 계단 쪽으로 걸어갔다. 계단을 내려가기 직전에 유키가 뒤돌아 내게 고개를 숙였다. 어린아이가 내게 머리를 숙여 인사하는 일에 왠지 모르게 기묘한 느낌이 들면서도 나도 모르게 덩달아 아이를 따라 머리를 숙였다.

일을 마치고 돌아온 마유미는 욕실에서 얼굴과 손을 씻으면서 부엌에 있는 내게 큰 소리로 말을 걸었다. 고기와 채소를 볶던 나는 마유미의 말이 잘 들리지 않아서 일단 가스불을 끄고 마유미가 있는 욕실로 갔다. 화장을 지워서 눈썹이 사라진 마유미는 박력 있는 젖은 얼굴로 나를 쳐다보았다.

"천체투영실에 데리고 갔었어?"

"응."

"걔는 그런 거 봐도 잘 모를 텐데."

"질리지 않고 열심히 보던데. 재미있어했는지는 솔직히 잘 모르겠지만."

"······당신이라면 알 거야. 유키가 어떤 애인지."

나는 긴 조리용 젓가락을 손에 쥔 채로 가만히 있었다. 마유미의 말대로 어느 정도 알고는 있었지만, 내 입으로 할 말은 아니라고 생각했다.

"모를 리가 없다니까." 그렇게 말하면서 마유미는 냉장고로 가서 발포주를 꺼냈다.

뚜껑을 따자마자 뿜어져 나오는 거품에 바로 입술을 가져다 대고 빨아들이듯 술을 마신다.

"처음엔 평범했어. 약간 느긋한 아이 정도로만 생각했거든. 그런데 4학년이 된 올해 봄에 얘는 다른 평범한 아이들이랑은 조금 다르다는 걸 알게 됐어. 혹시 발달에 문제가 있는 건 아닐까 해서 전남편이랑 새엄마라는 여자가 애를 병원에 데려갔었어."

마유미는 발포주를 꿀꺽꿀꺽 마셨다.

"말도 할 수 있고, 상대방의 말도 시간은 조금 걸려도 알아듣잖아? 자기 신변의 일도 스스로 할 수 있고. 근데 공부를 꾸준히 못하는 거야. 느긋하다고 말하면 어감이야 좋지만, 뭘 해도 굼뜨니까. 그래선지 당연한 일처럼 학교에서 괴롭힘이 시작됐지. 그러니까 애가 학교를 안 가기 시작했고, 결국 담임선생님의 권유로 전문병원에서 검사를 받았는데……."

"응……."

"그때까지는 그 새엄마도 아이를 아껴주긴 했어. 그렇지만 이제 유키가 보통 아이랑은 다르다는 걸 알았으니……."

마유미는 부엌 싱크대 앞에 있는 스툴에 앉았다. 무너져 내리듯 털썩 주저앉는 바람에, 혹시 빈혈이라도 일으킨 게 아닐까 걱정됐다. 분명히 안색이 별로 좋지 않았다.

"결국, 어느 날 갑자기 내 친가로 아이를 돌려보냈어. ……지금은 우리 엄마랑 같이 살고 있는데 학교는 안 가려고 해. ……조만간 특별 학급에 들어가게 될 것 같아."

마유미는 발포주를 잡은 손등으로 눈가를 쓱쓱 문지른다. 울고 있는 것이 아니라 초조할 때 자주 하는 버릇이었다. 나는 마유미의 어깨에 손을 올린다. 무슨 말이라도 해야 할 것 같은데, 아무 말도 하지 못했다. 마유미와 나는 동거하고 있지만, 결혼한 것은 아니다. 마유미와 결혼한다는 것은 유키와 함께 살게 될 수도 있다는 일이기도 하다. 그럴 각오가 있느냐, 라고 내게 묻는다면 솔직히 즉답은 못 하겠다. 마유미가 내 얼굴을 쳐다본다. 아무 말도 하지 않는 나를 마유미가 빤히 보고 있다.

"자기야, 내 인생은 대체 왜 이럴까?"

그렇게 말하며 마유미는 발포주를 전부 다 마셔버렸다.

마유미는 내가 무슨 말을 하기를 기다리고 있다. 하지만 어떤 말을 하든 전부 거짓말이 될 것만 같아서 오히려 아무 말도 할 수가 없었다.

마유미가 출근하고 나서, 평소에는 충분히 시간을 내서 하지 못한 방 청소를 열심히 구석구석까지 했다. 베란다 문 틈새에 쌓인 먼지를 걷어내고, 욕실 곰팡이를 깔끔하게 닦았다. 유키는 일주일에 한 번 마유미가 쉬는 날마다 이 아파트로 올 예정이었기 때문에 유키의 이불을 말리고 베개 커버와 시트를 준비했다. 요양보호사 일은 그만두었지만, 평소 몸을 움직이는 습관은 갑자기 그만둔다고 해서 바로 그만두기는 어렵다는 걸 절실히 느꼈다. 바쁘게 손을 움직이면서 나는 마유미와의 미래를 생각했고, 그 속에 유키도 포함되는지를 생각했다. 마유미와 유키의 인생을 내가 짊어진다는 상상을 하기 시작했지만, 답은 나오지 않았다.

원래 마유미는 결혼이라는 단어를 내 앞에서 꺼낸 적이 없고, 내게 요구한 적도 없다. 하지만 나는 마유미와의 결혼이 내 미래에 없다고는 생각하지 않았다. 3년이나 같이 산 마유미와 결혼해서 마유미와 유키의 이름을 내 호적에 올리는 그런 인생의 길은 충분히 현실적이다.

하지만 왠지 신기하게 느껴지는 것도 사실이다. 마유미는 돈을 모아서 대학에 편입할 계획이 아니었던가?

내가 반년 전에 케어매니저 시험에 합격한 후로 마유미의 입에서 대학이라는 단어를 들어보지 못했다. 벌써 그 꿈을 일찌감치 포기한 걸까? 마유미에게 확실히 전달한 것은 아니지만, 나는 다음 직장에서 케어매니저로 일한 다음 방송통신대학에 들어가 사회복지사가 될 계획이었다. 그 계획을 위해서 적은 월급이지만 조금씩 저축도 해왔다.

도쿄의 사립대학에 먼저 들어간 동생의 학비를 내가 내줬는데, 결코 적은 액수도 아니었다. 그 등록금 지불이 이제야 겨우 끝났다.

1학기, 2학기, 또 1학기, 2학기. 그런 식으로 4년이 흘렀다. 어머니가 아르바이트를 해서 번 돈과 내가 요양보호사로 일하면서 받는 월급에서 동생의 학비를 쥐어짜내기란 솔직히 쉬운 일은 아니었다. 학비를 내주는 동안, 동생은 내게 어떠한 감사의 말을 하거나 고마움을 표현한 적이 없다. 동생은 대학을 졸업한 후 이름도 잘 모르는 작은 회사의 영업 사원이 되었다. 그 녀석, 해사한 얼굴로 아버지 장례식에 왔을 때 한 번쯤은 후려 패줄걸.

나는 바닥에 엎드려서 걸레질을 했다. 지난번에 유키의 배낭에 들어 있던 몽당연필이 방구석에 나뒹굴고 있었다. 연필은 전동 연필깎이로 깎은 것처럼 매끈매끈하지 않았다. 아마 연필 칼로 깎았을 것으로 추측되는 게, 유독 연필심만 튀어나와 있었기 때문이다. 새 연필 한 다스와 연필 칼을 사고 나서 아이에게 연필 깎는 방법을 잘 가르쳐줘야겠다고 생각하면서도, 바로 이런 오지랖이 나의 나쁜 점이라고 절실히 생각했다.

이 마을에서 쇼핑하기에는 쇼핑센터에 가는 것이 가장 편리하긴 하다. 가고 싶지는 않지만 차를 운전해서 그곳으로 향했다. 거기에만 가면 뭐든지 다 있으니까. 하지만 매일 가기는 힘들어서 사흘에 한 번꼴로 식료품만 사러 가곤 한다. 묘하게 천장이 높고 하얀 건물이라는 점만으로도 어딘지 불안해지기 때문이다. 카트에 사흘 치에 해당하는 채소와 고기를 넣고, 신속하게 계산을 마쳤다. 아, 맞다, 연필을 사야 하는 걸 깜빡해서 다시 2층으로 향한다. 층 안내 도면에서 문구점을 찾아보지만, 이곳에는 캐릭터 상품을 파는 팬시점 같은 곳밖에 없었다. 아무래도 역 앞 상가의 문구점에 가서 사야겠다고 생각하는 동안, 장을 본 묵직한 비닐봉지의 손잡이 끈이 손가락 살 속으로 파고들었다.

주차장으로 돌아와 트렁크의 아이스박스에 식료품을 채웠다.

역 앞의 유료 주차장에 차를 세우고, 상점가를 걷는다.

요양보호사로 일할 때 일이 끝나고 한잔하러 온 적은 있지만, 평일 낮 시간대에 이렇게 상점가에 오는 건 정말 몇 년만일까? 변함없이 이곳은 한산하고, 행인도 적었다. 골목길을 통과하는 부근에 있는 오래된 문방구에서 연필 한 다스와 유성 펜, 연필 칼, 노트, 지우개, 혹시나 해서 내가 어렸을 때도 자주 애용하던 직사각형 모양의 파란색 필통도 샀다.

가게에서 나오자 검은 고양이가 배를 발라당 드러낸 채 햇볕을 쬐고 있다. 나는 혀를 차며 고양이를 불렀지만 고양이는 나를 거들떠보지도 않는다. 큰길을 걷지 않고 일부러 유흥가 쪽으로 발걸음을 옮겼다. 문을 열었는지, 아니면 닫았는지도 알 수 없는, 간판마저 썩어서 축 매달려만 있을 뿐인 가게가 셀 수 없을 만큼 많았다.

미로 같은 골목길을 지나 다른 거리로 들어갔다. 그 길모

266

통이는 돌아가신 아버지의 주점이 있던 곳이다. 지금도 셔터가 내려진 채로 있는 걸 보니, 여전히 새 가게 주인은 나타나지 않은 모양이다. 자살에 실패한 이후로 아버지는 다시는 닭꼬치를 만들려고 하지 않았다. 만약 아버지에게 미련이 남았다면, 다시 한번 연기에 그을리면서 닭꼬치를 구워보고 싶지 않았을까. 문득 그런 생각이 들었다.

유키가 우리를 다시 찾아온 것은 닷새 후였다.

마유미는 밤샘 근무를 마치고 옆 침실에서 자고 있다. 유키가 역에 도착할 시간이 다 되어가는데도 일어날 기미가 없어서 어쩔 수 없이 내가 역까지 마중 나갔다. 개찰구 밖으로 나온 유키는 지난번에 마유미가 사준 유니클로 옷에 스니커즈를 신고 있었다. 이대로 아파트로 돌아가도 딱히 할 일도 없는 데다가, 마유미는 저녁에 일어날 테니 유키를 어딘가에 데려가기로 했다.

"어디 가고 싶은 곳 있니?"

조수석에 앉은 유키에게 물어보기는 했지만, 앞만 보면서 대답하지 않는다.

"일단 오늘 날씨가 좋으니까 드라이브하자. 엄마는 일 때문에 피곤해서 아직 자고 있거든."

"엄마?" 유키가 내 얼굴을 쳐다보며 말한다.

"그래. 마유미. 마, 유, 미, 엄, 마."

나는 일부러 음절을 끊어서 큰 소리로 말했다.

"우리 엄마는 마유미가 아니에요. 미치코예요. 미용사고
요."

딱 잘라 말하는 투였다. 미치코는 마유미의 전남편이 재혼
한 아내로, 미용사였다. 그러니까 유키와는 전혀 피가 섞이
지 않은 계모다. 유키를 내버린 사람인데도, 유키는 아직도
그 계모를 엄마라고 믿고 있다. 돌이켜 생각해보면 지난번에
패밀리 레스토랑에서도 마유미는 자신을 엄마라고 부르지
않았고, 유키도 엄마라고 부르지 않았다. 혹시 친척 아줌마
나 다른 사람이라고 알고 있는 걸까?

시가지를 벗어나 호수로 이어지는 길을 달렸다.

그 호수를 선택한 것은 어쩌면 친구인 유조가 있을지도
모른다고 생각했기 때문이다. 유키가 호수에 가는 걸 좋아
할지는 잘 몰라서, 그렇다면 그냥 내가 가고 싶은 곳에 가기
로 했다.

호수에 도착하자 우리 쪽으로 걸어오는 초로의 한 남자가
보였다. 그리고 그가 바로 유조임을 안 순간, 나도 모르게 섬
뜩 놀란 표정을 짓고 말았다. 나랑 동갑인데도 정말 유조는
놀랄 만큼 뚱뚱해지고 늙어버렸다.

어이, 하고 내 얼굴을 보면서 소리 지르는 목소리조차 늙은
것 같다. 유조는 말하면서도 가끔 유키에게 눈길을 주었다.

"오호, 네 아이야?"

"아냐. 친척 집 아이인데, 오늘만 봐주기로 했어."

흠, 하고 말하면서 유조의 시선은 유키의 몸을 위아래로 훑는다.

"오늘 평일이잖아? 학교는?"

자꾸 캐묻는 유조가 귀찮아져서 나는 그냥 가만히 있었다.

유키는 나와 유조에게서 떨어져 보트하우스 옆에 쪼그려 앉아서는 돌멩이인지 뭔지를 손으로 만지작거리기 시작했다.

유키의 사정을 유조에게 말하면 순식간에 모든 곳에 소문이 퍼져버릴 것이다.

"유괴는 아니겠지?"

"설마."

"농담이야. 자, 일단 여기 앉아봐. 커피라도 쏠 테니까."

유조는 보트하우스 앞에 있는 썩어가는 나무 벤치에 나를 앉히고는 종이컵에 따른 커피를 나에게 건넸다. 그리고 보트하우스에 다시 들어가더니 하얀 소프트크림을 손에 들고 나와 유키에게 다가가 건넸다.

"감사합니다"라고 유키가 고개를 숙인 순간, 소프트크림의 절반이 땅바닥으로 떨어지고 말았다.

하하, 하고 내가 웃는 걸 본 유조도 따라 웃었다. 유키는 우리에게 다가오지 않고, 뒤집어서 말리고 있는 보트 위에 걸터앉아 천천히 아이스크림을 핥아 먹었다. 유키에게 후지산을 보여주고 싶어서 왔는데, 오늘은 구름에 가려서 잘 보이지 않는다.

"저 애, 우리 둘째 애랑 똑같을지도 모르겠네."

"뭐?"

"아니, 아닐지도 모르지만. 하지만 아마도 그럴 거야."

"몰랐어."

"의외로 많대. 옛날에는 그냥 평범하게 한 교실에서 마구 섞여 지내니까, 그냥 매사가 느긋한 아이, 조금 굼뜬 아이라는 식으로 생각해서 헷갈렸단 말이지. 그렇지만 요즘은⋯⋯ 부모도 신경질적으로 자식을 돌보잖아. 제 자식이나 남의 자식이나 다들 그래. 그래서 안 좋은 쪽으로 눈에 띄는 아이는 즉시 발견된다고 해."

유조가 한턱 쏜 커피를 한 모금 마셨다. 여전히 맛이 없고 너무 뜨거웠다.

"너 말이야⋯⋯." 그렇게 말하고는 유조는 잠시 가만히 있었다. 두꺼운 구름에 가려졌던 태양이 아주 살짝 얼굴을 내밀자 눈이 부셔서 일부러 눈을 가늘게 떴다.

"이혼녀와 사귄다는 말을 들었는데, 설마 저 아이가."

누구한테 들었냐고 달려들고 싶었지만 그냥 가만히 있었다. 워낙에 좁은 마을이다. 소문은 그대로 놔두어도 전염병처럼 퍼지는 법이다.

"히나가 돌아왔어. 지금 그 집에서 혼자 살아."

나는 유조의 얼굴을 보고 나서 다시 호수를 보았다. 거울 같은 호수의 수면을.

지금 들은 말은 안 들은 것으로 하고 싶었다. 유키는 아직도 아까 반쯤 떨어뜨린 소프트크림을 핥아 먹고 있지만, 녹아내린 아이스크림이 흘러 손에 하얗게 잔뜩 묻어 있었다. 손을 씻겨야겠네. 옷이 또 더러워져서 마유미에게 혼이 나겠군.

"난 고등학교를 졸업하기 직전에 지금 와이프를 임신시켰잖아. 하지만 말이야, 그 애가 진짜 내 자식이라는 확증이 있느냐 하면, 난 지금도 솔직히 잘 모르겠어. 둘째 애는 진짜 내 애라고 생각해. 그건 확실해. ……하지만 첫째는 정말 모르겠어. 집사람은 당시 나 말고도 여러 명하고 사귀었거든. 너도 잘 알잖아. 나도 그땐 어렸으니까, 여자애가 임신했다고 말하니까 곧이곧대로 믿을 수밖에 없었고, 책임감도 느끼게 되니까. 장인어른한테도 호되게 시달렸어. 근데 말이지……."

거기까지 말하고 유조는 담배를 입에 물었지만, 그냥 물기만 하고 불을 붙이지는 않은 채 손가락으로 쥐고 있다.

"책임감 때문에 누군가와 같이 사는 게 제일 안 좋은 것 같아. 그건 상대도 나도 불행하게 만드는 길이라고 생각해. 네가 굳이 떠맡지 않아도 된단 말이다. 편한 길을 선택하라고."

마른 입술에 붙은 담배의 필터를 손가락으로 떼면서 유조
가 말했다.

나는 빈 종이컵을 손가락으로 찌부러트렸다. 유키를 부르
자, 내 쪽으로 주뼛주뼛 유키가 다가왔다. 내가 잠시 한눈을
판 사이에 녹아서 흘러내린 아이스크림이 트레이닝복의 배
쪽에 끈적하게 묻어 있었다. 그걸 보고 유조는 웃으면서 말
했다.

"젖은 수건 갖다 줄게."

그러고는 보트하우스 안으로 들어갔다. 자세히 보니 유키
의 입가에도 아이스크림이 묻어 있었다.

"아아~" 하고 내가 과장되게 말하자, 유키는 또 혼날 줄 알
았는지 눈을 꼭 감고 몸을 움츠렸다.

"아니야. 화내는 거 아니야." 내가 그렇게 말했는데도 유키
의 눈에서 눈물이 흘러내렸다. 그 눈물을 보고 이제 히나의
집을 보러 갈 마음이 생겼다. 혼자서는 갈 용기가 없었는데,
유키와 함께라면 갈 수 있을 것 같았다.

역 앞의 큰길에서 빠져나와 외진 길을 달려, 차 한 대 겨우
통과할 수 있을 정도의 좁은 길로 들어선다. 히나의 집은 당
장이라도 목조 가옥이 썩어버릴 것처럼 완전히 황폐해져 있

었다. 정원도 집과 마찬가지로 황폐한 건 똑같지만, 잡초가 제멋대로 무성하게 자란 광경은 아니었다. 불과 일주일 전에 깎은 풀이 조금 자란 것처럼 보였다.

길은 막다른 곳이고 히나의 집이 그 끝자락에 있어서, 차가 멈추는 소리가 난다면 집 안에 있는 사람이 바로 눈치채서 집 밖으로 나올 것이다. 그래서 차 안에서 기다렸지만, 아무도 집 밖으로 나올 기미가 보이지 않는다. 옆자리의 유키는 몸이 긴장했는지 아무 말도 안 하고 가만히 있는 중이다.

"여기 귀신 나오는 집이에요?" 유키가 갑자기 물어서 나는 무심코 웃음을 터뜨리고 말았다. 확실히 히나의 집은 한눈에도 너무 낡아서, 이 동네 아이들은 모두 요괴 하우스라고 불렀다.

"아니야, 귀신은 없어. 사람 사는 집이거든."

유키가 안심한 표정을 짓는다. 잠시 동안 차 안에 있었지만, 히나의 집을 본 것만으로도 만족한 나는 다시 차의 시동을 걸고 지금 달려온 길을 후진하며 돌아가기 시작했다.

"유키야, 오늘 우리가 여기 온 건 비밀이야."

운전하면서 그렇게 말하자, 유키는 묘한 표정으로 고개를 끄덕였다.

집에 돌아오자 이미 해는 졌고, 현관문을 열기 전부터 카레 냄새가 집 안에 진동했다.

우리를 보고 "어서들 와. 얼른 가서 손 씻어. 밥도 다 돼가"
라고 말하는 마유미의 기분이 매우 좋아 보였다. 피곤한 기
색도 보이지 않았다. 나랑 유키는 욕실에 나란히 서서 손을
씻었다.

텔레비전을 켜고 나서 문방구점에서 산 물건들을 탁자 위
에 꺼냈다.

신문지를 펼치고, 연필 한 자루를 손에 잡고 연필 칼로 깎
는다. 깎으면서도 요즘 초등학생은 연필보다는 샤프펜슬을
더 많이 쓰지 않을까, 하는 생각도 해봤지만, 단지 유키를 위
해서라기보다는 단순히 연필 깎는 작업을 내가 하고 싶었던
건지도 모르겠다. 칼날로 나무 부분을 깎아 내려가면 곧바로
검은 심지가 나타난다. 심지를 길게 남기고, 다시 주변의 나
무를 깎아서 심지를 뾰족하게 만들었다. 유키는 흥미롭게 지
켜보고 있지만 정작 손대려고 하지 않는다.

"해볼래?"라고 묻자, 고개를 끄덕이기에 나는 책상다리로
앉은 내 다리 위에 유키를 앉혔다. 물론 알고는 있었지만, 다
리 위로 유키의 과체중이 실리자 솔직히 힘들었다. 그래도
일단 참았다.

유키의 등 쪽으로 손을 돌려 아이의 몸에 팔을 두르고, 양
손을 잡는다. 왼손에 연필, 오른손에는 칼날을 짧게 밀어낸

274

연필 칼을 쥐여주었다. 그 손을 내가 잡고 칼날을 살짝 연필 끝으로 미끄러뜨렸다. 유키의 손에는 힘이 전혀 들어가지 않아서 나 혼자 깎고 있는 셈이나 마찬가지였지만, 신문지 위에 깎아낸 찌꺼기가 떨어지고 연필심이 점점 그 자취를 드러내자, 유키는 그 모습을 재미있어했다. 한 자루 다 깎고 나니, 어느새 유키가 새 연필을 한 자루 더 꺼내 내게 내민다. 우리는 그 연필을 다시 깎았다.

"오늘, 어디 다녀왔어?" 부엌에서 얼굴을 내민 마유미가 묻는다.

"도깨비 집에요." 유키가 큰 소리로 대답했다.

"오늘 호수에 갔다 왔어. 거기서 친구가 보트하우스를 하거든."

나는 야, 하고 마음속으로 생각하면서 즉각 정정했다. 마유미가 내 대답을 제대로 들었는지는 알 수 없었지만, 그녀는 적당히 고개를 끄덕이고는 "밥 다 됐어. 빨리, 빨리" 하고 탁자에 앉도록 우리를 재촉했다.

카레라이스를 세 그릇이나 먹은 유키는 오늘 차를 타서 피곤했는지, 요전이랑 똑같이 TV 앞에 깔아놓은 이불에 누워서 일찌감치 씩씩 숨소리를 내면서 자고 있다.

나는 거실의 불을 끄고 미닫이문을 닫은 후 마유미와 탁자에 마주 앉았다. 마유미는 내일도 쉬는 날인데, 그녀는 다음 날이 쉬는 날이면 전날 밤에 술을 좀 많이 마시는 편이다. 그렇게 의식을 잃은 듯이 잠에 빠져서 다음 날 늦은 오후까지, 심지어는 저녁 무렵까지도 종일 잠만 잤다. 하지만 내일은 유키가 있다. 아까 저녁을 먹을 때는 발포주를 한 캔만 비웠을 뿐이다.

"셋이서 차 타고 어디 놀러 갈까?"

"무슨 아빠라도 된 것처럼 그러지 말라니까. 친아빠도 아니잖아."

내가 한 말에 마유미가 화가 난 듯이 대꾸했다.

"그럴 생각은 아니었는데……."

"정에 끌려다니는 거, 그게 가이토의 나쁜 버릇이야."

"끌려다니는 거 아니야."

싸움을 거는 말투로 바뀌면, 마유미가 취해 있다는 증거다. 오늘은 별로 취한 것 같지 않았는데, 묘하게 자꾸 시비를 건다. 왠지 마유미는 지금 중요한 이야기를 꺼내고 싶은데, 막상 그 실마리를 풀지 못하고 있는 것 같다는 느낌도 들었다.

'편한 길을 선택하라고.' 오늘 호숫가에서 유조가 한 말이 머리를 스친다.

"결혼하자."

"바보."

마유미가 발포주의 빈 깡통을 집어 던지자, 나는 그것을 재빨리 잡았다.

"유키랑 셋이서 살자."

"바보 아냐? 유키는 그냥 평범한 애가 아니란 말이야."

"우리는 요양보호사니까, 우리 둘이면 키울 수 있을 거야."

"육아와 병간호는 전혀 다르다고. 당신은 아무것도 몰라."

마유미의 목소리가 점점 커져서, 나는 입술에 검지를 대고 거실을 가리켰다.

우리가 말다툼하는 소리에 놀란 유키가 잠에서 깨길 바라지 않았다. 마유미는 일어나서 냉장고에서 새 술을 꺼낸다. 뚜껑을 따고 절반 정도를 그 자리에서 꿀꺽꿀꺽 단숨에 다 마셨다.

"좋아하는 남자가 있어." 마유미는 그렇게 말하고는 내 얼굴을 쳐다본다.

"도쿄에서 데이 서비스(자택 또는 시설에서 생활 보조 및 기능회복훈련을 제공하는 당일 서비스)랑 주택형 유료 양로원을 경영하는 남자야. 반년 전에 우리 시설에 견학을 왔었는데, 그때 서로 알게 됐어. 그 사람이 나보고 도쿄로 오지 않겠냐고, 자기네 직원으로 일해달래."

나는 아무 말 없이 그냥 마유미의 말을 듣고만 있었다.

"나 이제 지쳤어. 병간호 일 그만두고 싶어. ……결혼해서 편하게 살고 싶다고."

"요양보호사를 그만둔다고?"

"그런 직업 따위, 아무리 일해도 월급은 쥐꼬리만 하지. 가이토도 케어매니저가 되어도 그렇게 많은 월급은 아니잖아? 앞으로 대학에 가서 사회복지사가 된다 한들, 그때면 대체 몇 살인데? 월급은 얼마나 될 거 같아? 그럴 바에 난 차라리 사람을 부리면서 일하고 싶어. 그 사람이 날 대학에도 보내준다고 했어. 나는 편한 쪽이고 싶어."

그 말이 편한 길을 가고 싶다는 건지, 편하게 살고 싶다는 건지 의미가 헷갈렸다.

"유키는 어떻게 할 건데?"

"도쿄에 있는 특수학교에 보낼 거야. 그 사람이 신경 써주겠다고 했어."

마유미의 이야기를 들으면서 대체 어디까지가 진짜인지 궁금했다.

마유미의 말 전부가 거짓말 같다는 느낌도 들었고, 반대로 전부 사실이길 바라는 마음도 있었다. 만약 마유미의 말이 사실이라면 어디선가 안심하는 나 자신도 있었다. 아까 마유미에게 결혼하자고 한 내 말도 진심은 아니다. 결혼이라는 말을 마유미에게 한 번은 말로 전하고 싶었다. 3년이나 같이 산 책임감에서 나온 말이다. 우리는 진실을 말로 하지 않은 채 본심을 고백하는 척하면서 앞에 있는 상대와 헤어지려 하고 있다. 어른은 어디까지 바보란 말인가.

나와 마유미는 이토록 허무하게 두 사람의 생활이 끝나는 것에 저항조차 하지 않고 있다. 나는 마유미가 남긴 발포주를 단숨에 다 마셔버렸다. 미지근해질수록 혀에 쓴맛이 도는 술이다.

"그래도 내일은 셋이서 하루를 보내자."

갑자기 일어난 마유미의 등을 보면서 나는 말했다.

마유미가 거실의 미닫이문을 살포시 열면서 "그래"라고 대답했다. 이 순간, 마유미의 등이 이토록 작았었나, 하는 생각이 들었다.

"가이토."

마유미가 갑자기 뒤를 돌더니 무슨 말이 하고 싶은 듯 내 얼굴을 쳐다보았다.

"……아냐, 됐어." 마유미가 조용히 미닫이문을 닫았다.

목적지를 정하지도 않고 차를 달렸다. 마유미의 말이 사실이라면, 유키에게 후지산을 보여주고 싶었다. 시가지를 벗어나 커브가 이어지는 호숫가의 길을 달리다가 수해 쪽으로 향한다.

"풍혈이 뭐야?" 마유미가 간판을 보고 말했다.

"횡혈(橫穴)이야. 동굴 같은 횡혈이 쭉 이어지고 있을 뿐이고, 딱히 특별한 곳도 아니지."

내 말에 흐음 하고 흥미가 없다는 듯 대답하길래 그냥 지나치려고 하는데, 마침 뒷좌석의 유키가 화장실에 가고 싶다는 말을 갑자기 꺼냈다.

그래서 할 수 없이 풍혈 입구에 차를 세웠다. 입구에 있는 매점 안쪽으로 유키와 마유미가 걸어간다. 유키가 먼저 나왔기에, 매점에서 커피와 주스를 사고 가게 밖에서 둘이 기다렸다.

가게를 나와 왼쪽으로 걸어가면 벌써 수해 속이다. 낮에도 어두컴컴한 울창한 숲이 여기서도 보인다. 이끼로 뒤덮인 융기된 용암이나 쓰러진 나무를 보고 있자면, 그 자리에 초록빛의 커다란 생물이 살고 있을 것만 같다.

"저기……." 유키가 입을 연다.

"응?" 유키의 눈은 수해의 안쪽을 겁먹은 표정으로 보고 있었다.

"날 버릴 거예요?"

"뭐라고?"

"나를 여기에 버릴 거예요?" 유키가 나를 올려다보며 말한다.

"내가 나쁜 짓을 해서 버린댔어요, 엄마가."

"어느 엄마가 그랬어?"

"미치코 엄마요. 그래서 난 집에 돌아갈 수 없어요. 할머니

280

집에서 우리 집으로 못 돌아가요. 난 우리 집이 어디 있는지도 모르겠어요."

유키는 눈가를 손등으로 꾹 누르며 울기 시작했다. 울음소리가 점점 커지는 바람에 앞을 지나가던 관광객이 나와 유키를 대놓고 빤히 쳐다보았다.

유키는 배낭을 등에 멘 채였는데, 가방 입구가 칠칠치 못하게 벌어져 있었다. 내가 사준 필통이 보여서 필통을 꺼내 안에서 유성 펜을 집었다. 유키의 손바닥을 펼친다. 돌아가신 내 아버지나 요양시설의 노인들처럼 유키의 손바닥에도 굵은 손금이 세 줄 있다. 나는 그 손금을 따라 유성 펜으로 덧그린다. 세 개의 선을 단번에 하나의 선으로 이어가자 M이라는 알파벳 모양이 되었다.

"저번에 천체투영실에서 봤잖아? 옛날 사람들은 별과 별을 이렇게 이어서 별자리 형태로 방향을 알아냈대. 이건 유키의 별자리야. 유키 손바닥에 이게 있으니까, 앞으로 유키는 절대 길을 헤매지 않아. 게다가."

유키는 내가 그린 손바닥의 굵은 선을 손가락으로 문지르면서 진짜로 지워지나 확인하는 중이다.

"아무도 널 버리지 않아. 만약에, 진짜로 만약에 그런 일이 일어나면."

나는 필통 앞면에 히라가나로 '가이토'라고 크게 쓴 다음,

그 옆에 내 휴대전화 번호를 적었다.

"여기로 전화해. 이건 형의 전화번호야. 알았지?"

응, 하고 고개를 끄덕였지만, 유키는 여전히 불안해 보였다.

정에 끌려다니는 거, 그게 가이토의 나쁜 버릇이야. 어제 마유미가 했던 말을 떠올렸다. 분명 그럴지도 몰랐다. 하지만 내가 원래 그런 사람이 아니었다면 지금 요양보호사가 되지도 않았을 것이다.

나도 유성 펜으로 내 손바닥에 있는 세 개의 선을 하나로 연결했다. M자가 된 그 모양을 유키에게 보여주니, 유키는 발돋움해가며 제 손바닥을 내 손바닥 옆에 꼭 붙였다. 통통하게 살이 오른 유키의 손바닥은 따뜻했다.

"뭐 해?"

화장실에서 돌아온 마유미가 손수건으로 손을 닦으면서 기분 나쁜 걸 보는 듯한 눈빛으로 나와 유키를 쳐다보았다.

한 달간의 휴가가 끝날 때쯤 마유미와 유키는 도쿄로 이사했다. 마유미가 말한 그 남자가 실제로 존재하는지 나는 끝까지 믿지 못했었다. 그런데 이삿짐을 전부 옮긴 후 집으로 마유미를 데리러 온 그 남자가 내게 건넨 명함에는 확실히 주식회사 이름과 이사라는 직함이 쓰여 있었다.

"저랑 같이 도쿄에서 일하지 않을래요? 케어매니저로 일한다면서요?"

남자는 그렇게 말하면서 내게 악수를 청해왔지만, 사귀는 여자의 전 남자 친구에게 그런 말을 쉽게 꺼내는 남자를 어떻게 신용할 수 있겠는가. 남자가 운전하는 차의 조수석에는 마유미가 앉고, 뒷좌석에는 유키가 긴장한 표정으로 타고 있었다. 나는 그가 올린 차창을 노크해서 다시 한번 열도록 부탁했다.

"유키, 잘 부탁드립니다."

내 말에 남자는 고개를 끄덕이고는 바로 창을 닫은 후 차를 출발시켰다. 마치 두 사람을 억지로 데려가듯이. 도쿄를 향해 차가 달려간다.

모두 이 마을을 버리고 어디론가 떠나버린다. 나 혼자만 언제나 늘 여기에 남아 있다.

마유미의 짐이 없어진 집에 있고 싶지 않아서 나도 차를 탔다. 먼저, 확인하고 싶은 장소가 있었다. 그곳에 있을까? 큰길에서 빠져나와 외진 길을 10분쯤 달리다 소방서 모퉁이를 돌아 산으로 이어진 길을 올라간다. 차 한 대 겨우 지나갈 수 있는 정도의 좁은 길이다. 바로 그 앞에 폐가처럼 보이는 집이 있다.

유키는 그 집을 도깨비 집이라고 불렀다. 그렇게 말하던 유키의 얼굴이 문득 떠올라 눈가에 눈물이 맺혔다. 차를 도중에 멈추고, 나는 5분 정도 울었다. 왜 울고 있는지는 나 자신도 알 수 없었다. 아버지의 죽음, 내가 병간호했던 많은 사람들, 그리고 그들의 죽음, 그런 일에 하루하루 마비되어가던 나. 앞으로 쭉 같이 살 거라고 믿었던 마유미와의 관계가 허무하게 끝나고, 비록 찰나였어도 서로 마음이 통했던 유키와의 이별이 한 덩어리가 되어 내 가슴을 계속 차갑게 식히고 있었다. 울지 않으면 녹아서 없어지지 않을 것 같던 그 덩어리의 존재를 계속 무시했더니, 어느 순간 제대로 울지도 못하는 인간이 된 내가 조금은 측은해졌다.

핸들에 엎드려서 울고 있는데, 톡톡 차창을 두드리는 소리가 났다. 처음에는 작은 새 아니면 벌레 같은 작은 생물이 차창에 부딪히는 소리라고 생각했다. 얼굴을 들어 옆을 보니, 히나가 내 차의 창을 두드리고 있었다. 나는 차창을 내려 우는 얼굴로 히나를 쳐다보았다.

히나도 나도 무슨 말을 하려다가 차마 말을 잇지 못한 채 그냥 있었다. 새 한 마리가 울음소리를 내며 높은 하늘 위를 가로질러 날아간다. 어디선가 강한 풀 냄새가 나서 비로소 깨달았다. 나는 시선을 내려 히나의 손을 보았다. 마지막으로 그녀를 보았을 때보다 손에 주름이 훨씬 많이 늘어 있었다. 그 손이 막 베어낸 잡초 다발을 쥐고 있는 걸 깨달았다. 나무 이파리들이 산들산들 우는 소리가 들려, 밖에 약한 비가 내리고 있다는 걸 알았다. 작은 빗방울이 히나의 얼굴에 떨어진다.

그래, 이곳을 나가는 사람이 있으면 돌아오는 사람도 있겠지.

마을도 후지산도 이 집도, 지금은 아직 이곳에 남아 있다.

"어서 와."

내가 말하자, 히나는 눈꼬리에 주름을 모으고 잘 알아채지 못할 정도로 희미한 미소를 보냈다.

신전에 바치는 물

"히나는 어떻게 생각해? 반대운동을 하자는 말도 나오고 있어. 어차피 도로만이 아니라 궁극적으로는 산을 깎아서 터널을 뚫겠다는 계획이라니까."

무라마쓰 씨는 기저귀를 갈고 있는 내 옆에서 아까부터 강한 어조로 계속 말을 걸고 있다.

방문요양서비스로 찾아가는 고객의 자택에서는 병간호에 필요한 내용이 아니면 다른 이야기는 최대한 안 하는 것이 요양보호사가 지켜야 할 기본 규칙이지만, 내가 어렸을 때부터 잘 알고 지낸 무라마쓰 씨 집에서는 지키기가 힘든 편이다.

평소의 시시한 일상 이야기라면 적당히 맞장구도 칠 수 있는데, 오늘 주제는 너무 장대하다.

"산을 깎다니, 그건 자연 파괴로도 이어지잖아? 역시 그런

286

공사는 안 좋다고 생각하거든."

나는 망설인 끝에 가만히 있었다. "네" 또는 "맞아요"라고
도 대답하기가 힘든 상황인데, 내가 그 의견에 동의하는 것
처럼 보이면 곤란하기 때문이다. 그 대신 병간호용 침대에
누워 있는 무라마쓰 씨의 아버님에게 "기분이 상쾌해졌죠?"
라고만 말을 걸었다. 할아버지는 표정을 바꾸지 않고 그저
고개만 끄덕였다.

호출 버튼 하나로 24시간 언제든지 요양보호사가 달려가
는 서비스를 제공하는 회사에 근무하기 시작한 지 반년이 지
났다. 이용 고객의 자택에 호출 버튼을 대여해서, 고객이 요
양보호사를 부르고 싶을 때는 언제든지 호출 버튼만 누르면
직통으로 회사와 연결된다. 그러면 상담사가 통화하면서 상
황을 파악하고, 긴급한 상황 혹은 상담 내용에 따라 요양보
호사를 고객의 자택으로 파견하는 시스템이다.

오늘은 내가 일찍 출근하는 날이었고, 미리 오후 스케줄을
마치면 퇴근하는 시각인 4시에는 집에 돌아갈 수 있었다. 그
러나 퇴근하기 직전 두 건의 긴급 호출이 걸려오는 바람에
나는 이 댁으로 오게 되었다.

먼저 방문한 자택을 나와 무라마쓰 씨의 집에 도착할 무렵
에는 벌써 오후 5시를 넘어섰다. 무라마쓰 씨는 방문요양서
비스와 데이 서비스를 이용하면서 아버지를 돌보고 있다. 무

라마쓰 씨도 평소에는 기저귀를 가는 일에 익숙하지만, 예상 밖으로 변이 대량으로 나오거나 종종 힘에 부칠 때는 호출을 한다. 팀장은 오늘은 이만 그대로 돌아가도 좋다고 했지만, 나는 일을 다 끝내도 '그 이야기'를 무라마쓰 씨와 할 마음은 없었다.

"아, 무라마쓰 씨, 죄송해요. 저 지금 바로 다음 집에 서둘러 가야 해서요."

나는 거짓말을 하고는 펼쳐놓았던 짐을 작업용 가방에 챙겨 넣고 방을 나왔다.

복도로 나오니 공기가 매우 냉랭했다. 이 일대 특유의 추위가 끈질기게 남아 있었다. 그때였다. 갑자기 현관 옆 방문이 열리더니 위아래 전부 스웨터 소재의 회색 옷에 검은색 다운베스트를 입은 한 남자가 얼굴을 내밀었다. 작년 말 아들 슌타로가 도쿄에서 돌아왔다고 무라마쓰 씨가 말한 적이 있지만, 내가 마지막으로 그를 본 것은 고등학교 시절이었기 때문에 지금 내 앞에 있는 남자가 슌타로 씨일 줄은 미처 생각도 못 했다. 그는 여태 잠을 자고 있었는지 심하게 부은 얼굴에 다박수염이 눈에 띄었다.

"밥은?" 슌타로 씨가 내 뒤에 있던 무라마쓰 씨에게 말을 건다.

"지금 밥이나 먹을 때냐? 알아서 적당히 좀 먹어." 무라마쓰 씨가 뾰족한 말투로 대꾸한다.

나는 아무 말도 못 들은 척 표정을 관리하면서 현관에서 스니커즈를 신었다.

"그럼, 이만 가볼게요"라고 말하면서 얼굴을 들자, 왠지 마뜩잖아하는 표정의 무라마쓰 씨와 엄마를 꼭 빼닮은 얼굴의 슌타로 씨가 나란히 서서 나를 지켜보고 있었다.

무라마쓰 씨 집 앞에 세워놓은 차에 올라타 안전띠를 맨다. 나는 조금 전 무라마쓰 씨 집에서 있었던 일을 잊으려고 노력한다. 의식해서 노력해야 이 일을 계속해나갈 수 있다. 방문요양서비스 일을 하게 되면서 그런 생각은 더욱 강해졌다.

길을 따라 10분쯤 달리면 곧 집에 도착하지만, 나는 차를 한 번 후진시키고는 반대 방향인 역 앞의 번화가로 향했다. 부동산중개업소에 돈을 내러 가는 길이다.

우리 집과 정원의 절반이 도로 확장공사를 하는 데 방해가 된다는 말을 들은 건 작년 가을이었다. 내가 다시 고향으로 돌아온 지 반년이 흘렀을 때였다. 그 말을 처음 들었을 때만 해도 나 역시 무라마쓰 씨처럼 혼란스러웠다. 할아버지와 살던 집이다. 대체 자기들 마음대로 우리 집에 무슨 짓을 하려는 거야, 하고 화를 내기도 했다.

하지만 이 집에 대한 애착 이상으로 이미 집의 수명이 다

한 상태였다.

왠지 느낌상 바닥이 기울어진 것 같다는 생각이 들어서 복숭아 캔을 부엌 바닥에 떨어뜨리자 기세 좋게 부엌문 쪽으로 데굴데굴 굴러가는 걸 보고 더욱 확신이 들었다. 작년 여름의 끝자락, 태풍이 왔을 때는 침실 천장에서 비가 새는 바람에 침대에서 한창 자고 있던 내 얼굴에 물방울이 뚝뚝 떨어졌다.

우리 집이 간신히 버티고 있었던 건 할아버지가 바지런하게 손보고 있었기 때문임을 깨달았을 때는 이미 늦어버렸다. 나는 집을 돌보는 일이란 쑥쑥 자라나는 정원의 풀만 베어도 충분하다고 착각했다.

리모델링 회사 직원과 상의도 해봤지만 "이런 상태라면 차라리 집을 부수고 처음부터 새로 짓는 게 훨씬 비용도 저렴하고 안전할걸요"라는 말을 들었다. 현재의 집 형태를 유지한 채 보수만 할 경우 소요되는 금액을 제시받았는데, 너무 비싸서 도저히 내가 감당할 수 있는 액수가 아니었다.

집이 "네가 3년이나 방치했기 때문이야"라고 나를 비난하는 기분이 들었다. 확실히 그 집에서 다시 살게 된 후로 곳곳에서 흠집들이 공공연히 드러났다.

내가 없는 동안에 이 집은 어딘가에 결정적인 타격을 입은 것이다. 아니, 그렇게 만든 것은 바로 나라고 생각하고 있을 때 마침 도로 확장공사 이야기를 들었다. 어떻게 보면 지금이 딱 그 적절한 때일지도 몰랐다. 나는 이제 이 오래된 집을 성불시켜주고 싶었다.

그래서 아까 무라마쓰 씨가 말하던 도로 확장공사의 반대운동에 가세할 생각은 조금도 없었다. 무라마쓰 씨에게는 말하지 않았지만, 나는 연초에 우리 집과 정원 부지의 절반을 처분하여 이미 돈을 받은 상태였다. 나를 포함해 이번에 소유지에 도로가 깔리는 주민들 중 절반 이상이 이미 집과 땅을 내놓기로 결정했다고 들었다.

코인 주차장에 차를 세우고, 부동산중개업소로 걸어간다. 역에서 그리 멀지 않은 원룸아파트. 나는 이번에 새로 살 곳을 구하면서 오래된 우리 집과는 전혀 느낌이 다른 새 집으로 정하고 싶었다. 되도록 공간이 좁고 꼭 필요한 집안일만 최소로 해도 되는 집. 왠지 반드시 그렇게 해야만 한다는 생각이 들었다.

딱 한 번만 보고 바로 결정해버린 그 집은 벽이 온통 새하얗고, 욕실 안에 욕조와 화장실이 하나로 된 구조여서 예전집과는 전혀 달랐다. 좁은 베란다에는 식물 재배용 화분조차 놓을 자리도 없다. 그래도 잠잘 수 있는 방 한 칸만 있으면 어떤 곳이라도 좋았다.

요즘은 그냥 일만 할 뿐 그 어떤 것에도 마음이 움직이지 않는다. 맛있는 걸 먹는다거나, 가보고 싶은 곳이 있다거나, 옛날에 내게 있던 그런 욕망이 지금은 다 사라지고 없었다.

그리고 나 자신도 그것을 이상하게 생각하지 않았다. 앞에 앉은 부동산중개업소의 남자에게 흰 봉투를 내민다. 그는 지폐를 다 세어보고는 "확실하게 받았습니다"라고 쉰 목소리로 말했다. 그가 시키는 대로 서류 몇 군데에 기입을 하고 나서 도장을 찍었다. 그러자 은색 열쇠를 두 개 주었다. 손바닥에 올린 열쇠는 마치 공기로 만든 것처럼 가벼웠다. 그 가벼움이 그 방에 어울린다고 생각했다.

내게서 가장 먼 자리에 가이토가 앉아 있었다.

개별 손님방에 들어갈 때 딱 한 번 눈이 마주쳤지만, 단지 그것뿐이었다.

전문학교 시절의 동창 여덟 명이 역 앞의 일본식 주점에 옹기종기 모였다. 졸업한 후에도 같은 시설에서 일하지 않는 한, 이렇게 동창끼리 만나기란 좀처럼 쉽지 않았다. 작년에 내가 고향으로 다시 돌아온 걸 명목 삼아 다 같이 모여서 회식을 한 이후로, 매달 셋째 금요일 저녁에 정기 모임을 열게 되었다. 일단은 참석이 가능한 사람만 모여서 놀자고 대충 정했기 때문에 나도 밤샘 근무가 있거나 몸이 좀 안 좋을 때는 나가지 않았다.

친구들의 말에 따르면 동창들 중 절반은 이미 이런저런 이유로 요양보호사 일을 그만둔 모양이었다. 가이토처럼 케어매니저가 되거나 대학에 가서 사회복지사가 된 친구도 있었지만, 아직 현장에서 일하는 친구들이 푸념하는 내용은 여전히 변함이 없었다.

일이 고되다, 급여가 너무 적다, 앞으로 외국인근로자가 요양보호서비스 일을 하게 되면 우리는 어떻게 될까? 등등.

"우리 학교 다닐 때 선생님들이 말했잖아. 앞으로 고령인구가 계속 증가하기 때문에 요양보호사는 절대 없어지지도 않을 거고, 급여도 오를 거라고 말이야."

내 맞은편에 앉아 있던 기노시타가 말했다.

"거짓말이야."

"응, 거짓말이야." "거짓말 맞다니까." 다들 취기 때문에 목소리가 커진다.

"난 벌써 허리랑 어깨가 삐끗해서 덜거덕거려. 이 직업, 앞으로 몇 년도 못 버틸 것 같아."

그러고는 다들 자기 몸의 어디가 안 좋고 아픈지에 대한 고백들이 한창 이어졌다.

"삼십대에 벌써 몸이 이 지경인데, 평생 요양보호사로 일한다는 건 무리지, 암."

하얀색 팔꿈치보호대를 두른 안자이가 웃으면서 말했지만,

다들 똑같은 생각인지 아무 말 없이 술과 안주만 입에 댔다.

"결혼도 못 할 거야."

내 옆에 앉은 고즈에가 침묵을 깨듯이 목소리를 높였다. 지금 여기에 모인 사람의 절반이 기혼자고, 자식이 있는 사람은 한 명. 그 외는 다 독신이었다. 고즈에와 기노시타가 연애 중인 것으로 알고 있었는데, 혹시 둘이 헤어졌나, 하고 나는 마음속으로 생각했다. 동급생끼리 연애하거나 결혼하는 일은 때때로 화젯거리가 되었지만, 소문이 더 확대되어 퍼지지는 않았다. 타인에게 이러쿵저러쿵 언급되고 싶지 않은 문젯거리를 누구나 안고 있기 때문이리라.

나와 가이토가 사귄 것도 헤어진 것도, 심지어 내게 좋아하는 사람이 생겨서 이 마을을 떠난 사실도 여기 모인 친구들은 다 알고 있을 텐데 일부러 모르는 척해주었다. 그런 배려가 서른이라는 나이를 말하는 건가, 하는 생각도 들었다.

"하지만 지금 힘든 건 요양보호사뿐만이 아니잖아. 우리 고등학교 선배 중에 도쿄에서 대학을 나와서 취직까지 했는데, 들어간 회사가 완전 힘들고 별로였나 봐. 그래서 그 충격으로 지금은 친가에 돌아와 은둔형외톨이로 지내고 있대."

"그에 비하면."

"일자리가 있는 것만으로도 행복일 수 있어."

"여기서라면 어떻게든 살아갈 수는 있으니까."

모임의 끝은 늘 이런 대화로 마무리됐다. 다른 상황과 비교하면 아직은 낫다는 얘기를 하면서 우리는 서로의 불안감을 해소시켰다. 불행한 사례를 들면서 행복을 상대적인 것으로 이야기했다. 내일 또다시 요양보호 일을 계속하기 위한 캠퍼 주사(심부전에 쓰이는 강심제 주사. 혈관운동을 자극해 혈압을 높이고 호흡을 원활하게 해준다) 같은 것이었다.

매번 같은 이야기를 하고 비슷한 결말로 모임이 끝나는데, 이런 점에서 우리도 은근히 늙어가고 있다는 사실을 느끼곤 한다. 우리는 더는 전문학교를 갓 졸업한 젊은 청년이 아니다. 병간호를 받는 사람들과 우리 사이에는 꽤 거리가 있겠지만, 이제 수십 년 후에는 우리도 병간호를 받을 미래가 반드시 온다. 이미 그 시기가 희미하게 보이기 시작했다.

모임이 끝나고, 집이 같은 방향인 사람끼리 한 택시를 타기로 했다.

나는 오늘 새 아파트에서 잘 생각이었다. 아직 내 고향 집이 도로 확장 때문에 없어진다는 사실도, 원룸아파트를 빌린 것도 모두에게 말하지 못했다. 마치 고액의 로또 복권에 당첨된 듯한 께름칙함 때문인지도 모르겠다. 그렇다고 주변 사람들이 아주 부러워할 정도로 큰 돈도 아니다. 솔직히 말해서 그 집과 땅을 판 대가가 고작 이 액수밖에 안 되나, 하는 생각이 더 컸다.

새 아파트까지는 이 술집에서 걸어서도 갈 수 있는 거리다.

"어머, 히나는 왜 안 타?"

고즈에가 택시를 기다리는 줄에서 멀어지는 내게 말했다.

"응, 오늘은⋯⋯." 나는 말끝을 흐렸다.

"흐음."

고즈에는 내게 다가오더니, 귓가에 대고 "남자 친구야?"라고 물었다. 아니라고 대답했지만, 그녀는 내 대답을 믿지 못하겠다는 표정으로 택시를 기다리는 줄로 돌아갔다.

"그럼 여기서 이만 갈게." 내가 모두에게 말하자, 다들 그럼 잘 가, 또 다음 달에 보자, 라고 인사하면서 내게 손을 흔들었다. 유일하게 가이토만 나를 보지 않았다. 그는 술에 취한 빨간 얼굴로 엉뚱한 곳을 올려다보고 있는 중이었다. 가이토가 보고 있는 방향으로 고개를 돌리자, 크림색의 작은 달이 밤하늘에 떠 있었다. 모르는 척 달만 보는 그 모습이 가이토다웠다.

작년 장마철에 가이토는 내게 "어서 와"라고 말했다. 하지만 그 이후로 우리는 제대로 된 대화를 나눈 적이 없다.

가끔 하늘의 달을 올려다보면서 나는 새 아파트까지 걸어갔다.

엘리베이터로 6층까지 올라간 후, 현관문을 열고 깜깜한 방으로 들어갔지만 일부러 전등은 켜지 않았다.

창문에는 커튼조차 없다. 컴컴한 창문에 가까이 다가가 거리를 내려다보았다. 역, 상점가 입구, 신호등, 어딘가로 달려가는 차의 불빛. 사람의 모습은 보이지 않았다. 여태껏 단층집에서만 살아봤기 때문에 건물 위에서 아래로 내려다보는 시점에는 익숙하지가 않다. 뒤를 돌아보니, 산 지 얼마 안 되는 싱글 이불 세트가 아직도 비닐에 포장된 채로 벽 쪽에 놓여 있다.

나는 바닥에 주저앉아 이불 위로 누웠다. 두 팔을 들어 올리자 뻐근한 어깨 부근에 피가 도는 듯했다. 옆방에서 사람이 말하는 목소리가 들려왔다. 종종 웃음소리가 섞여 있었는데, 어쩌면 TV에서 나오는 소리일지도 모르겠다. 이 작은 방에서 나는 홀로 죽어갈까? 문득 그런 생각이 들었다. 그러나 그것을 외롭다고 생각하지 않는 내가 여기에 홀로 존재했다.

무라마쓰 씨는 그 후로도 종종 호출을 했다. 대개는 기저귀를 갈아달라는 부탁이었지만, 그것은 무라마쓰 씨도 할 수 있는 일이어서 굳이 나 같은 요양보호사를 부를 필요는 없는 상황이었다. 하지만 그런 궁금증은 일부러 눌러 참고, 호출을 받으면 그대로 무라마쓰 씨 집을 방문했다. 그것이 내 일이기 때문이다. 무라마쓰 씨는 내가 오기만을 기다렸다는 듯이 기저귀를 가는 내 옆에 서서 입을 열었다.

"히나야, 벌써 결정했다면서? 나도 들어서 알게 됐어."

나는 일순 손길을 멈추고, 무라마쓰 씨의 얼굴을 쳐다보았다.

"나한테 한마디라도 상담하면 좋았잖니?"

"……죄송해요."

사과하는 것은 내 본의가 아니었지만, 무라마쓰 씨의 말을 무시한 것처럼은 보이기 싫었다. 나는 계속해서 기저귀를 갈았다.

무라마쓰 씨는 어릴 적부터 나를 귀여워해주신 분이다. 할아버지와 내가 단둘이 살 때 옆에서 지켜봐준 사람이기도 했다. 저녁밥을 먹을 때쯤에 가끔 음식도 가져다주고, 내 교복 치마의 실이 풀린 걸 발견하고는 직접 꿰매준 적도 있다.

무라마쓰 씨의 남편은 내가 고등학생 때 돌아가셨다. 그러자 무라마쓰 씨는 친정아버지를 모시고 와서 같이 살았다. 그 당시 슌타로 씨는 내가 중학생 때 도쿄에 있는 대학으로 진학해서 집에는 없었다. 수다를 좋아하는 무라마쓰 씨와는 달리 말수가 적은 얌전한 사람이었다.

초등학생 때는 곤충을 좋아했고, 중학생이 되자 우리 할아버지와 우리 집 툇마루에서 자주 장기를 두곤 했다. "슌타로는 정말 공부를 잘해"라고 할아버지는 몇 번이나 내게 말하곤 했었다.

"젊은 사람은 좋겠어. 그렇게 빨리 기분 전환이 가능하잖아. 아, 우리 집은 어떻게 해야 좋을지, 원. 아버지랑 같이 살 수 있는 집을 구할 수나 있을지 모르겠네."

그렇게 말하고, 무라마쓰 씨는 갑자기 큰 한숨을 내쉬고는 방을 나갔다.

기저귀를 갈면서, 무라마쓰 씨의 아버지를 노인요양시설 같은 곳에 맡기는 방법도 있다는 것을 일단 전해야겠다고 생각했다. 언제 말을 할까를 생각하면서 할아버지의 혈압과 체온을 재고, 안색도 좋은 걸 확인한 후 방을 나왔다.

복도를 걸어가면 왼편에 부엌이 있지만, 거기에 무라마쓰 씨의 모습은 없었다. 대신 다운베스트를 입은 슌타로 씨의 등이 보였다. 탁자에 앉아 하얀색 약봉지에서 꺼낸 알루미늄 포일을 눌러 손바닥 위에 알약을 여러 개 까놓는 중이었다. 노란색 타원형 알약과 하얗고 동그란 알약. 거의 열 알에 가까운 양을 먹으려는 것 같았다. 언뜻 보기에 감기약 같지는 않았다. 무슨 지병이 있다고 하더라도 먹는 알약 수가 너무 많아서 조금 멈칫했다.

"저, 무라마쓰 씨는……."

내 질문에는 대답도 않고 슌타로 씨는 손바닥 위의 알약을 입에 털어 넣고 페트병에 든 생수로 단숨에 꿀꺽 다 삼켰다.

"……또 누구네 집에 도로공사 이야기를 하러 갔겠죠. 요

즘 반대운동 한답시고 기운이 펄펄 넘치거든요. 지금 그 사
람한테는 그것 말고는 스트레스를 풀 방법이 없나 봐요."

슌타로 씨는 나를 돌아보지도 않고 말했다.

'그 사람'이라는 단어가 강하게 뇌리에 남았다.

"할아버지는 계속 누워서만 지내지, 아들놈은 우울증에 빠
져 은둔형외톨이로 살지, 심지어 오래 살아서 정들고 추억도
많은 이 집까지 도로 건설로 사라진다면, 그 사람도 견디기
가 힘들겠죠."

마치 남의 일처럼 말하는 슌타로 씨의 약간 톤이 높은 목
소리는 내가 기억하는 옛날 그의 목소리와 거의 비슷해서 달
라진 것이 없었다. 하지만 그는 원래 이토록 말이 많은 사람
이 아니었다. 등짝도 꽤 둥글넓적해졌다. 고등학생 때 슌타
로 씨는 몸이 너무 말라서 셔츠를 입으면 퍽 남아돌 정도로
가냘픈 사람이었다. 현재 그 시절의 모습은 다 사라졌고, 체
중도 그때보다 두 배는 늘지 않았을까. 슌타로 씨의 말은 끝
나지 않는다.

"난 완전한 패자니까. 더는 위로 못 올라가요. 어딘가에 저
임금으로 고용되어 혹사당하면서 일할 생각은 조금도 없고
요. 이 집을 팔고 나서 그 사람이 어떻게 할지는 모르겠지만,
그 돈도 아마 이 집 식구들의 생활비로 써야겠죠. 오롯이 우
리가 죽을 때까지 먹고살기 위한 돈이에요. 이 집엔 일을 안

하는 사람이 세 명이나 되고, 생산성이 제로니까요. 그 사람이 돌보는 할아버지가 언젠가 죽고 나면 이번에는 내가 그 사람을 돌봐야 하네요. 아, 그 사람의 기저귀를 갈아야 하다니, 내가 진짜로 할 수 있을까 몰라."

"할 수 있어요." 나는 무심코 그렇게 대답했다.

슌타로 씨가 뒤돌아 내 얼굴을 쳐다보았다. 내 대답에 놀랐는지 살짝 입술이 벌어져 있다.

"······그야 히나는 요양보호사니까."

히나, 라고 슌타로 씨가 나를 불러서 이번에는 내가 깜짝 놀라고 말았다. 그가 나를 '히나'라고 부른 것은 몇 년 만일까?

"히나야, 이거, 왕오색나비 같아."

그가 내게 그런 식으로 말을 걸면서 곤충채집통 속의 나비를 보여준 건 분명 내가 초등학생 때였다. 그 이래로 슌타로 씨가 내 이름을 직접 부른 적은 없는 것 같다.

슌타로 씨는 가만히 내 얼굴을 보고 있다. 그 강한 시선에 먼저 시선을 피한 것은 내 쪽이었다.

"할아버님은 지금 아주 건강하세요. 혹시 무슨 일 생기면 또 호출해주세요."

나는 그렇게 말하고는 스니커즈를 아무렇게나 구겨 신은 채 무라마쓰 씨의 집을 나왔다. 등 뒤로 슌타로 씨의 시선을 느끼면서.

새 아파트에는 뭘 가져갈까 고민했다. 텔레비전, 밥상, 찻
장, 벽시계. 이 모두가 새 아파트에는 어울리지 않는다. 할아
버지와 부모님의 위패와 앨범 몇 개, 그것만으로도 이미 충
분하다는 생각이 들었다. 수면과 식사, 목욕에 필요한 물건
은 새롭게 장만할 계획이었다.

1년 치 입을 옷을 담다 보니 골판지상자 세 개분이 나왔
다. 새 아파트의 좁은 옷장 속에 플라스틱 옷장도 추가로 넣
으면 어쨌든 전부 수납이 가능할 것이다. 일할 때는 유니폼
을 입고, 집에 돌아오면 편안한 실내복으로 갈아입는데, 딱
히 비싼 옷을 사 입는 것은 아니다. 1년 내내 데님이나 면바
지. 여름에는 반소매, 겨울이 되면 긴팔. 더 추워지면 다운재
킷. 이런 식이다.

어차피 또 필요하면 쇼핑센터에 가서 옷을 사면 된다.

나는 화장품에도 그다지 흥미가 없다. 예전에 미야자와를
처음 만났을 때의 일이다. 미야자와의 아내가(그때는 그 사
람이 아내인 줄 몰랐다) 인터뷰 때문에 내게 질문을 하다가,
심할 정도로 내게 취미 생활이 전혀 없는 걸 알고서는 충격
을 받던 장면이 떠올랐다.

잘 지내고 있을까? 그런 생각을 하면서 고개를 들어 정원

을 보았다. 이 정원은 집을 팔기로 결정한 순간부터 손을 전혀 안 대고 방치해둔 상태였다. 공사 후에는 이 정원 면적의 절반만 남게 된다. 하지만 별로 큰 면적도 아니고, 새로 생기는 도로 옆에 어설프게 이 절반의 정원만 남는다고 해서 내가 뭘 어쩔 수 있겠는가.

앞으로 어떻게 해야 좋을지 나는 결정을 못 하고 있었다.

미야자와는 이 집에 와서 꼼꼼하게 잡초를 베어주었다. 나는 고향으로 다시 돌아오고 나서 미야자와를 그리워한 적은 한 번도 없다. 그와 헤어지고 나서, 내 안에서 누군가를 좋아하거나 그리워하는, 아니 훨씬 그 이전의 희로애락이라는 기본적인 감정이 한없이 무(無)에 가까워지고 있었다.

나는 지금 근무하는 회사에서도, 방문요양서비스를 위해 찾아가는 고객의 집에서도 아무 문제 없이 대화도 가능하고 웃기도 한다. 눈을 감고 있어도 이 일을 할 수가 있다. 밥도 잘 먹고, 잠을 못 자는 날도 없다. 하지만 어느 순간, 문득 깨달았다. 사랑니를 뺀 뒤의 잇몸처럼 혀로 건드렸을 때만 알 수 있는 커다란 구멍이 내 안에 뚫려 있다는 것을.

직장 동료들이나 모임에서 동창들이 "연애를 하고 싶다"거나 "애인이 있으면 좋겠다"는 말을 할 때면 나는 웃으면서 그들의 대화를 듣고 있다가 이제 날 좋아해줄 사람은 평생 없을 것 같다는 생각을 했다.

그러나 그 사실에 위기감조차 느끼지 못하고 있다. 동료 직원이 권한 소개팅에도 나가지 않았다. 그런 곳에서 누군가를 만나서 호감을 느끼거나, 반대로 누가 내게 호감을 품는 상황이 싫었다. 누구와도 깊은 관계를 맺고 싶지 않은 게 내 속마음이었다. 그럴 때마다 미야자와가 머릿속에 떠올랐다. 이것은 후유증이다. 미야자와라는 사람을 좋아하게 되었고 함께 살았던 그 흔적만이 유일하게 그가 내게 남겨준 것인지도 몰랐다.

그런 생각을 하면서 새 아파트로 옮겨 갈 얼마 안 되는 짐을 차에 실었다.

차로 두세 번만 왕복하면 이제 이사도 끝난다. 이 집이 헐리는 건 4월이지만, 침대는 그대로 놔둔 채 집이 헐리는 그날까지 새집과 옛집 양쪽에서 지내기로 했다.

이 집을 부수기로 한 이후로 마치 댐이 와르르 붕괴하듯이 더 많은 곳에서 말썽이 났다. 이젠 한계라고, 집 안 곳곳이 비명을 지르는 것만 같았다. 창문마저 완전히 닫히지도 않아서 아무리 난방을 켜도 한기 때문에 몸이 덜덜 떨렸다.

그 말을 들은 새 직장 선배인 핫토리 씨는 이렇게 말했다.

"사람 사는 집이나 방에는 감정이 있대. 그래서 이사를 결정하거나 집을 허물어야지, 하는 말이 나오자마자 이곳저곳에서 고장이 생긴다는 이야기를 예전에 병간호하던 어떤 할아버지한테서 들은 기억이 있어."

그 이야기를 듣고, 집을 헐기도 전에 내가 완전히 이곳을 떠나버리면 집의 상황이 더욱 나빠질 것만 같아서 불안했다. 폭우가 쏟아지거나 큰눈이 쌓일 정도로 기온이 낮은 날은 새 집으로 피신했다. 그러나 그 밖의 날들에는 최대한 이 집에서 지내기로 했다. 사람에 대한 흥미는 완전히 사라지고 있는데, 나는 쇠락해가는 이 집의 기분을 어떻게든 달래주려고 애쓰고 있었다.

아파트의 주차장과 방을 오가며 골판지상자를 전부 옮겼다. 그래도 여전히 새집은 휑하다. 오전 11시가 지나자, 창문으로 들어오는 햇살이 조금 따뜻하게 느껴질 정도였다. 커튼을 사야겠다고 생각했는데, 까맣게 잊어버린 사실을 깨닫는다. 커튼만이 아니다. 식칼과 도마, 수건까지 새로운 생활을 하기에는 부족한 것이 너무 많았다. 방을 둘러보고 생각나는 대로 휴대전화에 메모한 다음, 아파트를 뒤로했다.

쇼핑센터에서 필요한 물건을 차례로 쇼핑했다. 필요한 건 다 샀지만, 욕조에 띄우는 노란 플라스틱 오리랑 사과 모양의 키친 타이머 등 당장 필요도 없는 물건까지 충동적으로 사고 말았다. 물론 일일이 가격을 따지면 그리 비싼 물건은 아니지만, 이런 낭비를 하는 것도 오랜만이었다.

평생을 새로 빌린 방에서 살 거라면 차라리 그 집을 사버리는 게 더 좋을 수도 있다. 그러나 할아버지의 집을 팔아서 받은 돈을 무미건조한 아파트에 쏟아붓는 데는 거부감이 들었다. 새로 빌린 아파트의 임대료는 월급에서 낼 것이다. 집과 땅을 판 돈에는 될 수 있으면 손대지 않기로 했다. 가장 건실한 생각은 미래를 위해 저축해놓는 것이다. 나 혼자서 살아가기 위해서. 내가 더는 일할 수 없게 될 때를 위하여.

그러나 한편으로는 남은 돈을 한순간에 왕창 써버리고 싶은 묘한 욕망에 사로잡힐 때도 있다. 도로 확장이라는 명목이 있다고는 해도, 할아버지의 집과 토지를 판 돈을 나 혼자서 손에 쥐고 있는 이 무게감을 견디기 어려운 것도 있었다. 예를 들면 이 쇼핑센터에서 하찮은 쇼핑을 계속하면서 돈을 다 써버리는 것이다. 그러나 이 쇼핑센터에는 내가 돈을 왕창 써버릴 만큼 가지고 싶은 물건이 없었다.

약 10년쯤 전에 이 쇼핑센터가 처음 생겼을 때만 해도 이렇지는 않았다. 쉬는 날마다 이곳을 찾았다. 여기에 오기만 해도 흥분되었다. 그때는 나뿐만이 아니라 이 지역 사람들 대부분이 이곳을 찾았을 텐데, 지금은 어느 가게나 한산할 뿐이다. 평일 이 시간대는 손님보다 점원의 수가 더 많은 것 같다.

양손에 무거운 비닐봉지를 여러 개 들고 출구로 향했다. 출구 위에 있는 시계가 곧 점심때를 알리고 있었다. 하지만 왠지 새집에서 요리할 마음은 생기지 않았다. 여기서 뭐라도 먹어두려고 발길을 돌려 에스컬레이터를 탔다.

맨 위층에 있는 푸드 코트는 내가 이 마을을 떠나 있는 동안 완전히 내부가 바뀌어 있었다.

남쪽 창문은 천장까지 전면이 유리로 바뀌었고, 창가 쪽에는 혼자 오는 손님을 위한 카운터석이 마련되었다. 테이블석에는 대부분 노인이나 어린 자녀를 데리고 오는 젊은 엄마들이 앉았다. 카운터석에 짐을 내려놓고, 곧바로 눈에 띈 가게에 가서 접시 우동을 주문하자 사각형의 진동 벨을 주었다. 요리가 나오면 음악이 울리면서 진동하는 시스템이라고 점원이 설명했다. 현재 나도 이렇게 호출 버튼 하나로 고객의 자택을 방문하는 일을 하는데, 먹는 밥이나 일이나 똑같은 시스템이라니, 하고 생각했다.

카운터석에 앉아 창밖을 멍하니 바라보았다. 강변에 심겨 있는 저 나무는 벚꽃일까?

하지만 꽃이 피기까지는 아직 멀었다. 강 건너의 논밭. 왼편으로 펼쳐진 산줄기. 하늘은 겨울다운 맑은 푸른색을 띠고 있다. 논밭에 작은 새 떼가 내려앉더니 잠시 후 다시 떼를 지어 날아갔다. 진동 벨이 부르르 떨더니 음악이 나와서 나는 토트백을 들고 일어섰다. 내 앞에 같은 가게로 걸어가는 남자 손님이 있었다. 왠지 그의 등이 낯익었다. 그리고 마침내

트레이를 손에 든 그 사람이 뒤를 돌자마자, 우리는 동시에 살짝 목소리를 높이고 말았다.

"아!"

바로 가이토였다. 나는 무슨 말이라도 하려고 망설이다가 입을 다물었다. 가이토도 아무 말이 없었다. 우리는 서로 아무 말도 주고받지 않고, 각자 자기 접시 우동을 받아서 원래 자리로 돌아갔다. 나는 카운터석의 한가운데에, 가이토는 카운터석의 맨 끝에 혼자 앉았다. 왠지 가이토가 먼저 말을 걸지 않을까도 생각했지만, 그가 내 쪽으로 다가올 기미는 보이지 않았다.

나 역시 그에게 자연스레 말을 걸거나 가까이 다가가도 될지 잘 몰라서, 우리 두 사람의 거리감을 헤아리기가 힘들었다. 우리는 각자 시킨 똑같은 메뉴인 접시 우동을 각각 다른 카운터석에 앉아 먹었다. 나는 가끔 젓가락을 내려놓고 창밖의 풍경을 바라보았다.

가이토에게 말을 걸 용기가 없다. 아마 그도 가능한 한 나를 쳐다보려 하지 않을 것이다.

우리는 서로 다른 길을 가고 있다. 그 두 개의 길은 영원히 겹칠 가능성이 없어 보였다. 같은 동네에 살아도, 이런 식으로 가까이에 있어도, 꼭 타인들처럼, 가끔은 동창끼리 모이는 회식 자리에서 얼굴을 마주쳐도 서로 모르는 척 그렇게 살아가는 거야.

"어디 있어?"

머리 위에서 갑작스러운 말이 튀어나와 당황하여 목이 메고 말았다. 나는 급하게 컵의 물을 마셨다.

오른쪽으로 몸을 돌리자, 바로 옆에 가이토가 서 있었다. 벌써 식사를 다 마쳤는지 배낭을 오른쪽 어깨에 메고, 책 몇 권을 손에 든 모습이었다. 가이토의 시선은 내 옆자리에 있는 여러 개의 쇼핑백에 쏠려 있었다. 그중 하나에서 비닐로 포장된 커튼이 훤히 들여다보였다.

"이젠 그 집에서 안 살아?"

"……아, 그게 말이야." 나는 어디서부터 말을 시작해야 좋을지 망설였다. 내가 가이토에게 "어서 와"라는 말을 들었던 그날 이후, 가이토가 또다시 우리 집을 찾아온 적이 있었을까?

"도로 확장공사 때문에 우리 집이랑 정원이 곧 없어지게 될 거야. 그래서 나 이사했어. 지금은 아직 양쪽 집을 오가면서 지내고 있고."

가이토는 창밖으로 조용히 시선을 돌렸다. 나는 그런 가이토의 모습을 가만히 바라보았다. 나처럼 가이토도 나이를 먹었구나. 잠시 후, 시선은 창밖을 향한 채로 가이토가 입을 열었다.

"혼자서?" 가이토가 묻는다.

"혼자서."

그때 어디선가 근처의 탁자에서 아기 울음소리가 들렸다. 천장이 높은 탓일까, 마치 어딘가로 흡수되듯이 그 소리가 사르르 멀어져가는 느낌이 들었다.

"너희 집이랑 정원이 없어진다고?"

"정원은 땅의 절반만 남게 됐어. 하지만 면적도 굉장히 좁고, 얼마 안 남은 그 땅으로 뭘 어떻게 할 수 있겠어?"

꼭 변명 같다고 생각하면서도 그렇게 대답한 이유는 가이토의 표정과 음성 때문에 그가 왠지 화난 것처럼 보였기 때문이다. 시선을 내리자, 가이토가 손에 든 책의 표지가 눈에 들어왔다. '복지 계열 대학' '입시' '소논문 대책 마련'. 전부 다 참고서처럼 보였다.

"정원만이라도 좋으니까 한번 보고 싶다."

"……알았어."

나는 아직 음식이 절반쯤 남은 접시를 트레이에 올리고, 치우기 위해 일어섰다. 그릇을 본 가이토가 깜짝 놀란 표정을 짓는다.

"다 먹고 나서 가도 괜찮아."

"아냐, 이제 배불러서 그래." 실제로 그랬다.

쇼핑센터에서 우리는 각자의 차를 몰고, 할아버지의 집으로 향했다.

내가 정원에 차를 세우자, 가이토의 차가 산길을 올라오는 소리가 들렸다.

나는 툇마루로 가서 유리문을 열었다. 이 문은 힘을 꾹 주면서 들어 올리듯이 열지 않으면 잘 안 열린다. 부엌에서 차를 마실 물을 끓였다. 물이 끓는 동안에 정원을 보니, 여름철에는 사나울 정도로 쑥쑥 자라나 우거졌던 잡초가 겨울철이 되자 시들어 말라버려서 정원의 풍경 전체는 갈색으로 물들어 있었다. 그래도 이제 한 달쯤 지나면 싱그러운 녹음이 이 정원을 뒤덮을 것이다.

가이토는 정원 한가운데에 서서 찬찬히 구경 중이다. 차를 준비하면서 생각했다. 가이토는 이 집에서 나와 같이 살기도 했으니, 그런 그가 정원만이라도 좋으니까 보고 싶다고 말한 기분을 알 것 같았다. 문득 이 집이 사라진다는 사실을 가이토에게만큼은 미리 말해줬어야 했다는 생각도 들었다.

2월치고는 이상하게 기온이 높은 날이었다.

가이토는 툇마루에 앉아서 내가 우려낸 차를 천천히 마셨다.

"대학에 갈 거야?" 아까 가이토가 가지고 있던 책이 마음에 걸렸다.

"사회복지 쪽으로 갈 생각이야. 지금 당장은 아니고."

"그렇구나. 꿈이었잖아."

실은 '가이토, 그건 너의 꿈이었잖아'라고 말하려다가 그냥 입을 다물었다.

편하게 그의 이름을 불러도 되는지 망설여졌다. 케어매니저가 되고, 대학에 들어가 사회복지사가 되는 것은 가이토의 오랜 꿈이었다. 그와 사귈 때 서로 교대로 대학에 가자는 권유도 받았었다. 그랬던 가이토가 어느새 진짜로 케어매니저가 되었다. 젊은 시절의 꿈을 하나씩 하나씩 이루어가고 있다. 쭉 이 마을에 살면서 말이다.

내가 삶의 터전을 바꾸면서까지 미야자와를 따라 동거하다가 헤어지고, 그래서 다시 고향으로 돌아온 그 세월 동안, 그는 속도를 바꾸지 않고 한결같은 꾸준함으로 달려왔다.

"히나, 너도 갈 수 있잖아. 이 집을 팔았으니……."

가이토가 희미하게 미소를 띠며 말했다. 가이토, 히나, 라는 이름의 울림이 그리웠다.

"그렇게 많은 돈도 아니야."

"정원의 남은 땅은 어떻게 할 거야?"

"글쎄……."

"글쎄라니, 하기야 이 절반 크기로는 공원으로 만들기도 어렵겠지?"

그렇게 말하면서 가이토는 다시 정원을 바라보았다.

"하지만 아깝네."

"저기 있잖아, 가이토." 일부러 그의 이름을 불렀다.

"부탁이 하나 있어." 아, 나란 사람은 얼마나 교활한가.

"이 집을 허무는 공사를 할 때 여기 와서 지켜봐주지 않을래?"

여태껏 나는 힘든 순간에만 가이토에게 의지해왔다. 그리고 이번에도 가이토가 내 부탁을 거절하지 않을 거라는 확신이 있었다. 이 집의 마지막 순간을 끝까지 지켜보고 싶지만, 나 혼자서는 두려웠다. 부모님도 할아버지도 이미 이 세상에 안 계시고, 미야자와에게도 기댈 수가 없다.

이 집과 인연이 있는 사람은 이제 가이토밖에 없는 것이다.

가이토는 묵묵히 차를 다 마시고는 작은 목소리로 "알았어"라고 대답했다.

"왜 난 이렇게……." 그렇게 말하면서 그는 자리에서 일어났다. 그리고 한마디 더 했다.

"항상 이 모양일까?"

가이토는 한 번도 뒤를 돌아보지 않은 채, 시들어버린 수풀을 헤치며 정원을 성큼성큼 가로질러 갔다.

오후에 첫 번째로 방문한 집의 일을 끝내고 회사로 돌아오니, 곧바로 무라마쓰 씨의 집에 가달라고 팀장이 말했다. 무라마쓰 씨의 아들이 연락을 해서 할아버지의 상태가 조금 이상하다, 열이 있는 것 같다는 말을 했다고 한다. 나는 당장 차로 무라마쓰 씨 집으로 향했다. 연말부터 인플루엔자와 폐렴이 기승을 부리고 있어서 체력이 약해진 노인에게는 치명적일 수도 있다.

무라마쓰 씨 댁의 현관 벨을 울리지만, 반응이 없다. 다시 한번 눌러도 아무도 나올 기미가 없었다. 살짝 현관문을 당겨보니 쉽게 열렸다. "무라마쓰 씨!" 하고 현관 앞에서 이름을 크게 부르자, 복도 안쪽에서 슌타로 씨가 천천히 걸어왔다.

"할아버지 얼굴이 빨개서요. 이마를 만져보니 뜨거워요. 그래서……."

"알겠습니다."

나는 현관에서 구두를 벗고, 복도 안쪽에 있는 할아버지 방에 들어갔다. 그런데 실내 난방을 너무 세게 틀어서 더울 정도였다. 에어컨 리모컨으로 실내 온도를 내렸다. 체온은 평열 정도로, 이마에 땀을 약간 흘리고는 있지만 열이 난 탓은 아닌 것 같았다. 기저귀를 만져보니 흥건해서 무겁다. 장시간 기저귀를 교체하지 않은 모양이었다. 나는 재빨리 기저귀를 갈았다. 무라마쓰 씨 댁 할아버지는 말을 또렷하게 하지는 못하지만, '예'와 '아니요'라는 의사 표시는 가능하다.

"목이 아프세요?" "머리가 아프세요?"라고 물어봤지만, 어느 쪽 질문에도 머리를 살짝 가로저었다. 속옷이 땀으로 젖은 것 같아서 따뜻한 물수건으로 깨끗이 닦기로 했다. 재빨리 파자마를 벗기면서 복도에 서 있는 슌타로 씨에게 말했다.

"감기의 징후는 아닌 것 같고, 난방 때문에 좀 더웠던 것 같아요."

그렇게 말해도 아무런 대답이 없다.

"아, 오늘 혼자세요? 무라마쓰 씨는요?" 질문을 해도 슌타로 씨는 대답하지 않았다.

"호출 버튼 눌러도, 매번 히나가 오는 건 아니구나."

"한집을 여러 명이서 담당하고 있으니까요. 요일이나 시간대에 따라서도 담당하는 사람이 바뀌거든요." 그렇게 말하면서 할아버지의 얼굴을 닦았다. 새로운 속옷과 파자마로 갈아입히고, 만일을 위해 다시 한번 체온을 쟀더니 아까보다 열은 내려갔다.

"호흡도 거칠지 않고, 몸 상태는 현재로선 문제가 없습니다. 혹시 무슨 일이 생기면 또……."

"5분만."

"네?"

"히나야. 5분, 아니 3분만이라도 좋으니까, 내 얘기를 들어줄래?"

내가 살짝 겁을 먹은 걸 눈치챘는지 슌타로 씨가 바로 이어 말했다.

"히나가 무서워하는 일은 절대 안 해. 그것만은 약속할게."

그렇게 말하고, 슌타로 씨는 복도로 나가 부엌 쪽으로 걸어갔다.

슌타로 씨의 말을 들어주려고 생각한 건 순전히 내가 지난번에 우리 집의 마지막 순간을 지켜봐달라고 가이토에게 부탁한 일이 머리 한구석에 남아 있었기 때문이다. 누군가에게 뭔가를 부탁하거나 혹은 누군가로부터 부탁을 받는 일. 가이토에게 언제나 제멋대로 굴어온 나. 이제는 나도 누군가의 부탁을 좀 들어줘야 하지 않을까? 단 3분만이라면.

방에 남은 나는 만일을 위해 휴대전화 화면에 회사 전화번호를 띄워놓고 언제든 전화가 걸리게끔 한 다음, 유니폼 주머니에 넣었다.

부엌의 한 귀퉁이 가스스토브 위에 올려놓은 약탕기에서 수증기가 하얗게 모락모락 피어오르고 있다. 식탁에 앉은 슌타로 씨는 내게 맞은편 자리를 권했다. 솔직히 그냥 서서 그의 말을 듣고 싶었는데, 그는 계속 내가 의자에 앉기를 기다렸다. 나는 식탁 의자를 충분히 뒤로 빼 언제든지 편하게 일어설 수 있게 만들고 나서 자리에 앉았다.

가스스토브 소리와 약탕기에서 나는 수증기 소리를 없애려는 듯 슌타로 씨의 목소리가 울린다.

"히나는 남자랑 살다가 헤어져서 이 마을로 다시 돌아온 거잖아? ……그 전에는 같은 전문학교 출신 남학생이랑 사귀었고. 나 그 사람한테서 다 들었어. 그 사람은 이 근방 소문이라면 모르는 게 없거든."

나는 고개를 숙인 채 잠자코 있었다.

"아, 아니, 나는 히나를 탓하려는 게 아니야. 하지만 여자는 어떻게 기분 전환이 그렇게 빨리 가능한지가 궁금해서. ……실은 내 아내, 아니 전처였던 사람은 나랑 결혼했지만 바람을 피웠어. 나는 3년 동안이나 그 사실을 까마득히 모르고 있었지. 정말 멍청하지? 그걸 전혀 눈치채지 못하다니 말이야. 근데 나도 그 무렵에 정말 힘들었거든. 회사는 망할 것 같은 데다가 자꾸 일에서 실수만 늘고. 그래서 아내한테까지 전혀 신경을 쓰지 못했어. 우리는 맞벌이 부부였거든. 아내가 밤늦게 돌아와도 그냥 회사 일이 바쁜 줄만 알았어. ……하지만 결국엔 어떻게든 알게 되더라고. 뭔가 이상하다고 느꼈던 일들이 어느 날 문득 전부 하나로 귀결됐지. 아내도 방심을 했던 거야. 나는 아내한테 따져 물었어. 그랬더니 '내가 절대 그런 짓을 할 리가 없잖아. 지금 날 의심하는 거야?'라고 되묻더라고. 그 말을 들은 나는 한 번만 더 아내를 믿기로 했어. 아니, 아니야. 이건 거짓말이야. 실은 그때부터 아내를 진지하게 더 의심하기 시작했거든. 탐정 사무소에 큰돈을 지불하고 아내의 행동을 감시했어. 그리고 고작 일주일 만에 아내가 나 몰래 뭘 하고 다니는지를 깡그리 알게 됐어. 내가 상상했던 그 이상의 일이었어."

벌써 3분이 지났다고 생각했지만, 슌타로 씨의 이야기는 끝날 기미가 없다. 나는 주머니 속의 휴대전화를 움켜쥐었다. 슌타로 씨의 목소리 톤은 변함이 없어서, 마치 앞에 있는 원고를 읽고 있는 것만 같았다.

"이혼해달라고 먼저 말한 건 나야. 나쁜 건 아내지만, 나는 아내한테 위자료도 청구하지 않았지. 아내는 그 즉시 아파트를 나갔고. 나와 헤어지자마자 곧바로 불륜 상대와 동거하기 시작했다고, 일부러 내게 알려준 사람이 있었어. 아무튼 그런 인간은 어디에나 있다니까. 그런 쓸데없는 짓을 벌이는 사람들 말이야. 좋은 일이라고 생각해서 하는 거니까, 뭐 어쩔 수는 없지만. ⋯⋯아무튼 나와 아내는 주오선(線) 부근의 아파트에 살고 있었어. 아내가 없어지고, 혼자 퇴근해 집에 돌아오면 곧잘 아파트 베란다에서 맥주를 마셨어. 오렌지색 라인이 들어간 전철이 달리는 걸 보면 눈물이 그렇게 나오더라고. 그 전철이 이 마을로 이어져 있다고 생각하니까 눈물이 멈추질 않았어. 수도꼭지가 망가진 것처럼 눈물이 나오는 거야. 참 이상하지? 집 나간 아내를 떠올리며 우는 거라면 이해가 가는데 말이야. 달리는 전철을 보면서 이 고향이 떠올라서 울다니. 이미 그 당시에 난 완전히 망가져 있었던 것 같아. 어느 날 아침, 이불 밖으로 도저히 나갈 수가 없어서 회사에 출근을 못 했어. 일어나려고 하는데도 일어날 수가 없는 거야. 그렇게 석 달 동안 그런 일이 이어졌고, 결국 보기 좋게 해고당했지. 그렇지만 회사랑 싸울 마음도 없었어. 나중에 그 사람이 날 데리러 왔고, 그래서 다시 이 집에서 살게 된 거야."

거기서 이야기는 뚝 끊겼다.

슌타로 씨가 탁자 위에 올려놓았던 손을 뒤집어 손바닥을 천장으로 향했다. 이제 이야기가 다 끝난 걸까? 슌타로 씨는 더는 말이 없었다. 내가 의자를 끌며 천천히 일어나도 슌타로 씨는 여전히 같은 자세로 앉아서 움직이지 않았다. 그때 갑자기 현관문이 열렸다. 흰 비닐봉지를 든 무라마쓰 씨가 얼굴을 내밀었다.

"어머, 히나야. 무, 무슨 일이야?" 무라마쓰 씨가 놀랐는지 목소리를 높인다.

"할아버지가 열이 있는 것 같다고 슌타로 씨가 연락을 주셔서요."

"뭐?"

"근데 별일 아니었어요. 열도 평열이고 감기 징후도 없으세요."

"아, 그래? 아이고, 깜짝 놀랐네. 무슨 큰일이 생긴 줄 알았잖아."

무라마쓰 씨는 안에 들어가 부엌에 짐을 내려놓고는 복도 끝에 있는 할아버지 방으로 종종걸음으로 갔다. 나도 무라마쓰 씨의 뒤를 따라가서 할아버지의 몸 상태와 기저귀를 갈아드리고 닦은 것까지 설명해드렸다. 부엌에 돌아왔을 때는 이미 슌타로 씨의 모습은 없었다.

내일 휴일에는 이 근방에도 눈이 쌓일지 모른다는 일기예보를 듣고 새 아파트에서 자기로 했다. 원룸아파트의 높은 기밀성과 따뜻함에 익숙해질수록, 옛집의 뼛속까지 스며드는 추위와 외풍을 견뎌내기란 매우 힘들었다. 나는 타산적인 사람이었던 셈이다. 나는 집을 갈아치우려 하고 있다, 헌 집 줄게, 새 집 다오, 처럼.

문득, 어제 슌타로 씨가 "여자는 어떻게 기분 전환이 그렇게 빨리 가능한지가 궁금해서"라고 한 말이 떠올랐다. 내가 지금까지 했던 일을 생각하면, 그런 비난을 들어도 어쩔 수 없다. 원룸의 작은 플라스틱 욕조에 몸을 담그며 생각했다.

가이토에서 미야자와에게로. 그리고 또다시 가이토에게 의지하려는 나. 그러다 문득 깨달았다. 표류 중인 사람이 필사적으로 유목(流木)에 매달리듯이, 내가 누군가에게 매달리는 관계를 맺으려고 했던 이유는 내가 혼자기 때문일까?

따뜻한 물속에 잠긴 내 팔을, 가슴을, 배를 보았다. 작은 거품이 여기저기에 달라붙어 있다. 지금 내 몸은 기댈 곳이 없다.

그때 욕실 밖에서 휴대전화가 울리는 소리가 들렸다. 욕조 밖으로 나와 목욕 수건을 몸에 두르고, 다운 코트 주머니에 손을 넣었다. 화면에는 '무라마쓰'라는 이름이 떠 있었다.

"히나야, 미안해. 나야." 당황한 무라마쓰 씨의 목소리가 들렸다.

"할아버지한테 무슨 일 있으세요?"

할아버지에게 무슨 일이 생겼다 해도 내 휴대전화로 직접 전화가 올 리가 없는데, 이런 상황에 깜짝 놀랐다.

"아니야. 우리 슌타로가…… 좀 이상해서. 아무리 깨워도 안 일어나지 뭐야."

무라마쓰 씨는 금방이라도 울음이 터질 것만 같은 목소리였다.

"지금 바로 갈게요."

나는 젖은 머리카락과 몸을 수건으로 대충 닦았다. 고개를 들자, 커튼이 활짝 열린 까만 창문에 나체로 서 있는 내 모습이 비쳐 흠칫했다.

다 마르지도 않은 머리카락을 니트 모자에 쑤셔 넣고 방금 벗었던 옷을 도로 입은 뒤, 나는 차를 몰았다.

"숨은 쉬는 것 같은데, 아무리 깨워도 안 일어나. 처음엔 그냥 잠에 푹 빠진 거라고 생각했거든."

집에 도착한 내 팔에 매달리면서 그렇게 말하는 무라마쓰 씨의 목소리는 떨고 있었다. 무라마쓰 씨가 현관 옆에 있는 슌타로 씨의 방문을 열었다. 침대에서 자고 있는 슌타로 씨는 깍지를 낀 두 손을 가슴 위에 올린 채 조용히 자고 있었다. 가슴 위의 두 손이 희미하게 오르락내리락거린다. 문득 침대 옆에 있는 쓰레기통으로 시선이 갔다. 캡슐에 든 알약을 꺼내고 나서 버린 수많은 알루미늄 포일, 그리고 텅 빈 생수병. 그걸 보자마자 바로 휴대전화로 119를 눌렀다.

"히나야, 슌타로, 죽는 거야? 정말 죽어버리는 거야?"

"괜찮아요. 죽지 않아요. 괜찮을 거예요." 나는 이 말을 계속 반복할 수밖에 없었다.

구급차는 바로 왔다. 슌타로 씨 옆에는 내가 동행하기로 했다. 달리는 구급차 안에서 슌타로 씨가 천천히 눈을 떴다.

무슨 말을 내게 하려고 해서, 나는 그의 입가에 귀를 기울였다.

"⋯⋯내가 진심이었다면, 수해로 갔겠지." 그렇게 말하고 슌타로 씨는 살포시 웃었다.

슌타로 씨가 입원한 병원은 역 앞에 있어서 내 아파트에서도 거리가 꽤 가까웠다. 오늘은 오전 근무 조여서 일을 다

마치고 병실에 들러보기로 했다. 4인실 안, 커튼으로 칸막이
된 창가 쪽 공간에 슌타로 씨의 침대가 있었다. 내가 커튼 사
이로 얼굴을 내밀자, 슌타로 씨는 침대에서 몸을 일으키려고
했다.

"휴게실에 가고 싶어." 그렇게 말하고 일어나려는 슌타로
씨의 몸을 잡아주려고 하자, "이젠 괜찮아"라며 나를 손으로
제지했다.

슌타로 씨는 약간 비틀거리기는 했지만 혼자서도 걸을 수
있었다. 저녁 시간대의 휴게실에는 나와 슌타로 씨 외에는
아무도 없었다. 슌타로 씨는 창가 쪽 의자에 천천히 앉았고,
나도 그 옆에 앉았다.

"저기 좀 봐봐." 슌타로 씨가 무언가를 손가락으로 가리
킨다.

엷은 베이지색의 낯익은 역 건물 위층에 있는 T자 형의 은
색 창문이 석양을 반사하고 있었다. 로터리에는 버스 한 대
와 택시 여러 대가 서 있고, 역 건물의 오른쪽에서 도쿄 방면
을 향해 전철이 서서히 달리기 시작한다. 저 전철의 이름은
아즈사일까, 아니면 카이지일까. 나도 미야자와를 만나러 가
기 위해 저 역에서 전철을 탄 적이 있다.

"제가 사귀었던 사람도 도쿄에 있어요."

슌타로 씨는 내 얼굴을 보면서 무슨 말이 하고 싶은 듯 입

을 열었지만, 아무 말도 하지 않았다.

"위세척할 때 많이 힘들었어요?"

"그땐 의식이 없었으니까. 전혀 기억이 안 나."

"약, 많이 먹어도 죽지 못해요."

"그냥 잠만 자고 싶었을 뿐이야. 그냥 이대로 계속 자고 싶었어. 죽고 싶었던 건 아니야."

"아주머니가 걱정하시잖아요."

"그 사람은 뭐든 야단스럽다니까. 뒷소문이나 좋아하는 그냥 아줌마잖아."

"하지만 도쿄에 슌타로 씨를 직접 데리러 가셨잖아요? 마음이 상냥한 어머니세요."

"……." 슌타로 씨가 고개를 수그리자, 입꼬리가 쑥 아래를 향했다.

도쿄 방면에서 힘차게 전철 한 대가 달려왔다. 이 마을보다 더 먼 곳을 향해 또 달릴 것이다. 앞으로 남은 시간, 저 전철을 탄 사람들은 무엇을 하러 가는 걸까? 집으로 돌아가는 사람만 있는 것은 아닐 테니까.

"히나네 집도 이제 곧 없어진다며?"

"네, 어쩌면 돌아가신 할아버지가 둔갑해서 나타나실지도 몰라요. 어떻게 내 집을 헐 수가 있냐면서."

내가 그렇게 말하자, 슌타로 씨는 구급차 안에 누워 있을 때랑 똑같은 얼굴로 웃었다.

"내가 어렸을 때 히나네 할아버지랑 자주 장기를 두었거든. 벌레나 나비 도감을 자주 보여주셨었지. 내가 학교서 괴롭힘을 당했을 때도 내 이야기를 잘 들어주셨어. 그 무렵의 내게는 히나네 집이 유일한 안식처 같았던 곳이었어."

"……그런 일이 있었을 줄은. 전 전혀 몰랐어요."

"히나는 그때 아직 이렇게나 작았으니까."

슌타로 씨는 그렇게 말하면서 허리 언저리에 손을 가져다 댔다.

"넌 뜰에서 외발자전거를 타거나 토끼풀로 화환을 만들기도 하고, 항상 콧노래를 부르곤 했어. 그 무렵의 나는 하루하루가 깜깜했으니까, 대체 이 아이는 뭐가 이리도 즐거울까, 항상 그런 생각을 했거든."

슌타로 씨는 웃으면서 창밖으로 시선을 돌렸다.

"히나는 작고, 밝고, 강한 아이였어."

엘리베이터 문이 열리면서 입원환자의 저녁 식사를 실은 은색 카트가 들어왔다.

"아, 벌써 식사 시간이네요." 나는 말하면서 일어났다.

"히나." 내 이름을 부르는 슌타로 씨의 얼굴을 보았다.

"혼자라서 외롭다는 생각 해본 적 없어?"

"실은, 딱히 없네요."

나는 복도를 걸어가서 엘리베이터 버튼을 눌렀다.

"내가 앞으로 또 누군가를 좋아하게 될 수 있을까?"

"글쎄요……."

"글쎄요, 라니. ……냉정하군." 그렇게 말하며 슌타로 씨는 웃었다.

"내 코앞의 일도 모르는걸요."

"모른다고 말하지만, 여자는 언제든 대담하게 행동하잖아? 난 정말 여자에 대해서 모르겠어." 엘리베이터 문이 열린다.

"……그래서 그걸 알고 싶으니까 여자에게 다가가는 걸까?"

자기 자신에게 말하는 것처럼 슌타로 씨가 중얼거렸다.

엘리베이터를 타는 내게 슌타로 씨가 한마디 했다.

"고마워."

내가 고개를 숙이며 인사하자, 슌타로 씨는 한쪽 손을 들었다. 엘리베이터의 문이 천천히 닫혔다.

집을 부수는 공사는 이 마을에 완전히 봄이 찾아온 4월의 첫 번째 목요일에 시작되었다.

처음에는 인부 몇몇이 지붕 위로 올라가 기왓장을 전부 아래로 던졌다. 그 작업이 다 끝나자, 이번에는 노란색 포클레인이 할아버지와 내가 살던 집을 허물었다. 툇마루, 일본식 다다미방, 부엌 등이 서서히 햇빛 아래 그 내부를 드러냈다. 마치 인체가 조각조각 해부되는 듯한 생생함이 있었다. 벽과 마루가 어느새 폐자재가 되어 정원에 수북이 쌓여간다.

"이제 그만 갈까?"

나는 앞을 향한 채로 가이토에게 말했다. 가이토가 옆에서 고개를 끄덕거렸다. 우리는 부서지고 있는 집을 남겨두고 그곳을 떠났다. 집을 부수는 소음을 들으면서 나는 '안녕!'이라고 마음속으로 인사했다.

"쇼핑센터에서 밥이라도 먹을래? 아니면 차라리 놀이공원 가서 롤러코스터라도 탈까?"

차를 운전하면서 가이토가 내게 물었다.

"날씨가 좋으니까 보트를 탈까?"

"오, 웬일이래?" 그렇게 말하면서도 가이토는 내 의견에 반대하지 않았다.

호수 저편에 보이는 후지산에는 눈이 아직 많이 남아 있었지만, 그 주변 하늘에 겨울의 매서움은 없었다. 느리게 번지 듯이 겨울의 냉랭함이 녹아내리고 있다. 호수의 수면은 봄빛을 평온하게 반사하고 있었고, 평일 정오에 가까운 시간이어서인지 우리 말고는 보트를 탄 사람은 없었다. 가이토가 호수 중간쯤까지 힘차게 노를 저었다. 손가락을 물속에 넣어보니 따사한 햇살과는 다르게 놀랄 만큼 차가웠다. 아직 수면 아래까지는 봄이 오지 않은 모양이다.

"나는 바다도 없는 곳에서 태어났는데, 왜 우리 아버지는 내 이름을 지을 때 '바다'라는 한자를 넣으셨을까?"

가이토가 혼잣말처럼 중얼거렸다. 일전의 술자리에서 옆 자리에 앉은 가이토에게 아버지가 돌아가신 이야기를 들었다. 그는 앞으로 노인뿐만이 아니라 아이들을 위한 일도 하고 싶다고 했다. 그렇게 술자리에서 처음으로 나란히 앉아 이야기를 나누는 우리를 본 고즈에가 "어머, 어머머" 하고 손가락으로 가리키면서 미소를 지었다.

갑자기 바람이 조금 불었고, 우리 보트가 천천히 움직였다.

"남은 땅은 어떻게 할 거야?"

"……."

사실 나도 어떻게 처리해야 할지 고민 중이었다.

"뭐, 그건 네 땅이니까, 네가 좋을 대로 하면 돼."

바람에 떠내려가는 걸 저항하려는 것처럼 가이토가 다시 노를 젓는다.

"풀도 베지 말고, 잡초도 그대로 놔두자. 어디선가 날아온 씨앗이 뭐든 간에 그냥 그 땅에 피어나게 내버려두자. 너무 풀이 많이 자라서 방해가 된다고 해도, 자연 그대로 내버려 두자고."

"그럼 민폐가 안 될까?" 나는 웃으면서 말했다.

"민폐라니? 여름에만 풀이 제멋대로 무성해지다가 겨울이
되면 시들어버리잖아."

바람이 아까보다 더 세졌다.

"꽃이든 채소든 히나가 좋아하는 걸 심으면 되지."

그 말에 웃음이 나왔지만, 지금쯤 내 옛집이 와르르 무너
졌을 걸 생각하니 가슴이 무거워졌다. 바람이 더 거세졌다.

가이토의 말을 듣고, 언젠가 미야자와가 씨를 뿌린 걸 수
도 있는 나팔꽃이 문득 떠올랐다. 땅바닥을 기어가듯 덩굴
을 마구 뻗치고 있던 나팔꽃에 미야자와를 대신해서 버팀목
을 세워준 사람은 가이토였다. 그다음 해에도, 다다음 해에
도 남겨둔 씨앗을 뿌리면 싹이 트고 덩굴이 자라고 꽃을 피
웠는데, 내가 미야자와를 따라 고향을 떠났다가 헤어지고 다
시 돌아온 이후로는 나팔꽃의 존재조차 잊어버리고 있었다.

만약 남은 땅의 정원에서도 나팔꽃 씨앗이 저절로 싹을 내
고 덩굴이 완만하게 나선을 그리면서 뻗어간다면 내가 직접
버팀목을 세워줘야겠다고 생각했다.

가이토가 다시 노를 젓기 시작한다. 나는 보트 밖으로 얼
굴을 내밀어 호수의 수면 아래를 보았다. 호수 바닥이 워낙
에 탁한 녹청색을 띠고 있어서 수심이 얼마나 깊은지를 알
수가 없었다. 그 물 위에 우리가 탄 작은 보트가 떠 있다. 슌
타로 씨가 구급차로 실려간 그날 밤, 내가 욕조에 몸을 담그

고 있던 순간을 떠올렸다. 나뿐만이 아니라 누구나 의지할 데 없다는 생각이 드는 밤이 있을 것이다. 슌타로 씨도, 지금 내 앞에 있는 가이토도. 누군가와 함께 있어도 의지할 데 없는 밤이 또 오지 않던가. 그래도…….

"화장실?"

가만히 있던 내게 가이토가 물었다. 내가 "아니야"라고 웃으면서 고개를 옆으로 저었더니, 그는 "따뜻한 음식을 좀 먹자. 몸도 으슬으슬 춥고 배도 고파" 하며 내 대답을 듣지도 않고 물가 쪽으로 힘껏 보트를 젓기 시작한다.

차는 호수를 떠나 마을 쪽으로 달리기 시작했다. 산을 내려오면서 사행으로 길을 달린다. 커브를 돌 때마다 복숭아꽃과 유채꽃이 흐드러지게 피어난 경치가 펼쳐진다. 내가 어릴 적에도 이런 경치를 여러 번 보았을 텐데, 오늘은 유독 분홍과 노랑밖에 없는 세상의 평온함이 가슴에 사무쳤다. 옛사람들이 이 일대를 도원향(桃源郷)이라고 불렀다는 것이 이해가 갔다.

차가 점점 마을에 가까워지더니 빨간 신호등에서 멈춘다.

가이토는 앞을 향한 채로 왼손을 내 오른 손등 위에 살포시 겹쳤다. 가이토 손바닥의 무게와 따뜻한 온기가 느껴졌다. 그 손이 언젠가 차갑게 굳으리라는 것도 알고 있다. 나는 손을 뒤집어서 가이토의 네 손가락을 감았다. 건조한 손가락의 감촉은 말라비틀어진 잡초와 닮았지만, 가이토의 심장에서 뿜어져 나오는 피는 손가락 끝에도 다다라 그 열기를 내 손가락에 전하고 있었다.

사람의 몸은 영원토록 우거지게 피는 초록이 아니다. 하지만 영원하지 않기에 나는 그것이 사랑스럽다. 신호는 파랑으로 바뀌었고, 가이토도 나도 여전히 앞을 바라보고 있다. 이윽고 가이토의 손이 내게서 멀어진다.

"내 곁에 있어줘."

내 목소리지만, 내 목소리가 아닌 것처럼 들렸다. 가이토는 그 말을 듣고도 아무 대꾸를 하지 않았다. 어쩌면 내 말이 잘 안 들렸을지도 모른다. 하지만 이렇게 말로 전할 수 있었으니, 나로선 그것으로 이미 충분했다.

옮긴이의 말

    구보 미스미는 2009년 성인 여성을 대상으로 한 소설 공모전인 '여성에 의한 여성을 위한 R-18 문학상'에서 대상을 받으며 문단에 데뷔했다. 주목할 점은 이 작가는 여성의 성적 욕망을 절대로 숨기지 않는다는 것이다. 매우 밀도 높은 성적 묘사가 초반부터 압도적으로 등장해 깜짝 놀라게 하지만, 보수적인 사회에서는 절대로 곱게 볼 수 없을 것만 같은 이 등장인물들에게 서서히 연민과 공감을 보내게 되는 내가 있다. 즉, 그들 안에서 내 모습을 들여다볼 수 있는 것이다.

    어쩌면 우리 삶은 이러한 욕망과는 떼려야 뗄 수 없을지도 모른다. 그 무엇으로도 충족할 수 없을 것만 같은 텅 빈 공허한 일상의 고독을 욕망으로 채워가는 그 과정이 아름다워 보이진 않을지언정, 작가는 그 지난한 과정을 거쳐야만 비로소 진정한 삶의 의미를 찾을 수 있다는 메시지를 덤덤하게 던지고 있는 것 같다.

《가만히 손을 보다》는 네 남녀의 엇갈리는 사랑, 그리고 각자 품고 있던 본능적인 욕망과 복잡한 심리 등을 섬세하면서도 생생한 문장으로 풀어내는 솜씨가 단연 돋보이는 작품이다. 작가 특유의 솔직한 묘사력과 탄탄한 전개력은 소설에 몰입시키는 힘이 있어서 읽다 보면 어느새 작품 속에 빨려 들어가 있다.

자신을 낡은 집 안에 옭아매며 부자연스러운 삶의 방식을 일관하고자 했던 히나는 갇혀 있는 세상이야말로 자신이 있어야 할 장소라고 믿고 있다. 그런 단조로움이 반복되는 히나의 삶 속으로 도시의 세련된 남자 미야자와가 갑자기 뛰어들어 온다. 메마르고 평범한 일상에서는 전혀 느낄 수 없었던 짜릿한 삶의 자극과 희열을 히나는 그와의 섹스를 통해서 처음으로 경험한다.

다람쥐 쳇바퀴 안을 절대 벗어나지 않을 것 같았던 그녀가 결국 사랑을 쟁취하기 위해 평생 나고 자란 고향을 버리고 미야자와를 찾아가 낯선 곳에서 새 삶을 시작한다. 그러나 낯설고 설레었을 두 사람이 함께하는 삶이 서서히 시간이 흐르면서 평범한 삶으로 회귀하자, 결국 서로에게서 느꼈던

극적인 삶과 사랑의 카타르시스는 지속되지 못한다. 삶에 지쳐서 지극한 일상이 되어버린 권태로움에 더는 서로가 서로에게서 아무런 자극을 받지 못하게 된 것이다. 과연 그들이 서로에게 느꼈던 감정은 사랑이었을까? 아니면 각자 꿈꿔왔던, 도피하고 싶던 새로운 세상이었을까?

미야자와는 자신에게 차갑기만 했던 도시 도쿄를 그토록 벗어나고 싶어 했지만, 결국 자신이 돌아갈 곳은 '도쿄'라는 사실을 깨닫게 된다. 매일 보는 후지산이 지겨워 더는 그 자연에서 아무런 감흥도 느끼지 못하듯 너무 가까운 평범한 연인과 가족, 삶의 터전 등이 자신을 갑갑하게 옥죄어온다고 느꼈던 현실의 삶, 결국 그곳이야말로 원래 자신이 있어야 할 장소라는 걸 깨달은 셈이다.

늘 손안에 자리하던 그 낯익음을 내려놓을 때, 그리고 낯선 곳에 자신을 가둬볼 때, 우리는 비로소 가장 편안하고 익숙한 존재의 소중함을 깨닫게 되는 걸까?

우리는 일상의 너무 많은 것들을 잊고 살아간다.

하지만 어떤 것이든 당연한 것은 없다. 당연한 존재, 당연한 사랑, 그런 것 역시 누군가의 노력과 희생이 뒤따르는 것이었다. 우리는 그걸 망각한 채 사랑을 하면서도 더 욕심 부리고 욕망한다. 그러나 소설의 결말이 보여주듯이 결국 낯선 곳에서부터 다시 낯익은 사랑과 삶을 찾아 돌아가는 히나와 미야자와를 보면 진정한 사랑은 그리 멀리 있지 않다는 생각이 든다. 그럼에도 가장 편안하고 익숙한 낯익은 사랑이란 그 무엇보다도 가장 큰 인내와 노력, 희생이 동반되면서도 폄하되는 숙명이 있는 것도 같다.

소설의 등장인물 중에 가장 속물적인 인물로 보이던 하타나카도 결국은 가이토의 미래를 위해서 일부러 그를 떠난 것처럼 보이는 건 왜일까? 전혀 모성애가 없어 보이던 그녀의 말투나 행동에서도 언뜻 내비치는 아이에 대한 미안함과 애정이 살짝 엿보일 때마다 왠지 그런 모습이 더 사실적이어서 나중에는 가장 크게 연민을 느꼈던 것 같다.

과연 독자 여러분은 이 작품의 어떤 인물에 가장 공감하고 매력을 느꼈을지 궁금해진다.

김현희

구보 미스미 窪美澄

1965년 도쿄에서 태어났다. 대학 중퇴 후 다양한 아르바이트를 거쳐 광고제작회사에서 근무했고, 결혼 후에는 프리랜서 편집자로 일했다. 2009년 《미쿠마리》로 제8회 '여성에 의한 여성을 위한 R-18 문학상' 대상을 수상하며 데뷔했다.

《한심한 나는 하늘을 보았다》가 2010년 〈책의 잡지〉 선정 소설 베스트10 1위, 2011년 서점대상 2위에 올랐고, 전례 없는 만장일치로 제24회 야마모토슈고로상 수상이 결정되면서 일약 화제의 중심으로 떠올랐다. 2012년 《길 잃은 고래가 있는 저녁》으로 제3회 야마다후타로상을 수상하고, 2018년 《가만히 손을 보다》로 제159회 나오키상 후보에 오르며 일본을 대표하는 작가로 자리매김했다. 그만의 감각적인 문장과 여성의 시각으로 그린 담담하고 섬세한 성애 묘사로 특히 젊은 여성 독자들의 열렬한 지지를 받고 있다.

옮긴이 김현희

일본 국립 교토교육대학을 졸업하고 동 대학원에서 교육학 석사학위를 받았다. 일본 히코네 아동상담소에서 심리 판정원으로 근무했다. 동덕여대 일어일문학과 박사과정을 수료했고, 현재 대학에서 일본어를 가르치고 있다. 옮긴 책으로 《덴카와 전설 살인사건》《헤이케 전설 살인사건》《그 거리의 현재는》《중국행 슬로 보트 Remix》《회전목마의 데드히트 Remix》《연문》 등이 있다.

가만히 손을 보다

1판 1쇄 인쇄 2019년 9월 30일
1판 1쇄 발행 2019년 10월 7일

지은이 · 구보 미스미
옮긴이 · 김현희
펴낸이 · 주연선

총괄이사 · 이진희
책임편집 · 심하은 허유민
표지 및 본문 디자인 · 이다은
책임마케팅 · 장병수
마케팅 · 김진겸 김다은 이한솔 강원모
관리 · 김두만 유효정 박초희

(주)은행나무
04035 서울특별시 마포구 양화로11길 54
전화 · 02)3143-0651~3 | 팩스 · 02)3143-0654
신고번호 · 제 1997—000168호(1997. 12. 12)
www.ehbook.co.kr
ehbook@ehbook.co.kr

잘못된 책은 바꿔드립니다.

ISBN 979-11-89982-28-7 (03830)